Gina Spies

Die Geheimnisse von Lazur

Buch 1

Die Geheimnisse von Lazur

Die Schattenwandlerin

Gina Spies

© 2025 Gina Spies
Verlag: BoD · Books on Demand GmbH,
In de Tarpen 42, 22848 Norderstedt, bod@bod.de
Druck: Libri Plureos GmbH, Friedensallee 273,
22763 Hamburg
ISBN: 978-3-7693-0252-3
Schriftsatz: Kevin Jung
Covererstellung: Juliane Windt

Kapitel 1 – Shadow

Viele Menschen fürchten die Dunkelheit. Sie sehen weniger und können die Gefahren um sie herum nur noch erahnen. Das Licht wiederum gibt ihnen Sicherheit. Sie erkennen ihre Umgebung und denken, im Licht geschieht ihnen nichts. Die Nacht, die Dunkelheit, ist ihnen zu mystisch, zu unvorhersehbar. Denn in der Nacht lauern die Schatten.

Entspannt hockte ich auf der Kante eines Daches im Rugaen-Viertel und beobachtete den Mann, der gerade in die leere Gasse unter mir einbog, ein kleiner, untersetzter Kerl mit einer Halbglatze und ungepflegtem Bart, die Hände in den Manteltaschen vergraben und den Kopf eingezogen, seine typische Haltung, um möglichst unauffällig zu wirken. Dieser Bastard, ein wettsüchtiger Kleinkrimineller, schuldete mir noch Geld, und ich war gewillt, es mir jetzt wieder zu holen. Ich lief ihm über die flachen, nah aneinander liegenden Dächer nach, und versuchte dabei, Waffen an seinem Körper ausfindig zu machen. Leider konnte ich nicht sehen, ob er etwas dabei hatte - er war zu weit weg. Na gut, dann musste ich mich wohl überraschen lassen. Ohne zu zögern sprang ich von dem vierstöckigen Gebäude hinab und landete leichtfüßig vor ihm. Er rannte fast in mich hinein, konnte sich nur knapp bremsen. Ich sah ihn kalt an. „Na. Du gehst mir doch nicht etwa aus dem Weg, oder, Chad?" Er öffnete den Mund, war aber wohl zu geschockt davon, dass ich ihn

gefunden hatte. Das amüsierte mich. Diese Made dachte
tatsächlich, den Spielschulden entgehen zu können.
„Also, Chad? Ich habe immer noch kein Geld von dir gesehen. Und wir haben bereits vor… einem Monat gewettet? Ich war wirklich geduldig, aber ich habe auch so
meine Kosten, die ich abbezahlen muss. Daher hätte ich
jetzt gerne mein Geld von dir.“
Langsam löste sich Chad aus seiner Starre. „Nun… also,
es ist so, ich bin momentan knapp bei Kasse… Ich zahle
es dir nächste Woche zurück, versprochen!“

Ich lächelte ihn an. „Ach, Chad… Ich glaube dir leider
nicht. Ich will es jetzt haben. Du hast Geld bei dir. Vielleicht genug, um mich zu bezahlen.“ Er wich etwas zurück, seine Hand legte sich über eine seiner Jackenta-
schen. Gut, entweder zog er gleich irgendeine Waffe,
oder er hatte darin sein Geld aufbewahrt. Ich überbrückte
den Abstand zu ihm mit einem Schritt, zog seine Hand
unsanft von der Tasche weg, meine Fingernägel krallten
sich in sein Handgelenk, weswegen er ein winziges Wimmern ausstieß, und griff hinein, bevor er überhaupt reagieren konnte. Als ich die Hand wieder hinauszog, hielt
ich ein kleines Taschenmesser in den Händen. Wie langweilig. Damit hätte dieser Mistkerl keine Chance gegen
mich gehabt. Ich steckte das Messer weg, packte ihn am
Kragen und zog ihn näher an mein Gesicht. „Gib mir
mein Geld.“
Er stotterte etwas. Leider waren es nur aussaglose, unzu-
sammenhängende Wörter. So kam ich sicher nicht an

mein Geld. Da mussten andere Seiten aufgezogen werden. Ich zog mein eigenes, langes Messer aus der Halterung und legte es ihm direkt an die Halsschlagader.

„Leer ganz langsam deine Taschen. Jede Einzelne. Ich will dein Geld haben, was du eben diesem Dealer abgeknöpft hast. Und ich will all deine Bankdaten und die Orte, an denen du dein Geld aufbewahrst. Ansonsten schneide ich dir ein Glied nach dem anderen ab, bis du wimmernd um den Tod flehst. Klar?"

Er starrte mich an, regungslos. Ich legte etwas mehr Druck auf das Messer. Blut quoll aus der kleinen Schnittwunde und benetzte die schwarze Klinge. Ich sah ihn fest an. Da begann der zitternde Chad, seine Taschen auszuleeren. Ich nahm sein Handy, seinen Schlüsselbund, die Taschentücher… Was sollte ich denn mit Taschentüchern? Wo blieb seine Geldbörse, verdammt?!

Da war sie ja. Ich nahm das lederne Portemonnaie entgegen, öffnete es mit einer Hand und schaute hindurch. Er hatte viele große Scheine, das war nicht übel. Aber es war nicht genug.

Während ich sein Geld begutachtete, merkte ich plötzlich, wie er sich langsam zu entfernen versuchte. Ich wurde eins mit den Schatten und war einen Augenblick später hinter ihm, griff um ihn herum und hatte mein Messer erneut an seinem Hals liegen, nur dass er diesmal nicht nach hinten entfliehen konnte. Chad blieb stocksteif stehen. Ich lehnte mich nach vorne und hauchte an sein Ohr.

„Was sollte das denn? Du glaubst doch nicht, dass ich mich damit zufrieden gebe?"

„Aber… Das sollte alles sein, was ich dir schulde!“, pro-
testierte er mit zitternder Stimme.

„Ach ja? Da hast du wohl die Zinsen nicht einberechnet,
die obendrauf kommen, weil du mich hast warten lassen.
Ehrlich, Chad, wenn du kein Geld hast, solltest du nicht
wetten.“

Ich umschlang seinen Hals mit einem festen Griff, während ich das Messer langsam über seine Schulter zu seinem Arm wandern ließ.

„Du wirst mir jetzt sagen, wo du dein restliches Geld versteckt hast. Ist das klar?“

„Bitte, Shadow…“, keuchte er, „hab Erbarmen mit mir!“

„Erbarmen? Du wolltest mich um mein Geld betrügen,
und du weißt ganz genau, was passiert, wenn man mich
betrügt!“, zischte ich und rammte mein Messer in das
Fleisch seines Unterarmes. Er schrie auf und ich ver-
stärkte den Druck um seinen Hals.

„Verstecke und Bankdaten. Jetzt.“

Langsam zählte er auf, was ich wissen wollte. Doch nach
zwei Orten stockte er. Ich hörte nur sein schnelles Atmen
und das Blut, das stetig auf den Boden tropfte.

Ich stieß den kleinen Mann gegen eine Hauswand und
drückte seinen Kopf seitlich dagegen. Das Messer ver-
harrte an seinem kleinen Finger. Ohne ein Wort zu sagen
wartete ich darauf, dass er weitersprach. Doch von ihm
kam kein Laut, nur der gehetzte Atem eines in der Falle
sitzenden Tieres war zu hören.

Mit einer einzigen geübten Bewegung hackte ich ihm den
Finger ab, die schwarze Klinge schnitt durch den Knochen, als wäre er gar nicht da. So würde dieses Messer je-

den Knochen zerschneiden. Mit einem dumpfen Geräusch landete der Finger auf dem Boden. Chad biss die Zähne zusammen, dennoch entfuhr ihm ein schmerzerfülltes Wimmern. Ich gab ihm kurz Zeit und nach ein paar Sekunden setzte er seine Aufzählung fort.

Drei verschiedene Banken in der Umgebung, eine im Ausland. Seine Wohnung. Das Haus seiner Eltern. Das Lager am Pier. Gut, das schien alles zu stimmen. Ich lächelte. „Danke dir. Ich werde dein Geld in Ehren halten." Kurz zog ich mein Messer zurück und löste meinen Griff von seinem Kopf, sodass Chad erleichtert aufatmete. Doch im gleichen Moment weiteten sich seine trüb-graugrünen Augen geschockt, als ich ihm mit dem Messer die Kehle aufschlitzte. Sein Blut spritzte überall hin. Die schwarze Klinge glitt durch sein Fleisch wie durch Butter, stieß auf den Halswirbel und mit etwas Druck durchschnitt sie ihn. Mit einem dumpfen Geräusch fiel Chads Kopf zu Boden, die leblosen Augen noch immer angsterfüllt aufgerissen.
Ich kniete mich hin, wischte meine Klinge grob an seiner hässlich braunen Jacke ab und steckte sie dann in ihr Holster zurück. Dann sah ich in den Himmel hinauf. Schwach funkelten die Sterne, sie kamen kaum gegen die unzähligen Lichter der Großstadt an. Im Hintergrund rauschten Autos vorbei. Eine Sirene heulte in der Ferne auf. Und ich stand in einer zwielichtigen Gasse neben einer unbedeutenden Leiche.
Eine ganz normale Nacht in Flumes City.
Ohne mich noch weiter mit dem kopflosen Kinney zu beschäftigen, verschwand ich in den Schatten.

„Verdammt! Warum funktioniert dieser Automat nicht?!“
Ich schlug gegen den Geldautomaten der Flumes International Bank, der eine von Chads Kreditkarten gefressen
hatte. So kam ich anscheinend nicht an das Geld. Aber
sein gehortetes Geld in den Verstecken einsammeln zu
müssen, stimmte mich auch nicht gerade fröhlich. Da
wäre es einfacher und nebenbei auch interessanter, die
Bank auszurauben. Das hatte ich schon einmal versucht,
leider mit mäßigem Erfolg – Gegen Magie waren die Tresore geschützt, weswegen ich erst das komplizierte
Schutzsystem lahmlegen müsste. Ich könnte vielleicht das
Gebäude von innen in die Luft sprengen und dann in den
Tresor einsteigen. Aber… dafür bräuchte ich eine
Bombe. Und für die Bombe brauchte ich Geld. Ich hatte
schon oft genug gehört, wie Diebe sich aufgrund ausgeklügelter Mechanismen selbst in die Luft gesprengt hatten, weil sie versucht hatten, eine Bombe zu stehlen. Ich
war zwar wagemutig, doch dieses Risiko wollte ich nur
ungern eingehen. Leider fehlte es mir gerade an guten Bezahlmöglichkeiten. Sah wohl so aus, als müsste ich das
Geld doch aus den Verstecken einsammeln. Vielleicht
fand ich in Chads Wohnung auch noch andere schöne
Sachen. Gestohlenen Schmuck, zum Beispiel. Er war nie
sehr erfolgreich damit gewesen, sein Diebesgut wieder
loszuwerden.
Ich jedoch würde damit kein Problem haben. Ich kannte
die richtigen Leute, mit denen man handeln konnte. Als
Dieb sollte man die immer kennen. Kinney war wahrlich
kein guter Dieb gewesen, er hatte sein Geld meistens mit
Wetten versucht, hereinzuholen. Mit mir und vermutlich

mit vielen anderen hatte er bei einem Pferderennen gewettet. Pferderennen sind sehr angesagt in Flumes.
Kinney hatte auf irgendeinen Favoriten gesetzt, einen von
denen, die schon häufiger gewonnen hatten. Ich hingegen
hatte auf einen aufstrebenden Neuling im Pferdesport gewettet, Prinz Nicolas von Flumes, der zweitälteste Sohn
des Königs und ein bemerkenswertes Talent, dem ich
auch zutrauen würde, ein Rennen auf einem Esel zu gewinnen. Es gehörte viel dazu, dass ich von jemandem beeindruckt war, doch diesen Jungen beobachtete ich schon
eine Weile und ich hatte viel auf ihn gesetzt. Ich hätte
auch nicht gewettet, wenn ich mir des Sieges nicht sicher
wäre.
Schweifte ich gerade ab? Ich fürchte schon.

Auf dem Weg zu Chads Wohnung hielt ich mich in den
Schatten. Es war nicht viel los, aber ich wollte nicht, dass
eine kleine Massenpanik ausbrach, nur weil ich ein paar
Blutflecke an meiner Lederjacke hatte. Ich war niemand,
der gerne auffiel, selbst wenn es noch nichtmal morgen
war und sich in Flumes City auch niemand wundern
würde, wenn ich ausgesehen hätte wie ein knallbunter
Clown, der aus einer Psychiatrie ausgebrochen war.
Die Wohnung lag ein paar Blöcke von dem Pub entfernt,
in dem Chad und ich unsere Wette abgeschlossen hatten.
Es war eine verwahrloste Gegend voll zwielichtiger Personen wie Räubern, Vergewaltigern und Drogenhändlern.
Jene Art Kleinkrimineller, die ihre Taten aus Verzweiflung begingen oder weil sie für sich keine Alternativen sahen.

Ob Kinney auch mit Drogen gehandelt hatte, wusste ich nicht genau, da ich eher mit Dieben als mit Dealern zu tun hatte und Kinney für mich nichts weiter als ein Wettpartner gewesen war. Auf jeden Fall hatte er genug Geld gehabt, das wusste ich, hatte seine Schulden jedoch nie bei jemandem beglichen.

Der Häuserkomplex war einer von diesen, denen man bereits ansah, dass die Bewohner zu der untersten Unterschicht gehörten. Die Fenster waren zersplittert, Ziegel und Bretter fielen auf den vertrockneten Boden hinunter und es roch nach Urin und Hundescheiße. Irgendwo schrie ein Baby, das vermutlich jemand ausgesetzt hatte oder dessen Eltern zu vollgedröhnt waren, um sich darum zu kümmern. Im Innenhof waren die lauten Stimmen jugendlicher Raufbolde zu hören, auf der Straße ertönte ein Schuss. Dies war definitiv kein Ort, an dem ich mich länger aufhalten wollte. Er ekelte mich an.

Ich stieg die spärlich beleuchtete Treppe hinauf bis zu der Wohnung und öffnete sie mit dem Schlüssel, den ich noch bei mir hatte. Ich musste sie ja nicht eintreten, auch wenn das viel mehr Spaß gemacht hätte. Allerdings würde sein Tod schon genug Aufsehen erregen, sobald der Erste im Morgengrauen über die enthauptete Leiche stolperte. In der Wohnung muffte es. Pizzakartons und Bierflaschen lagen auf dem Boden verstreut und über die Wände kroch der Schimmel, während kleine Käfer zwischen dem Müll krabbelten. Ich musste mich stark zusammenreißen, nicht direkt nach Hause zu sprinten und den Gestank von meiner Haut zu schrubben. Mit dem Zustand der Wohnung wollte er wohl vorgaukeln, er hätte kein Geld. Oder er war zu unfähig gewesen, seine eigene Scheiße aufzuräumen. Wie funktionierte die Welt für solche Leute bloß, wenn Mami nicht mehr hinterher räumte?

Wahrscheinlich hatte er sich auch noch Hilfe vom Staat geben lassen. Ich hatte mitbekommen, dass unter Königin Emilie viel gegen die Armut unternommen worden war, aber allein dieser Komplex, indem ich mich momentan befand, zeigte mir deutlich, dass die Hilfen nicht ausreichten.

Ich stieg über den Müll und schaute mich um. Kinney hatte gemeint, das Geld läge unter einer Diele in einer Box. Also musste ich nur die lockere Diele finden. Nach ein paar Minuten mit den Füßen tasten knarzte endlich eine der Dielen verheißungsvoll. Ich kniete mich hin und hob sie hoch, während ich den Atem anhielt und meine vermüllte Umgebung zu ignorieren versuchte. Da war sie, die eher unauffällige Metallbox. Sie hatte einige Dellen und Rostspuren und wirkte nicht danach, als würde sie ein Vermögen beherbergen. Aber der Wert versteckt sich immer im Inneren, nicht wahr?

Ich hob sie raus und schaute hinein. Mehrere zusammengerollte Bündel lagen in der Box, genau wie erwartet. Ich nahm sie heraus und steckte sie weg. Nachzählen konnte ich auch später. Ich durfte mich nicht zu lange hier aufhalten, schließlich könnte die Polizei hier auftauchen. Auch wenn sie nicht so schnell war wie ich. Außerdem wollte ich nicht länger hier bleiben. Sobald ich das restliche Geld hatte, würde ich nach Hause zurückkehren und mir ein sehr langes, sehr heißes Bad genehmigen.

14

Also verließ ich die Wohnung wieder und wollte runter gehen, da schaute ich direkt in die Augen eines verwahrlosten Mannes, mit langem Bart, gelben Zähnen und löchriger Kleidung. Ein obdachloser Junkie? Er grinste mich zweideutig an und wedelte mit einer Schnapsflasche.

Angewidert drehte ich mich weg und ging zur Treppe.

„Hey Süße!" lallte der Obdachlose und stand geräuschvoll auf. Ich drehte mich langsam um, als er auf mich zu getorkelt kam.

„Willst auch mal?" fragte er und hielt mir die Flasche voller billigem Gesöff hin. Dabei kam er mir viel zu nah. Ich konnte seinen Alkoholatem riechen, die Kotze, die an seinem Oberteil klebte, sah jedes einzelne verklebte Haar. Reflexartig trat ich zu, traf mit meinem spitzen Absatz in seinen Bauch. Der Obdachlose wurde zurückgeschleudert und landete auf dem dreckigen Boden. Ein Blutfleck breitete sich langsam auf seinem Shirt aus. Ich sah an mir hinunter und bemerkte ein wenig Blut auf meinem Absatz. Das war nicht meine Absicht gewesen. Jetzt musste ich das Blut von zwei widerwärtigen Männern aus meiner Kleidung kriegen. Das würde viel Arbeit werden, wenn ich sie nicht einfach direkt entsorgte. Ich hätte keine meiner Lieblingsschuhe für die heutige Nacht anziehen sollen, dachte ich stöhnend.

Der Obdachlose regte sich nicht mehr. Alkohol in Kombination mit einer Wunde ist anscheinend tödlich. Aber das interessierte mich nicht mehr, ich hatte Besseres zu tun als über den Zustand dieses Mannes nachzudenken. Schnell machte ich mir die Schatten zunutze, um diesen

elenden Ort zu verlassen und begab mich auf den Weg zu
meinen nächsten Stationen.
Die Lager im Hafen und Chads Elternhaus.

16

Kapitel 2 - Jack

„Jack! Du bist schon zurück?", war das Erste, was ich hörte, als ich vor der Polizeiwache aus dem Auto ausstieg. Ich drehte mich zu Paul um, der auf mich zugeeilt kam und erwartungsvoll lächelte.

„Hast du ihn erwischt?", fragte er mich aufgeregt.

„Natürlich habe ich ihn erwischt." Ich grinste meinen Kollegen an, ging zum Kofferraum und öffnete ihn. Dort lag, ordentlich verknotet, mein neuester Erfolg: Nimbus, ein Bösewicht, der mit seinen Gewitterwolken unschuldige Normalos verfolgt und durchnässt hatte. Diese Gewitterwolken hatten sie bis in Gebäude hinein und über mehrere Tage verfolgt und die Verfolgten schließlich mit einem Blitzschlag niedergestreckt. Es hatte eine Weile gedauert, bis ich herausgefunden hatte, wie er diese Fähigkeit nutzte: Er musste eine Person gezielt berühren und schon war sie vom „Unglück verfolgt". Weswegen seine Hände jetzt hübsch verpackt in einem Beutel sich selbst berühren konnten.

„Wie hast du das nur gemacht? Wir verfolgen ihn schon seit Wochen und du bist für ein paar Stunden hinter ihm her und erwischst ihn direkt!" Paul klang ehrlich beeindruckt. Er winkte zwei weitere Kollegen heran.

„Hey, Jack. Wie immer erfolgreich, was?", rief Clinston und linste in den Kofferraum. „Wie sollen wir ihn abtransportieren?"

„Seine Hände dürfen unter keinen Umständen freiliegen. Sobald er jemanden berührt, wird die Wolke ihn bis zum Tode verfolgen."

„Heftig. Wenn wir überlegen, wie lange er frei rum lief und wie viele Opfer er hatte…" Nadia schüttelte den Kopf.

„Sobald er im HSG sitzt, hat das alles ein Ende. Ich hätte ihn am liebsten direkt gegrillt, aber die Vorschriften…" Ich ließ den Satz unvollendet und zuckte die Schultern.

„Wie konntest du überhaupt nah genug an ihn heran, ohne dass er dich berühren konnte?" fragte Paul, während er und Clinston den Schurken aus dem Kofferraum zerrten.

„Er hat sich seine zarten Händchen an mir verbrannt." Ich grinste nur bedeutungsvoll und meine Kollegen nickten beeindruckt.

„Dann machen wir das Paket mal zum Abtransport bereit." Brummte Clinston und er und der Jüngere brachten Nimbus zum Polizeirevier. Ich schloss das Auto und schlenderte mit Nadia hinter ihnen her.

Die brünette Polizistin musterte mich aus ihren schokoladenbraunen Augen.

„Der Boss will dich sprechen."

„Warum das?", fragte ich stirnrunzelnd.

„Er sagte nur, wenn du erfolgreich zurück kämst, wolle er dich sprechen."

„Na schön… Dann gehe ich mal zu ihm." Ich musterte Nadia nochmal kurz, bedauernd, dass sie mir nur diese Botschaft übermittelt hatte – ich hätte gerne andere Dinge aus ihrem schön geschwungenen Mund gehört – und betrat dann das Revier.

Drinnen bekam ich direkt einige anerkennende Blicke und Applaus. Ein Kollege klopfte mir auf die Schulter.

18

„Gut gemacht, Jack. Wie immer heldenhaft gemeistert“, sagte er, bevor er weiterging. Auch von anderen Kollegen hörte ich Lobeshymnen über meinen neusten Erfolg. Mit einem selbstzufriedenen Lächeln genoss ich die Aufmerksamkeit. Es tat gut, die Anerkennung zu bekommen. Niemand vor mir hatte Nimbus fangen können. Doch für mich war es ein Kinderspiel gewesen. Was sollte auch ein kleines Gewitter gegen die Naturgewalten ausrichten?

Es tat gut, ein Elementarmagier zu sein.

Ich ging durch den Regen aus Lob hindurch zum Büro des Polizeidirektors und klopfte an. Direkt hörte ich ein dröhnendes „Herein!“ und betrat daraufhin den Raum. Der Direktor, ein älterer Mann namens Flynn Baldus, dessen Polizeigeschichten unter uns Jüngeren bereits Legenden waren, stand auf und strahlte mich an.

„Jack Storm. Der Stolz unserer Wache. Der jüngste Stern am Polizeihimmel. Offensichtlich erfolgreich gewesen?“

„Erfolgreich wie immer“, sagte ich, während ich auf ihn zukam und seine ausgestreckte Hand schüttelte. Daraufhin deutete er mit einer Handbewegung an, dass ich mich hinsetzen sollte.

Als wir saßen, räusperte Direktor Baldus sich bedeutungsvoll.

„Ich bin wirklich froh, dass du damals uns zugeteilt wurdest. Ich könnte mir keinen besseren Detective vorstellen.“

„Nun, die gesamte Wache ist voller Potential, Sir“, sagte ich bescheiden, auch wenn ich wusste, dass ich der Beste hier war.

„Jaja, natürlich. Wenn es um das Lösen von Kriminalfällen geht, sind wir ungeschlagen. Aber du, Storm, du bist eine wahre Geheimwaffe. Die Kirsche auf der Sahnehaube, jaja", brummte Baldus in seinen Bart hinein. Ich schwieg, wartete darauf, ob er noch etwas anderes sagte. Baldus kramte in seinen Unterlagen.

„Weißt du, warum ich dich sprechen wollte?", fragte er schließlich.

„Nein, Sir", antwortete ich kopfschüttelnd.

„Haha, und ich dachte, du würdest mitzählen. Wann bist du zu uns gekommen?"

„Ehm, vor zwei Jahren, Sir." Worauf wollte er hinaus?

„Ah, jaja. Wer hätte gedacht, dass du dich so gut anstellen würdest? Aber ich muss sagen, du hast mich nie enttäuscht. Weißt du, wie viele Schurken du seitdem gefangen hast?"

„Ehrlich gesagt habe ich nicht mitgezählt." Ich wusste aber, dass es nicht gerade wenige gewesen waren.

„Ich habe mitgezählt." Teilte mir der Direktor inbrünstig mit und schlug eine Mappe auf.

„Es ist bemerkenswert. Neunundvierzig Schurken innerhalb von zwei Jahren. Und weißt du, was das heißt?"

„Der nächste Schurke, den ich fange, macht die fünfzig voll", murmelte ich.

„Ich bin wahrlich beeindruckt. Im Schnitt alle vierzehn Tage ein Schurke. Natürlich hast du gelegentlich auch mindestens zwei auf einmal geschnappt, aber dennoch ist das eine Rekordzeit. Als hättest du nichts anderes getan außer arbeiten. Das Geschick, wie du diese Leute überführt hast, und natürlich kam niemand an deine überragenden Fähigkeiten heran. Diese Rekordzeit wird eine Ehrung verdienen."

„Aber sicherlich erst, wenn ich die fünfzig voll habe?",
sagte ich mit einem leichten Lächeln.

„Jaja, nun, wenn du das nicht mit Leichtigkeit schaffst.
He? Besonders, da ich mich zu erinnern vermeine, dass
du noch einen Fall offen hast?"

Ja, der Fall. Meine größte Herausforderung bisher. Ein
Fall, den ich seit einem halben Jahr zu lösen versuche und
aufgrund dessen so verdammt viele andere Fälle angenommen und gelöst habe.

„Ich bezweifle leider, dass dieser Fall die Fünfzig sein
wird, Sir."

„Ach papperlapapp. Ich vertraue auf deine Fähigkeiten.
Und selbst wenn nicht, die Ehrung erhältst du so oder so.
Ist nur die Frage, ob der Oberdirektor oder das königli-
che Militär dich ehren wird."

Damit stand Polizeidirektor Baldus wieder auf. Ich tat es
ihm gleich und wir schüttelten uns die Hände.

„Du hast dir etwas Freizeit verdient. Halte aber immer
ein Auge offen nach Schurken, he?" Er zwinkerte mir zu
und ich verließ sein Büro, mit dem Gedanken, dass ich
den freien Abend tatsächlich einmal auskosten sollte.

Es ist wohl kaum verwunderlich, dass ich eine Lieblings-
bar habe. Diese Bar befand sich in Rainbow Square, einem der gehobeneren Viertel der Stadt. Die antike stei-
nerne Fassade der „Nachteule" wurde in bunten Farben
sanft beleuchtet und ich hörte den leisen Klang eines Klaviers, schon bevor ich die Bar betrat. Ich war länger nicht
mehr hier gewesen und ließ daher meinen Blick ein wenig
durch den Eingangsbereich schweifen. Der helle Klang
von Absätzen auf Marmor drang an mein Ohr, während

ein vornehm gekleidetes Paar an mir vorbeispazierte. Ich war froh, dass ich nach der Arbeit nochmal zuhause gewesen war, um mir ein frisches Hemd und eine dunkle Hose anzuziehen und statt meinen Sportschuhen in die Lederschuhe geschlüpft war. Ohne Anzug fühlte ich mich zwar beinahe immer noch underdressed, aber für den wäre mir für einen Abend im Monat Blood zu warm gewesen. Außerdem behielt ich mir den Anzug für besondere Anlässe vor. Mir ein, zwei Drinks zu genehmigen und vielleicht eine nette, hübsche Frau zu treffen war für mich kein besonderer Anlass.

Mein Blick fiel auf die Frau, die an der Garderobe stand und gerade einer anderen Frau die Jacke zurückgab. Ich erinnerte mich, diese Dame das letzte Mal schon hier arbeiten gesehen zu haben, vor wenigen Monaten. Ich bedauerte, dass ich keine Jacke dabei hatte, die ich ihr geben konnte.

Ihr Blick glitt durch den Raum und begegnete meinem. Ihre roten Lippen verzogen sich zu einem bezaubernden Lächeln, während sie sich eine blonde Strähne hinters Ohr strich. Ich lächelte zurück, doch da ich nicht allzu seltsam wirken wollte, wenn ich nur im Eingangsbereich stand, ging ich langsam weiter in die eigentliche Bar. Dort standen vereinzelte Tische, die zum Teil besetzt waren. Der Mann am Klavier stimmte gerade ein neues Lied ein, dessen Melodie sanft durch den Raum waberte. Die mit rotem Stoff bezogenen Hocker an der Theke waren nur spärlich besetzt, daher ging ich dorthin und setzte mich an einen freien Platz. Direkt kam ein Barkeeper auf mich zu, ein Mann mit dunkler Haut und verschnörkelten Malen um seine intensiv grünen Augen.

„Was darf es sein?", fragte er, wobei seine Stimme klang, als würde er singen. Vermutlich kam er aus Eklera, vielleicht ein Kriegsflüchtling, der in Flumes Schutz vor den Angriffen von Cjatorces suchte.

„Ich nehme einen…" Ich schaute kurz auf die Karte, nur um mich dann doch für mein Standard-Getränk zu entscheiden.

„Einen Norima-Sonnenuntergang", sagte der Barkeeper, bevor ich meine Gedanken ausgesprochen hatte.

Dieser Drink bestand aus einem ganz besonderen Kirschlikör aus Norima, einem befreundeten Inselstaat. Der Geschmack war süß, wurde dann säuerlich und hinterließ ein Prickeln im Mund. Gemischt mit Orangensaft und einem Schuss Sekt war es eine Geschmacksexplosion, die mich aufseufzen ließ.

Der Barkeeper mischte bereits das Getränk zusammen, bevor ich mich darüber wundern konnte, dass er meine Gedanken gelesen zu haben schien. Wortlos stellte er mir den Norima-Sonnenuntergang auf die marmorierte Theke und machte einen Eintrag in eine Liste – die Liste der Stammbesucher. Ich konnte mich nicht daran erinnern, schon einmal von ihm bedient worden zu sein, aber anscheinend wusste dieser Eklerer, wer ich war.

Ich nahm einen Schluck meines Getränkes und ließ das sanfte Prickeln auf meiner Zunge zergehen. Mit einem wohligen Seufzer drehte ich mich um und betrachtete die Leute, die in der Bar saßen. Unter der Woche war nie viel los und keiner der Anwesenden zog meine Aufmerksamkeit auf sich. Dem Klang des Klaviers wurde ich auch schnell müde, weswegen ich die Bar verließ, sobald ich ausgetrunken hatte. Es enttäuschte mich, da ich normal gerne Zeit hier verbrachte. Der heutige Tag war jedoch recht aufregend gewesen, und das Adrenalin war nun einer Art Müdigkeit gewichen, die an meiner Stimmung zehrte.

Als ich durch den Eingangsbereich schritt, fiel mein Blick wieder zur Garderobe und ich sah, wie die hübsche Blondine gerade nach ihrer Tasche griff und hinter dem Tresen hervorkam. Sie blickte auf und lächelte direkt, schien sogar leicht zu erröten. Ich kam langsam auf sie zu.
„Hallo." Ich lächelte die junge Frau an. Sie schien erfreut, dass ich zu ihr gekommen war, ihre Augen glitzerten aufgeregt.
„Hallo! Du… Du bist Jack, oder?" Die Frau senkte den Blick. „Ich habe dich schon mal hier gesehen…"
„Ja, ich erinnere mich an dich. Aber ich glaube, du hast dich mir bisher noch nicht vorgestellt", erwiderte ich mit einem Schmunzeln. Jetzt errötete sie tatsächlich.
„Ich bin Malina", hauchte sie und versuchte, eine Strähne hinter ihr Ohr zu streichen, welche jedoch immer wieder in ihr Gesicht zurückfiel. Ich streckte meine Hand aus und nahm die Strähne zwischen meine Finger. Kurz zwirbelte ich sie, bevor ich sie ihr hinters Ohr steckte. Malina sah mit leicht geöffnetem Mund zu mir hoch. Ihre Lippen glänzten durch den roten Lipgloss und luden zum Küssen ein. Ich beugte mich zu ihr vor, hielt jedoch kurz vor ihrem Gesicht inne.
„Hast du Feierabend?", fragte ich leise.
„Ja… Aber ehrlich gesagt… Ich habe keine große Lust, nach Hause zu gehen. Da bin ich bloß allein…" In ihrer Stimme schwang ein bedeutungsvoller Unterton mit.

„Wenn du nicht allein zuhause sein willst, warum
kommst du nicht einfach mit zu mir?“, fragte ich mit
rauer Stimme. Malina schlug die Augen nieder, aber an
dem leichten Zucken ihrer Lippen vermutete ich, dass sie
genau das hatte hören wollen.

„Das kann ich doch nicht machen. Ich kenne dich ja gar
nicht“, war ihr schwacher Versuch, unschuldig zu wirken.
Doch ich hatte bereits die Erkenntnis, dass sie mich bereits beim Betreten der Bar als Ziel für einen One-Night-
Stand auserkoren hatte. Daher ergriff ich ihre Hand und
hauchte zarte Küsse auf ihre Knöchel.

„Ich habe das Gefühl, dass du mich sogar schon ziemlich
gut kennen könntest. Ich jedoch bin derjenige, der nichts
über dich weiß.“

„Du weißt, dass ich hier arbeite“, antwortete Malina keck.
Schmunzelnd zog ich sie ein wenig näher zu mir.

„Klingt nach genug Informationen für mich.“ Ich beugte
mich vor und küsste sie. Äußerst willig erwiderte sie den
Kuss, was mich nur darin bestärkte, dass sie auf eine
schnelle Nummer aus war. Doch bevor diese schnelle
Nummer mitten im Eingangsbereich einer Bar vonstat-
tenging, löste ich den Kuss und zog sie mit mir hinaus.
Wenn wir erstmal bei mir waren, würde der Abend äußerst berauschend enden.

Es war eine atemberaubende Nacht.

Bis ein Anruf von der Arbeit kam.

„Warum werde ich für sowas hier hin gerufen?“ Ich
schaute meinen Kollegen genervt an, der bei der kopflosen Leiche stand. Es war früher Morgen und die Polizei
rief mich zu einem Todesfall in Flumes verwahrlosestem

Viertel. Doch der Kommissar, ein kleiner, stämmiger Mann um die fünfzig, mit schütterem braungrauen Haar und Schnauzer, antwortete nicht auf meine Frage. Stattdessen las er die Angaben über die Leiche vor.

„Chad Kinney, 42 Jahre alt, eingetragen als Arbeitsloser, hat sein Geld, wie wir annehmen, durch Glücksspiele und Drogenhandel verdient. Er war stark verschuldet. Todeszeitpunkt circa zwei Uhr nachts, Todesursache: Enthauptung, Mordwaffe unbekannt, den Mörder will niemand gesehen haben. Ich gehe von einer langen, scharfen Klinge aus, ein Langdolch oder ein Schwert beispielsweise. Solche Waffen sind selten geworden unter den Leuten, da Pistolen einfach so beliebt sind.“ Der Kommissar wirkte, als würde er jetzt einen Monolog über Pistolen halten wollen, daher erstickte ich seine Worte im Keim.

„Schön, seltene Waffe, blabla. Sollte doch einfach zu finden sein. Haltet nach jemandem mit einem Schwert Ausschau. Überprüft die Profisportler, Waffenhändler, und so weiter. Das ist doch kein Problem für euch. Dafür braucht ihr mich nicht.“

„Jack, bei einer Leiche mit Kugel im Kopf hätten wir dich nicht hinzugezogen. Aber dieser Leiche wurde der Kopf abgetrennt! Und schau doch, wie perfekt der Kopf abgetrennt wurde, wie gerade dieser Schnitt ist.“ Tatsächlich schaute ich mir den abgetrennten Kopf nun näher an, während der Polizist weitersprach. Kinney war kein schöner Mann gewesen, so viel stand für mich fest. Aber der Schnitt war wirklich schön gerade, das musste ich zugeben.

„Der Mörder muss ein Profi gewesen sein, so viel steht
fest. Auch wenn Chad Kinney nur ein kleiner Fisch war –
der Täter, das ist ein richtig übler Kerl.“
„Wahrscheinlich war es einfach nur jemand, der Selbstjustiz üben wollte, weil die Drogen gestreckt waren oder
Kinney seine Schulden nicht beglichen hat. Meinetwegen
könnt ihr euch ja mit dem Fall befassen, auch wenn dieser Typ den Tod sowieso verdient hatte, aber das ist definitiv nicht mein Gebiet. Ich fasse die Übelsten der Übelsten, und nicht den Mörder eines Kleinkriminellen.“ Ich
wandte mich bereits ab und wollte in Richtung der Absperrung gehen. Ich war keiner der Detectives, der sich
einfach mit jedem Mord befasst. Ich war ein Besonderer,
ein Superheld. Ich fing Superschurken, die Art von Bösen, mit denen Normalos nicht umgehen konnten. Ich
fing andere Besondere, die ihre Kräfte gegen die Bevölkerung einsetzten. Ein Mord unter Kleinkriminellen interessierte mich nicht.
Bevor ich an der Absperrung angelangt war, rief mir der
Kommissar etwas nach, weswegen ich stehenblieb und
mich zu ihm umdrehte.
„Und wenn es nicht irgendein Mörder war? Niemand hat
jemanden gesehen, der Kinney gefolgt wäre. Es ist niemand aus der Gasse gekommen, nachdem die Tat begangen wurde. Es ist, als hätte ein Phantom ihn ermordet.“
Der Officer sah mich bedeutungsvoll an. Ich dachte kurz
nach, schüttelte dann aber den Kopf.
„Sie haben selbst gesagt, dass er in Schulden versank. Ich
gehe davon aus, dass jemand sein Geld zurück wollte und
durch den Mord ein Zeichen gesetzt hat. Vielleicht hat
Kinney auf seinen Kopf geschworen, dass er das Geld

zurückzahlt und hat sich dann davon gemacht. Das sind Stories, die kommen immer wieder vor."

„Jack, überleg doch mal. Niemand wurde gesehen, niemand kam hier rein, niemand kam raus. Diese Stadt schläft nie. Jemand hätte etwas gesehen haben müssen. Es gibt Zeugen, die Kinney gesehen haben. Aber es gibt niemanden, der ihm gefolgt ist. Niemand, der gesehen wurde."

Er hatte schon Recht. In Flumes City passierte selten etwas ohne Zeugen. Es war immer jemand wach. Wir befanden uns nicht umsonst in der größten Stadt von ganz Lazur.

„Das muss bedeuten, dass die Wahrscheinlichkeit hoch ist, dass ein Besonderer ihn enthauptet hat. Ein Teleporter vielleicht, oder ein Voltin, der seine Gestalt verändert hat. Aber das hätten auch Assassinen sein können. Und jemand hat den Mord beauftragt."

Der Officer zuckte mit den Schultern. „Möglich wäre es."
Mhm. Vielleicht war der Fall doch etwas für mich. Aber… Wahrscheinlicher war es, dass diese Polizisten sich einfach Hilfe holen wollten, weil sie zu faul waren oder was auch immer. Es war nicht meine Sache…

„Hör mal Jack. Ein enthaupteter Kleinkrimineller landet schnell in den Zeitungen. Das ist, was die Leute sehen wollen. Gleichzeitig wird Angst verbreitet. Und was brauchen die Leute dann? Einen Superhelden wie dich. Einen Elementarmagier, der die einfachen Menschen vor dem Henker beschützt. Das wird Schlagzeilen machen, Jack. Überall wird man dich verehren und feiern."

Der Polizist wollte mich mit seinen Worten einlullen. Der Gedanke, dass man mich verehren würde, reizte mich sehr. Ich genoss die Anerkennung der Menschen. Ich bin Detective geworden, um ihre Dankbarkeit zu erhalten, um die bewundernden Blicke zu erfahren, für die Geschenke und die Bezahlung. Natürlich wollte ich auch etwas Gutes tun und die Stadt sicherer machen und so weiter, aber zugegeben verdiente ich auch sehr gut darin, Villains zu inhaftieren.

Andererseits hatte ich bereits einen sehr kniffligen Fall. Seit gut einem halben Jahr versuchte ich bereits, den Mörder von Königin Emilie zu finden. Einen Mörder, der sich ihre Kronjuwelen genommen und sie erstochen hatte, als sie ihre Gemächer betreten und den Dieb erwischt hatte. Diese Person, ob Besonderer oder nicht, sollte mein fünfzigster Fall werden, der Grund für eine Ehrung.

Da hatte ich jetzt keine Zeit für einen enthaupteten Kleinkriminellen.

Ich beobachtete, wie der Kopf und der Körper von Kinney wegtransportiert wurden, dann sah ich wieder zum Polizisten neben mir, der erwartungsvoll meine Antwort abwartete. Das hoffnungsvolle Glitzern erstarb, als ich ihm meine Antwort mitteilte.

„Ihr bekommt das sicherlich alleine hin. Ich habe noch zu tun, klar? Wir sehen uns, Chief." Ich tippte mir an den Kopf, als hätte ich einen Hut an, und machte Anstalten, die Gasse zu verlassen, als ein Sonnenstrahl den Weg zwischen den Gebäuden hindurch fand und direkt vor mir auf den Boden fiel. Regenbögen bildeten sich und ein

Funkeln erhellte die Umgebung. Ich beugte mich hinab
und hob den kleinen Edelstein auf. Es war ein Diamant.
Wie konnte es sein, dass ich ihn nicht vorher gesehen
hatte? Ich drehte den Diamanten in meiner Hand und
ging langsam weiter.
„Ich nehme den Fall an", war das Letzte, was ich zu dem
Officer sagte, bevor ich verschwand.

Kapitel 3 - Shadow

Ein roter Streifen am Horizont leitete bereits den Sonnenaufgang ein, doch noch lag das Wasser des Skyfall-Flusses still und schwarz vor mir, als ich den Frachthafen erreichte. Wenn Chad Kinney hier ein Versteck gehabt hatte, bedeutete das vermutlich, dass ich hier mehr als Geld finden könnte. Sein Wille war schwach gewesen und seine Gedanken vor Angst vernebelt, anders konnte ich mir nicht erklären, dass er so bereitwillig geredet hatte. Im Endeffekt hatte ich nie vorgehabt, ihn am Leben zu lassen, egal ob er die Wahrheit gesagt hatte oder nicht, aber zur Absicherung hätte ich ihn eigentlich erst töten sollen, wenn ich das Geld gehabt hätte. Wenn er gelogen hatte und ich hier nichts fand, hatte ich keine andere Möglichkeit, das Geld zu finden.

Aber ich hatte ihn nicht länger ertragen können und wenn sich das Lager als Sackgasse herausstellen sollte, dann wäre es wohl Eigenverschulden aufgrund meiner Ungeduld.

Doch ich war optimistisch, und so schlich ich zwischen den Lagerhallen entlang auf der Suche nach der richtigen Nummer. Da hörte ich plötzlich Schritte vor mir und ich verschmolz direkt mit den Schatten, um nicht gesehen zu werden. Die Schritte kamen näher und der Schein einer Taschenlampe zuckte durch den Gang. Ich wich dem Lichtkegel aus, da dieser meine Tarnung zerstören würde, und beobachtete angespannt, wie die Person sich entfernte.

„He, schließ mal das Tor auf!“ schrie eine Stimme und
weitere Schritte kamen angetrabt. Ich schlug eine andere
Richtung ein, weg von den Arbeitern, die natürlich bereits
im Morgengrauen am Werke sein mussten. An einer anderen Stelle trat ich aus den Schatten hinaus und suchte
in einer dort nach Kinneys Lager. Währenddessen band
ich mir die schwarzen Locken zusammen, die wild in
mein Gesicht fielen und meine Sicht störten. Wenn hier
Hafenarbeiter waren, dann waren hier auch Wachleute,
die die Waren beschützten, daher musste ich aufmerksam
sein.

Es dauerte nicht lange, bis ich die gesuchte Zahl fand. Ich
wusste nicht, was mich auf der anderen Seite erwartete,
doch da ich keinen Schlüssel für das Tor hatte, blieb mir
nichts anderes übrig, als mithilfe der Schatten die Wand
zu durchqueren.

Die Schatten umhüllten mich, machten mich zu einer der
ihren und mit ihrer Hilfe suchte ich mir einen Weg in das
Innere hinein. Dort angekommen wich die Schattengestalt sofort wieder meiner Menschlichen. Falls ich auf
dem gleichen Weg wieder hinaus musste, würde die Beute
womöglich klein ausfallen, denn je mehr ich bei mir trug,
desto mehr musste ich zu Schatten werden lassen und das
benötigte natürlich Energie.

Ich sah mich in dem dunklen Lager um. Hier standen einige Kisten voller Metallteile, die vermutlich aus Milisita
oder Zuwen stammten und für Fahrzeuge verwendet
wurden. Ich nahm an, dass Kinney irgendwo hier eine
Kiste versteckte, die nie herausgeräumt wurde. Mit ein

wenig Bestechungsgeld konnte jeder so eine Kiste im Lager verstecken.

Als ich die Kisten näher betrachtete, entdeckte ich auf jeder von ihnen das Wappen von Milisita: Eine Spitzhacke und eine Art Stein, sowas wie eine Geode, auf grauem Grund. Das wunderte mich nicht, das Bergbauland handelte viel und gerne, vor allem deswegen, weil sie zwar viele Schätze aus der Erde holen und sie auch hochwertig verarbeiten konnten, dafür aber kaum etwas in den kahlen, unnachgiebigen Gebirgen wuchs.

Ich würde also einfach nach einer Kiste suchen, die im besten Fall kein Zeichen trug. Das sollte einfach sein, nahm ich an, und machte mich auf die Suche.

Ich streifte durch die langen Gänge und öffnete hier und da ein paar Kisten, aus reiner Neugierde. Doch die unzähligen Metallteile konnten meine Aufmerksamkeit nicht halten und so streifte ich weiter, tiefer in die Halle hinein. Je weiter ich ging, desto unordentlicher schienen die Kisten gestapelt. Hier hatte sich bereits eine feine Staubschicht auf die Regale gelegt und Spinnenweben dekorierten die Ecken. Es wunderte mich, wie offensichtlich zu erkennen war, dass nur ein Teil der Halle für ihren eigentlichen Zweck genutzt wurde und niemand Anstalten machte, den hinteren Teil aufzuräumen. Das konnten doch nicht alles gemietete Kisten von Schmugglern oder Drogenhändlern sein, oder?

Neugierig und misstrauisch öffnete ich eine dieser Kisten. Sie war unverschlossen, daher wunderte es mich kaum, dass darin bloß verrostete Einzelteile lagen. Enttäuscht war ich dennoch. Aber einige Kisten waren mit Schlössern versiegelt, und wenn ich diese öffnete, würde mich vielleicht mehr erwarten. Ich kniete mich vor einem der verschlossenen Behälter hin, holte eine kleine Nadel aus meiner Tasche und machte mich mit dieser am Schlüsselloch zu schaffen. Nach einigen Sekunden klickte das Schloss und ich konnte es öffnen. Erwartungsvoll öffnete ich den Deckel der Kiste und schaute hinein. In der großen Halle war nur mein Atem zu hören, der schneller wurde, als ich eine kleine Schachtel hinausholte und das Symbol auf ihrem Deckel erkannte. Dies war, wenn der Inhalt nicht bereits ausgetauscht worden war, eine komplette Warenladung von Gravey-Schmuck, eine der teuersten Schmuckmarken überhaupt! Voller Hochgefühl über meinen Fund öffnete ich die Schachtel und trotz der Dunkelheit schienen mich die kleinen Diamantohrringe darin anzufunkeln. Mit einem glücklichen Seufzen betrachtete ich die Schmuckstücke, bevor ich schweren Herzens meinen Blick losriss und die Ohrringe in einen kleinen Beutel gleiten ließ. Dann wandte ich mich dem restlichen Inhalt zu und mit jeder Schachtel, deren Inhalt ich hinausnahm, entfuhr mir ein entzückter Laut. Ich versuchte, so viel wie möglich in meinen Beutel zu stopfen, bevor ich mich nicht mehr zusammenreißen konnte und mir eine zierliche Kette umhing, an der ein blutroter Rubin baumelte. Ich schaute auf den Rubin hinab und entschied, dass er ganz wunderbar zu mir passte. Als nächstes versuchte ich, einen goldenen Ring an meinen Finger zu stecken, der jedoch zu groß war, weswegen er in den Beutel wanderte.

Gerade fummelte ich an dem Verschluss eines mit Amethysten besetzten Armbandes herum, als ich plötzlich ein Surren hörte. Im nächsten Moment durchflutete auch schon das grelle Licht der Deckenlampen den gesamten Raum und blendete mich. Mit zusammengekniffenen Augen ließ ich das Armband in meiner Tasche verschwinden und griff gleichzeitig nach meinen Messern.

Schwere Schritte hallten durch das Lager, zusammen mit etwas, das klang wie ein Schaben über dem harten Betonboden. Ich blieb in der Hocke und robbte langsam zum Mittelgang, um zu schauen, wer hineingekommen war. Vielleicht waren es nur Hafenarbeiter, die Waren umschiffen sollten.

„Es kommt von da drüben." Hörte ich eine kratzige Stimme. Die Schritte kamen schneller auf mich zu. War ich entdeckt worden? Ich hielt mich dicht am Regal, geschützt vor den Blicken, und wartete darauf, dass jemand in meine Reichweite kam.

„Wir wissen, dass du da bist! Du bist umzingelt, also stell dich!" rief jemand anderes. Die Person versuchte gebieterisch zu klingen, doch ich hörte das Zittern in seiner Stimme, welches ihm zu verbergen nicht ganz gelang. Die Schritte verlangsamten sich, sie schauten wohl in jeden Gang hinein. Ich verlagerte mein Gewicht ein wenig, wippte auf den Füßen, wartete den richtigen Augenblick ab. Und als sich ein Fuß in mein Sichtfeld schob, sprang ich.

Der Wachmann war von meinem Angriff völlig überrascht, was mich doch ein wenig wunderte. Was dachte er denn, was passieren würde? Ich riss ihn um, rammte dabei mein Messer in seinen Hals und rollte im nächsten Moment wieder in Sicherheit, bevor die Kugelsalve der Nachhut mich treffen konnte. Mehrere Personen kamen angerannt, doch ich hatte bereits zuvor auf dieser Seite der Regale eine schmale Spalte entdeckt, durch die ich mich jetzt elegant wie eine Katze hindurchquetschte. Die Wachen waren jedoch zu fokussiert auf die Reihe, wo ich zuvor gewesen war, sodass sie kaum merkten, dass ich bereits viel weiter vorne war. Als die Spalten zu eng wurden, hielt ich inne und linste in den Innengang. Die Wachleute waren ausgeschwärmt, unterhielten sich mit lauten Rufen. Am Eingang der Halle stand noch eine Frau und neben ihr schnüffelte ein großer brauner Hund aufmerksam in der Luft. Auf einmal hielt er inne und richtete seinen Blick in meine Richtung und ich wusste, dass mir keine Zeit mehr blieb. Also rannte ich los, direkt auf den Hund und die Frau zu. Sie brüllte etwas, doch ihre Worte wurden von einem Gurgeln erstickt, als eines meiner Messer genau die Stelle unter ihrer Schutzweste traf. Der Hund rannte mit einem Kläffen auf mich zu. Er war jedoch groß und eher schwerfällig, wodurch ich nur einen wendigen Bogen um ihn schlug und durch die Tür hinausfloh. Dabei zog ich diese hinter mir zu und hörte, wie etwas Schweres dagegen knallte. Mein Wurfmesser hatte ich zurücklassen müssen, doch ich hatte keine Zeit, darüber betrübt zu sein. Ich lief weiter, in eine dunkle Ecke zwischen den Hallen, sammelte die Schatten mit einiger Anstrengung um mich und brachte mich mit ihrer Hilfe in Sicherheit, weg von dem Hafen.

Ich nahm in der Nähe einer Straßenbahn-Haltestelle wieder Gestalt an und hatte dort endlich die Möglichkeit, wieder Luft zu holen. Das Adrenalin pumpte noch durch meine Adern und hinterließ ein aufgeregtes Hochgefühl

in mir. Ich griff nach meinem Beutel und stellte sicher,
dass er noch da und befüllt war. Und weil dieser Dieb-
stahl so erfolgreich gewesen war, selbst wenn ich wahrscheinlich gar nicht Kinneys Sachen gestohlen hatte,
konnte ich gar nicht ans aufhören denken. Ich hatte noch
eine letzte Station vor mir.
Und die würde im Gegensatz vermutlich furchtbar langweilig werden.

Chads Eltern lebten in einem kleinen Vorstadthaus mit
riesigem Garten. Die Morgensonne erhellte die Rosen,
die den Garten zierten, und hohe Apfelbäume standen direkt an der Straße. Diese Gegend erinnerte mich an mein
altes Zuhause. Als ich noch mit meinen Eltern zusam-
mengewohnt hatte. Nur dass unser Grundstück kleiner
gewesen war und voller Lavendel. Kurz verlor ich mich
in Erinnerungen, bevor ich das Grundstück betrat. Ich
pflückte mir einen der Äpfel und ging essend auf das
Haus zu. Es schien niemand da zu sein. Dennoch schlenderte ich um das Haus herum und schaute durch jedes
Fenster, um sicher zu gehen, bevor ich dann die billige
Holztür eintrat. Typisch Vorstädter, niemand scherte sich
um Einbrecher. Ich stieg über die Tür hinweg, ließ den
Apfel auf den Boden fallen und sah mich um. Das Haus
machte nicht den Anschein, als wäre hier ein Krimineller
aufgewachsen. Blumentapeten schmückten die Wände
und grün gemusterte Teppiche führten durch den Flur
und das Wohnzimmer, in dem cremefarbene Möbel um
einen Holztisch mit Steppdeckchen standen. Es roch
nach einem dieser Raumerfrischer mit künstlichem Ro-
senduft, der mir unangenehm in die Nase stach. Die

Kinneys mussten der Kitsch in Person sein. Wenn die anderen Zimmer genauso aussahen, würde ich strahlkotzen. Nun, Chad hatte gesagt, seine Beute wäre irgendwo in seinem alten Zimmer. Sollte doch nicht schwer sein, das zu finden, nicht wahr? Also stieg ich die Treppe hinauf, die von alten Bildern gesäumt waren. Chad war schon als Kind echt unansehnlich gewesen. Kein Wunder, dass er alleine gestorben war. Ohne Partner, ohne Kinder, sogar ohne Freunde. Oben waren fünf Türen, alle aus dem gleichen Holz, umsäumt von weiteren Blumentapeten. An einer stand ‚Badezimmer‘. An einer Weiteren ‚Abstellkammer‘. So hätten diese alten Menschen ruhig jedes Zimmer beschriften können. Jetzt musste ich nur noch drei Türen ausprobieren, um die Richtige zu finden.

Hinter Tür eins befand sich ein Büro. Es sah ziemlich langweilig aus, mit einem alten Computer auf einem alten Schreibtisch, vor dem ein alter Stuhl stand, während sich überall alte Akten mit altem Papier stapelten. Vielleicht übertrieb ich gerade ein wenig, aber verglichen mit den modernen Standards war das hier wirklich ein Witz. Sie könnten sich doch wenigstens einen Laptop besorgen. Oder, Ah! Ich helfe ihnen etwas, indem ich diese ganzen Akten entsorge. Genau, sobald ich Chads Sachen gefunden hatte, helfe ich diesen traurigen Menschen mit ihrem Papierproblem. Grinsend öffnete ich die nächste Tür. Und tatsächlich, es sah aus wie ein altes, klischeemäßig jungenhaft eingerichtetes Kinderzimmer. Mit einem Spielteppich auf dem Dielenboden und einer Flugzeugtapete, sogar das Bett war frisch bezogen mit einer roten, von Autos verzierten Bettwäsche. War sicher peinlich gewesen für den jugendlichen Chad, in so einem Zimmer zu leben. Andererseits hätte er auch mit einem schöneren Zimmer niemanden abbekommen. Er hätte niemanden so weit bringen können, überhaupt dieses Haus zu betreten.

Irgendwo hier war die Beute also… Ich hätte ihn nach Details fragen sollen. So musste ich wohl das ganze Zimmer auseinandernehmen. Und ich würde mit dem Bett anfangen.

„So. Ein. Bastard!" Ich stand zwischen den Trümmern seines Zimmers und hatte absolut nichts gefunden. Weder in den Möbeln noch in dem Spielzeug, was wohl aus Hoffnung auf Enkelkinder immer noch hier lag. Nirgendwo war Geld gewesen, geschweige denn irgendwelche Juwelen, nicht mal Koks! Wie hatte er mich bitte so anlügen können?! Frustriert haute ich gegen die Wand und schaute aus dem Zimmer. Was sollte ich denn jetzt machen? Vielleicht hatte Mrs. Kinney teuren Schmuck. Oder das Paar hortete auch irgendwo Geld. Oder… Das Versteck war in dem Baumhaus direkt vor dem Fenster. Man, war ich blind! Natürlich hatte er es im Baumhaus versteckt. Ich öffnete das Fenster und kletterte von da aus auf das Fenstersims. Wie es aussah, musste man von hier aus auf den Balkon des Baumhauses rüber springen, obwohl ich bezweifelte, dass Chad so sportlich gewesen war. Er hatte sicher einen Trick gehabt. Ich jedoch sprang rüber und landete weich auf dem Holz des schmalen Balkons. Als Nächstes öffnete ich die kleine Tür, die in ihren Angeln quietschte, und krabbelte in das kleine

Haus. Ich konnte mich kaum aufrichten, so winzig war es hier. Dafür war das einzige Mobiliar aber auch eine große, einfache Holztruhe. Gespannt öffnete ich sie und fand darin… Oh ja, das war gut. Geldbündel, Schmuck und kleine Tütchen mit verschiedenen Pulvern und Tabletten. Das dürfte reichen. Ich schloss die Truhe wieder, hob sie hoch und kletterte mit ihr zurück ins Haus. Ich hatte nämlich noch was zu erledigen. Ich wollte den Kinneys doch bei ihrem Altpapierproblem helfen.

Im Wohnzimmer stellte ich die Truhe ab und nahm mir eine kitschige Kerze und ein Feuerzeug vom Tisch, mit denen ich wieder hinauf ging und das Büro betrat. Ich kniete mich vor einen Papierstapel, zündete die Kerze an und hielt sie direkt unter das Papier. Eine Ecke fing an zu kokeln, langsam breitete sich die Flamme über das Papier aus. Kurz darauf brannte der gesamte Stapel. Alles stand so dicht, dass die Flamme zum nächsten Aktenstapel hüpfte. Während sich das Feuer langsam ausbreitete, ging ich zur Gardine herüber und stellte die Kerze direkt darunter. Ein Zipfel der Gardine fiel hinein und fing Flammen. Ich sah zu, wie die hellen Flammen über den weißen Stoff leckten, langsam hinaufkletterten und wie Funken auf andere Objekte in der Nähe übersprangen. Nach kurzer Zeit stand ich mitten zwischen den Flammen und sah zu, wie die Existenz der Leute, die Chad Kinney, eine wettsüchtige, mit Drogen handelnde Ratte, aufgezogen hatten, langsam zu Asche zerfiel. Ich merkte, wie die Hitze langsam unerträglich wurde, also trat ich den Rückzug an. Ich stieg die Treppen hinab, der Rauch schien mir durch das Haus zu folgen. Ich hob die Truhe hoch und kletterte über die zerbrochene Eingangstür zurück in den Garten. Als ich hinauf sah, entdeckte ich das Fenster, an dem die Flammen leckten. Der Rauch waberte mittlerweile durch einen Großteil des Hauses. Ein Lächeln breitete sich auf meinen Lippen aus, während ich langsam rückwärts den Garten verließ. Bald würden die Kinneys wieder nach Hause kommen. Aber sie würden kein Zuhause mehr haben, in das sie zurückkehren könnten. Und der Gedanke brachte mich zum Lachen, während ich davonlief.

Kapitel 4 - Jack

Dieser Morgen brachte nichts als Chaos. Es war einer dieser Tage, wo alles auf einmal passierte. Kurz nachdem ich den Tatort verlassen hatte, in der Hoffnung, wieder zurück in mein Bett zu der reizenden Malina zu können, erreichte mich ein Anruf. Die Polizei hätte Kinneys Wohnung aufgesucht, eine verwüstete Bruchbude anscheinend, wo man eine lose Diele gefunden hätte, darunter wäre aber nichts gewesen. Nirgendwo waren relevante Spuren gefunden worden. Warum die Polizei annahm, dass man Spuren hätte finden müssen? Kinneys Wohnungstür hatte offen gestanden, also ist bestimmt jemand mit seinem Schlüssel eingedrungen. Irgendwie so hatten sie es begründet. Achso, und man hatte die Leiche eines Obdachlosen im Flur vor der Wohnung gefunden mit einer stumpfen Verletzung im Bauch, stark genug, dass er daran verblutet war, aber es war keine Messerwunde gewesen. Die Polizei ging davon aus, dass der Einbrecher von dem Obdachlosen ertappt worden war und aus Reflex gehandelt hätte. Auch an ihm keine nennenswerten Spuren. Ich hatte dem Polizisten am Telefon gesagt, wenn er keine Spuren für mich hätte, solle er mich nicht belästigen und hatte aufgelegt. Ich weiß, dass ich so manchmal überheblich und unhöflich wirken kann, aber ich kann mich nicht mit etwas aufhalten, was mich nicht weiterbringt. Ich brauchte Spuren. Fingerabdrücke, ein loses Haar, Hautschuppen, egal was. Jeder Mörder hinterlässt Spuren. Und die Polizei sollte mir diese Spuren endlich beschaffen.

Als ich ein wenig später erneut angerufen wurde, hatte
ich schon fast Hoffnung. Doch dieser Anruf brachte
mich zu einem neuen Fall. Den Ruinen eines abgebrannten Hauses.

Chad Kinneys Eltern, Lola und Ernst, standen aufgelöst
bei einem Polizisten. Sie konnten sich den Brand nicht erklären. Sie hatten wohl nichts benutzt, was das Feuer ent-
facht haben könnte, bevor sie das Haus heute Morgen
verlassen hatten, um den Wochenmarkt zu besuchen und
anschließend mit Freunden zu Brunchen. Die Beiden er-
zählten äußerst ausführlich von ihrem Vormittag. Ich
überließ es Paul, sich alles anzuhören und kletterte unter
dem Absperrband hindurch in die Ruinen hinein. Auch
ich bezweifelte, dass es ein Haushaltsunfall war. Chad
Kinney war in dieser Nacht umgebracht worden, kurz danach hatte jemand seine Wohnung verwüstet, wobei ein
Junkie sein Leben geben musste, weil er den Dieb wahrscheinlich erwischt hatte. Und jetzt war das Haus seiner
Eltern abgebrannt. Entweder hatte jemand diesen Chad
absolut nicht leiden können, oder es steckte mehr dahin-
ter.
Vorsichtig suchte ich mir einen Weg durch die Trümmer.
Asche wirbelte auf. Hier im Erdgeschoss gab es noch ei-
niges, dass weniger durch das Feuer und mehr durch das
Wasser der Löschfahrzeuge zerstört worden war. Was
Schaden erlitten hatte, war das Obergeschoss gewesen.
Der Boden war durchgebrochen und man konnte hinauf
in den wolkenlosen Himmel schauen. Das meiste war an
diesem Haus aus Holz gewesen, und das meiste dieses

Holzes war verbrannt oder zumindest zu brüchig geworden. Balken hielten an wenigen Stellen noch etwas zusammen, aber wer weiß, wie lange noch.

Ich war kein Spezialist in dem Suchen von Brandursachen, aber ich war mir sicher, dass hier trotz der Größe und Zerstörungswut des Feuers kein Feuermagier am Werk gewesen war. Das Feuer hatte sich vom oberen Stockwerk ausgebreitet. Hier unten war zwar alles nass und voller Rauch, aber eigentlich nur wenig verbrannt. Der Schuldige war also eingebrochen und hatte etwas ganz Gezieltes angezündet. Das war zumindest meine Vermutung, denn es hing keine Magie in der Luft.

Ich griff in meine Tasche und drehte den Diamanten, den ich am Tatort gefunden hatte, zwischen meinen Fingern, während ich weiter durch die Asche stapfte in Richtung der noch intakten Treppe. Es musste etwas mit Geld zu tun haben. Das war ein typisches Motiv. Chad war ein Kleinkrimineller gewesen, der vermutlich jemandem Geld geschuldet hatte oder mit seinem Reichtum geprotzt hatte. Und jetzt will jemand sein ganzes Geld einsacken. Ich sollte mich nach Bankkonten von ihm erkunden… Obwohl, das konnte auch die Kripo machen. Ich musste herausfinden, ob dieser Diamant in meiner Hand zu den Kronjuwelen von Königin Emilie gehörte. Denn wenn ja, musste Chads Mörder auch was mit ihrem Mord zu tun haben. Und das würde mich vielleicht weiterbringen. Ich musste den Fall der Königin auf jeden Fall zu Ende bringen, bevor ein anderer alles aufklärte und die Lorbeeren einsackte.

Bevor ich die Treppe erreicht hatte, überlegte ich es mir
anders und ging wieder zurück. Die Brandursache würde
ich eh nicht finden.

Als ich bereits den halben Raum durchquert hatte, hörte
ich auf einmal ein Krachen über mir. Verwirrt sah ich
hinauf und sah, wie der Balken über mir auf mich hinab-
stürzte. Reflexartig riss ich die Hände in die Höhe. Die
Luft um mich herum bewegte sich, Staub wirbelte auf. Im
Bruchteil einer Sekunde erschuf ich eine starke Windböe,
die den Balken erfasste und von seinem geraden Fall ab-
brachte. Mit einem Knall fiel er wenige Zentimeter vor
mir auf den Boden. Langsam nahm ich die Hände hinunter und der Wind legte sich so schnell, wie er aufgekom-
men war.

Leicht benommen verließ ich die Ruine. Meine rote Jacke
und die Jeans waren grau von der aufgewirbelten Asche.
Als ich mir durch die Haare fuhr, rieselte auch dort Asche
heraus. Ich ließ einen leichten Wind aufkommen, der die
Asche größtenteils davon blies. Das eben war wohl einer
der Momente gewesen, in denen ich mich glücklich schätzen konnte, ein Elementarmagier zu sein.

Ich bemerkte, wie ein Feuerwehrmann und eine Sanitäte-
rin auf mich zugelaufen kamen. Ich hatte bloß gar keine
Lust, dass sie mir Fragen über meine Gesundheit stellen
würden und mich anschnauzen würden, also lief ich zu
Nadia, die die Nachbarn befragte.

„Könnt ihr Chad Kinneys Bankkonten checken? Vermutlich war jemand nach seinem Geld aus… Und fragt die
beiden nach allen Wertgegenständen in ihrem Haus. Viel-

leicht ist noch etwas identifizierbar und wir können herausfinden, ob und was gestohlen wurde. Ich muss los, meld' dich einfach, wenn ihr was interessantes findet."
Trotz ihres skeptischen Blicks nickte Nadia knapp und ich verließ den Platz. Nadia und Paul waren nur auf meine Bitte hin hierhergeschickt worden. Ich konnte es nicht leiden, mit namenlosen Polizisten von anderen Wachen zu arbeiten, die mich nicht richtig ernstnahmen. Nadia könnte mir hinterher alles erzählen, was die Eltern von Kinney erzählt hatten. Wie waren noch gleich ihre Namen? Hieß sie Lotta? Lina? Es war auf jeden Fall ein L am Anfang. Und der Mann hieß Arnold. Oder so ähnlich. Aber das ist auch egal, ich hatte ja jederzeit Zugriff auf deren Daten, wenn ich sie brauchen sollte. Erstmal musste ich diesen Diamanten untersuchen lassen.

„Unglaublich! Dieser perfekte Schliff, der Glanz, diese Reinheit! So ein schönes Exemplar hatte ich nicht mehr in der Hand, seit ich aus Zuwen hierher gezogen bin."
Ich stand im hinteren Teil eines kleinen Schmuckladens und beobachtete Jeremy Neilson, einen blonden, schlanken Schmuckhändler aus dem Königreich Zuwen und ein guter Freund von mir, bei seiner Arbeit. Er hielt den Diamanten unter eine spezielle Lupe und drehte an ein paar Rädchen, um die Lupe einzustellen.
„Seriennummer 2.5.1, und schau mal her." Jeremy ging ein wenig zurück und ich sah durch die Lupe hindurch, obwohl ich nicht wusste, worauf ich achten sollte. Doch dann sah ich, was er mir zeigen sollte. Ein winziges Wappen war in den Edelstein eingraviert worden, eine Krone,

auf der Weintrauben und Lavendel zu erkennen waren.
Auch wenn es klein war, ich wusste, dass dies das Wappen des flumeschen Königshauses war. Dieser Diamant hatte also tatsächlich der Königin gehört.
Ich sah auf und blickte Jeremy an. Seine eisblauen Augen, ein typisches Merkmal der Zuwener, die in den Bergen an der Grenze zur Eiswüste Bechar wohnten, funkelten vor Begeisterung.
„Hast du gesehen, wie der Diamant an der kürzeren Seite abgeflacht ist? Er war in einem Schmuckstück eingesetzt. Von der Größe her gehe ich von einer Kette aus. Ungewöhnlich, dass er herausgefallen ist. Und du findest dieses Prachtstück einfach so in einer Gasse. Ein halbes Jahr nach dem Tod Ihrer Majestät. Es ist doch eigentlich zu erstaunlich, um wahr zu sein." Ehrfurchtsvoll drehte Jeremy den Diamanten in seiner behandschuhten Hand.
„Und sein Zustand ist noch immer in großartiger Verfassung. Dabei wurde diese Seriennummer bereits vor über 2500 Jahren gefertigt, aus einem riesigen Diamanten, der im Jahre 406 nach Entdeckung der Besonderen von dem Archäologen Claude Monchinelli in den Bergen zwischen Milisita und Zuwen gefunden wurde. Aufgrund fürchterlicher Streitigkeiten zwischen den beiden Königreichen um diesen Superdiamanten ging das Prachtstück kaputt und man fertigte daraus Schmuckstücke für jedes Königreich. Du hast ja sicher mitbekommen, was für ein Skandal dieser Raub bedeutet hat. Nicht nur für Flumes, auch Milisita und Zuwen waren entsetzt."
Ich hatte ja gewusst, dass Jeremy verrückt nach Schmuckstücken war, aber mit dieser geschichtlichen Erzählung

könnte er sicherlich mal in einer Quizshow punkten: Flumes' Juwelier-Battle oder sowas in der Art.

„Ich glaube, jedes Königreich war entsetzt. Emilie war eine gute Königin, durch die viel Frieden erreicht wurde. Durch ihre Heirat mit Akihitu aus Norima wurde eine starke Handelspartnerschaft errichtet. Sie hat dafür gesorgt, dass Länder wie Lobana Besondere akzeptieren und hat gemeinsam mit König Alumis von Adras die Verbesserung des Hochsicherheitsgefängnisses vorangetrieben. Um nur ein paar Sachen aufzuzählen. Dass sie so beliebt war, macht er nur noch wichtiger, dass ich ihren Mord schnellstmöglich aufkläre. Also, glaubst du, wir finden Spuren auf dem Diamanten? Fingerabdrücke vielleicht?"

„Das bezweifle ich, Jack. Selbst wenn welche darauf waren, hast du die längst verwischt. Du musst dich wohl etwas mehr anstrengen, um die Lösung zu finden. Hier, du ziehst so eine ernste Miene. Ich mache jetzt eine Mittagspause und dann gehen wir zusammen essen. Ich muss nur vorher zur Bank."

Jeremy räumte sein kleines Labor auf, verschloss die Lupe und ging dann in den Verkaufsraum, um seine Kasse zu holen, die er mindestens zweimal die Woche zur Bank brachte. Er traute das Geld nicht mal seinen Angestellten an, war den ganzen Tag mit im Laden, und wenn er sich mal Urlaub nahm, um seine Verwandten im weit entfernten Zuwen zu besuchen, dann machte er direkt den ganzen Laden dicht. Er war so paranoid, nachdem sein Laden vor ungefähr drei Jahren überfallen worden war. Damals hatte ich ihm großzügigerweise geholfen und ihm den Schmuck wiederbeschafft. Dabei waren die Diebe nicht gerade gut weggekommen und seitdem hatte sich herumgesprochen, dass man diesen Laden lieber nicht angreifen sollte. Danach war zwischen mir und ihm wohl eine Art Freundschaft entstanden. Ich hielt Ärger von ihm fern, dafür half er mir manchmal bei Fällen wie dem der Königin. Und gelegentlich gingen wir zusammen trinken oder was essen. Was zwei befreundete Männer nunmal so machen.

Ich steckte den Diamanten zurück in meine Tasche und folgte Jeremy. Als ich ihn so betrachtete, fragte ich mich plötzlich, ob seine Haarfarbe natürlich war. So ein helles Blond sah man sonst nur bei kleinen Plagen und nicht bei erwachsenen Männern. Aber ich würde ihn nicht danach fragen, nicht, nachdem wir uns schon drei Jahre lang kannten. Das käme schon ziemlich seltsam rüber. Und vielleicht wäre er auch beleidigt, wenn ich ihn fragte, wie echt sein Aussehen sei. Männer können sehr eitel sein. Das weiß ich aus eigener Erfahrung.

Gemeinsam verließen wir seinen Laden und schlugen den Weg zur Bank ein.

Das Bankgebäude war schon von weitem zu erkennen. Ein riesiges Gebäude erhob sich in den Himmel, auf dem die Buchstaben ‚FIB' standen: Flumes International Bank. Ehrlich gesagt kein sehr phantasievoller Name, aber dafür war sie die weltweit größte Bank, geführt von starken Geschäftsleuten. Das Gebäude erstreckte sich über mehrere Etagen und beherbergte hunderte Büros, Sitzungsräume und etliche Schalter. Gefühlt die halbe Stadt arbeitete in diesem Gebäude, weshalb es mich wunderte, dass die Sicherheit so gut gewährleistet werden konnte. Allerdings wurden auch einige Sicherheitsmänner eingesetzt und die Dienstpläne regelmäßig geändert. Und Jeremy vertraute sein Geld eher der FIB an als einer kleineren Bank.

Im Inneren der Bank war es… voll. Vor den Schaltern bildeten sich Schlangen, Kunden warteten auf einen Termin mit einem Mitarbeiter und der ein oder andere wurde von einem Sicherheitsmann hinausbegleitet. Lange wollte ich hier definitiv nicht bleiben, also schob ich Jeremy an den Menschen vorbei zu einem der Schalter. Proteste vernichtete ich mit einem bösen Blick, stellte Jeremy vor dem Schalter ab und sah die Mitarbeiterin ernst an. „Mr. Neilson möchte sein Geld aufs Konto bringen. Beeilen Sie sich bitte? Danke.“

Die Dame schaute mich verblüfft an, nahm dann aber das Geld und die Kontodaten von Jeremy entgegen. Er wollte den Beleg gerade unterschreiben, als plötzlich ein lauter Knall das Gebäude zum Beben brachte. Kurz darauf rannten Zivilisten schreiend zu den Ausgängen, die Bankarbeiter drückten allerhand Knöpfe, woraufhin erst ein ohrenbetäubendes Piepsen und kurz darauf Sirenen ertönten. Wachmänner rannten zu einer Treppe nach unten. Kurzentschlossen ließ ich Jeremy stehen und rannte ihnen hinterher.

Die Treppen führten, wie zu erwarten, zu den Tresoren. Genauer gesagt zu dem, was mal Tresore waren. Anscheinend waren die meisten Türen aufgesprengt und leer geräumt worden. Wie ist das so schnell gelungen? Die Ex-

plosion war vor gerade mal einer Minute. Und einen Ausgang schien es auch nicht zu geben. Wo also war das
Geld, und wo der Einbrecher?
Die Wachmänner durchforsteten bereits den gesamten
Keller und schienen mich dabei nicht mal zu bemerken.
Ich hatte also genug Zeit, um mich umzuschauen.
Wie hatte es jemand geschafft, unbemerkt in die Tresore
zu gelangen, eine Bombe zu legen, durch diese nicht zu
sterben und rechtzeitig das Geld und das Gold hinauszu-
schaffen, bevor die ersten Wachmänner den Ort erreicht
hatten? Für eine normale Person war das unmöglich.
Aber vielleicht…
Langsam ging ich durch den Flur. Geröll versperrte teilweise den Weg, sodass ich gezwungen war, hinüberzuklet-
tern. Dann fand ich etwas. Alles um mich herum schien zu
glänzen. Die Wand, der Boden, die Trümmer, sogar die
Decke. Und dieses Glänzen wirkte so abgrundtief hä-
misch, sobald ich begriff, dass das Alles Blut war.

Kapitel 5 - Shadow

Es war denkbar einfach gewesen, das Geld aus den Banktresoren zu schmuggeln.

Ich hatte mir gewünscht, ich hätte das alleine geschafft, aber leider hatte ich mir Hilfe holen müssen.

Diese Hilfe nannte sich Jumper, ein sehr junger Typ mit rotblonden Haaren und den treudoofen grünen Augen eines Hundes. Er war zwar ein hervorragender Teleporter, jedoch sehr dumm, denn er hatte sich bereits bei unserem ersten Treffen in mich verliebt und daraufhin allen meinen Befehlen gehorcht. Natürlich war das gut für mich, denn so musste ich mich nicht wegen allem mit ihm streiten.

Ich hatte ihn bereits getroffen, bevor ich die Auseinandersetzung mit Chad Kinney gehabt hatte. Während ich damit beschäftigt gewesen war, mir das nötige Geld – und das restliche tolle Zeug wie Schmuck und Drogen – an den Nagel zu reißen, hatte Jumper sowohl die Waffen als auch den Transportwagen besorgt. Der Plan stand schon seit Tagen fest. Ich hatte mir den Dienstplan der Wachmänner besorgt – ein einfaches Unterfangen, wenn man durch die Schatten reisen konnte und lediglich ein Blatt Papier stehlen musste - und hatte so herausgefunden, wer an dem heutigen Tag bei den Tresoren Aufsicht hatte.

Diesem hatte Jumper dann einen Besuch abgestattet und nach einem kleinen Wortwechsel, wie er es beschrieben hatte, war der Wachmann bereit gewesen, einen Bombengürtel anzulegen und sich damit im Tresorraum hoch zu sprengen. Somit waren die Türen offen und die Aufmerksamkeit und Panik der Menschen oberhalb der Tresore sicher. Ich liebte Menschenmassen, die in Panik gerieten und sich gegenseitig tottrampelten.

Durch die Explosion waren die Schutzmechanismen deaktiviert worden und Jumper hatte uns beide hinunter gebracht. Wir hatten mit dem Packen keine Zeit verschwendet und alles gegriffen, was wir transportieren konnten. Denn der Nachteil der Explosion war, dass die Wachleute direkt von dem Einbruch erfahren würden. Daher hatten wir leider wenig Zeit.

Während mein Komplize etliche Säcke voll Geld in den Van brachte, die alle danach aussahen, als wären sie extra für Diebe konzipiert worden, packte ich die Goldbarren in Kartons und Säcke, die Jumper dann ebenfalls in den Van brachte.

Die ersten Wächter polterten bereits die Treppe runter, dabei hatten wir noch nicht alles gesichert. Ich drückte Jumper noch zwei Säcke in die Arme und gab ihm zu verstehen, dass er die Beute in Sicherheit bringen sollte. Er verschwand, gerade als die Männer die Trümmer erblickten, die überall herum lagen. Ich versteckte mich in den Schatten und beobachtete ihre Suche nach einem Täter oder irgendwelchen Spuren. Ich musste meine Gestalt immer wieder ändern, um das Gold in meinem Rucksack zu verstauen, welches mich so verführerisch anlächelte. Doch je mehr Barren ich bei mir trug, desto schwerer würde mir ein Schattensprung gelingen, also musste ich mich zusammenreißen.

Auf einmal bemerkte ich einen jungen Mann, der den Wachmännern in keinster Weise ähnelte. Nicht nur, dass er keine Uniform trug. Er war einfach nur auffällig!
Die hellbraunen Haare waren hochgegelt und die Spitzen knallrot gefärbt, sodass es aussah, als würde sein Kopf brennen. Unter der ebenfalls roten Lederjacke trug er ein leuchtend weißes Hemd, dessen Knöpfe allerdings nur bis zu einer bestimmten Höhe zugeknöpft waren. Unter dem Hemd schienen sich Muskeln abzuzeichnen, aber ich war zu weit weg, um es genau zu erkennen. Könnte auch nur Wunschdenken sein. Ich wünschte nämlich, jeder Kerl wäre sportlich gebaut und muskulös. Bei den meisten Frauen wünschte ich mir das allerdings auch.
Mein Blick wanderte an ihm runter. Er trug wohl eine normale Jeans, dazu kombiniert knallrote Markenschuhe – er schien rot sehr zu mögen - allerdings war sein Gürtel sehr seltsam. Er glänzte silbern und an ihm hängten mehrere verschiedenfarbige Beutel. Einer in Rot (natürlich), ein grün-braun gemusterter und einer in Blau auf der einen Seite, dazu noch ein silberner und ein goldener Beutel auf der anderen Seite. Zwischen diesen beiden hing eine Pistole. Sein Gang war selbstsicher, sein Blick glitt aufmerksam durch den Raum. Mein Instinkt riet mir, mich aus dem Staub zu machen, die Beute zu sichern, doch meine Neugierde überwog und so beobachtete ich diesen Mann in Rot weiter.

Auch wenn er nicht danach aussah, er musste ein Cop sein. Oder er nutzte die Verwirrung, um ebenfalls etwas zu stehlen, aber… Nein, er wäre längst hier rüber gekommen, wenn er ein Dieb wäre. Stattdessen blieb er zwischen den Trümmern stehen und betrachtete angestrengt die Wandreste vor sich. Dabei holte er, wie als wäre es eine Angewohnheit, einen Gegenstand aus seiner Jeanstasche und drehte diesen zwischen seinen Fingern. Ich schlich mich näher an ihn heran, um einen besseren Blick zu erhaschen. Der Gegenstand glänzte mich an und ich keuchte auf, als ich erkannte, was es war. Das war mein Diamant! Warum hatte er meinen Diamanten?!

Warum ich wusste, dass es meiner ist? Ich wusste sowas einfach. Und auch wenn er nicht mir gehörte, bald würde er es. Dieser kleine, funkelnde Schatz konnte gar nicht anders, als mir zu gehören, das war ihm vorherbestimmt. Der Mann drehte seinen Kopf in meine Richtung, als hätte er mein Keuchen gehört. Er ließ seinen Blick aufmerksam über mich hinweggleiten, ich war jedoch wieder mit den Schatten verschmolzen, und als er nichts entdeckte, runzelte er die Stirn und drehte mir den Rücken zu. Dabei konnte ich erkennen, dass auf dem Rücken seiner Jacke etwas eingestickt war – JACK leuchtete mir in golden glitzernden Lettern entgegen. War das sein Name? Jack? Aber wenn er ein Polizist war, warum trug er eine Jacke mit seinem Namen? Auch ein zivil gekleideter Polizist konnte nicht so dämlich und so eitel sein, um solche Kleidung zu tragen. Will ein Polizist in ziviler Kleidung nicht eigentlich mit der Menge verschmelzen? Er tat es definitiv nicht, ganz im Gegenteil stach er heraus, als hätte er eine Leuchtreklame über sich hängen, auf der stand: Hier bin ich, seht mich an!

Falls sein Ziel war, Blicke auf sich zu ziehen, so verfehlte er sein Ziel auf jeden Fall nicht. Ich konnte nicht anders, als näher an ihn heranzuschleichen und seinen geraden Rücken zu begutachten, die muskulösen Arme, die sich unter der Lederjacke abzeichneten, den wohlgeformten Arsch in der engen Jeans. Tatsächlich hatte ich das Gefühl, ich müsste ihn von irgendwoher kennen. War er vielleicht mehr als ein einfacher Cop? Das auf jeden Fall, so sah kein gewöhnlicher Polizist aus.

 Hatte er etwas mit meinen Leuten zu tun? War er vielleicht… Nein, das ging zu weit. Er sah zwar aus wie ein bunter Vogel, aber mehr war an ihm wohl nicht besonders. Oder doch? Könnte es sein?

Fast hatte ich ihn erreicht, da verließ er seinen Platz an der Wand und leistete den Wachleuten Gesellschaft, die mit ihren Taschenlampen den gesamten Raum beleuchteten. Das würde es schwerer machen, Zuflucht in den Schatten zu finden. Außerdem musste ich langsam hier raus und zu Jumper, bevor der noch eine Dummheit anstellte oder meine Kräfte nachließen und ich noch erwischt wurde.

Allerdings… wollte ich unbedingt diesen Diamanten in Jacks Hand.

Kapitel 6 - Jack

Bevor die Wachmänner etwas entdeckt zu haben schienen, hatte ich gedacht, etwas gehört zu haben. Es war aber vermutlich nur ich gewesen, oder einer der anderen. Denn hier war einfach niemand.

Die Männer standen alle im Kreis um etwas herum. Ich quetschte mich durch sie hindurch, wofür ich blöde Blicke erntete, bevor sie merkten, wer ich überhaupt war. Dann gingen sie etwas weg, um mich in Ruhe ihren Fund inspizieren zu lassen.

Der Fund entpuppte sich als ein verkokelter Unterarm. Es passte zu der Explosion, zu dem Blut in der Mitte des Flures. Jemand hatte sich in die Luft gesprengt – Wie sonst hätte eine Bombe unbemerkt in die Tresore gelangen sollen, wenn nicht durch… einen Mitarbeiter. Zum Beispiel einem Wachmann.

Ich drehte mich zu den Männern um, die schweigend auf das Körperglied starrten. „Ihr wisst, zu wem das gehört, nicht wahr?" Langsam nickten sie. Einer begann zu reden. „Steve Krops… Er hatte heute Dienst hier. Seit gestern hat er sich etwas seltsam benommen, aber… Wie hätten wir wissen können…?"

Eine andere Stimme unterbrach ihn. „Warum hätte Steve sowas machen sollen? Offensichtlich wurden die Tresore hier doch ausgeraubt. Also hat jemand die Bombe hier platziert und er ist da rein geraten. Er wurde ermordet. Wir müssen den Täter finden, anstatt blöd hier rum zu stehen."

Die forsche Stimme gehörte einer muskulösen Frau, die mir unter den Männern nicht aufgefallen war. Sie hatte kurze, schwarze Haare, war ungeschminkt und trug die gleiche Uniform wie die Männer – vermutlich auch in der gleichen Größe.

Nach ihrer Ansprache wandte sie sich mir zu. „Sie sind Jack Storm. Ich habe gehört, Sie sollen ein guter Detective sein. Allerdings sind Sie wohl auch Schauspieler, Sänger, Entertainer und Erfinder, also ist das nicht gerade glaubhaft. Aber es muss ja einen Grund geben, dass Sie hier sind. Also, helfen Sie uns, den Fall aufzuklären? Super. Ich bin Kris. Kris Sane.“

Wow. Frauen können einen mit ihren Reden richtig erschlagen. Ich räusperte mich, bevor ich sprach.

„Nun. Natürlich werde ich mich dem Fall annehmen. Ich habe allerdings noch zwei andere ungeklärte Fälle, bei denen ich hoffe, dass sie zusammen fallen. Da das hier aber eine große Sache werden wird – man wird überall von diesem Raub berichten - …“

Kris sah mich mit so einem Blick an, der mich verstummen ließ. Ich hatte selten so jemanden Autoritären erlebt.

„Gut. Peter, geh hoch und schau nach, ob es den Leuten gut geht, und ob die Polizei und der ganze Rest schon da ist. Jason, Alfred, geht mit ihm. Haltet die Journalisten fern… Ted, geh du auch mit.“ Die vier Männer nickten und liefen hoch, wodurch außer mir und Kris noch fünf andere Männer unten blieben. Tatsächlich fiel mir erst jetzt auf, dass zehn Wachmänner für eine so große Bank recht wenig waren, aber vermutlich hatten die Restlichen bei der Evakuierung der Zivilisten geholfen.

Kris gab den restlichen fünf Männern die Anweisung,
noch einmal alles zu durchsuchen. Sie war ziemlich offensichtlich ein hohes Tier, oder sie hatte einen Ruf als Ei-
erabreißerin inne.

Schließlich standen nur noch Kris und ich an Steves Arm.
Ich räusperte mich. „Ich bräuchte ein paar Angaben zu
Steve Krops." Sie richtete ihren bohrenden Blick auf
mich, den ich zu vermeiden versuchte, während ich in
meinen Taschen nach Block und Stift kramte und diese
dann schreibbereit vor mich hielt. „Also, wie alt war er?
Wie lange arbeitete er schon hier? Hat er Familie? Eltern,
eine Frau, Freundin, einen Mann vielleicht? Kinder? Wie
sah es mit Freunden aus? Hatte er Feinde? Hatte er vielleicht Kontakt zu irgendwelchen zwielichtigen Persönlichkeiten? War er Bandenmitglied?"
Mir wären sicher noch mehr Fragen eingefallen, aber Kris
unterbrach mich. „Nein, er war kein Bandenmitglied. Ich
weiß nicht, zu wem er alles Kontakt hatte, aber ich
nehme an, sein Handy liegt noch im Umkleideraum, da
können Sie nachschauen. Feinde hatte er soweit ich weiß
keine… Seine Eltern leben noch, die können Sie ja durch
Steves Handy kontaktieren. Kinder hatte er keine, aber
eine Freundin, glaube ich. Was waren nochmal die anderen Fragen?"
Ich schaute in meine Notizen. „Ehm, Alter und seit wann
er als Wachmann bzw. hier arbeitet."
„Ah. Er war 36, arbeitete seit knapp zehn Jahren hier.
War immer zuverlässig. Hat kaum Fehler gemacht… Er
hatte das hier nicht verdient." Kris sah kurz auf den Arm,
dann wieder zu mir. „War das einer von Ihrer Spezies?"

Ihre Frage troff vor Abscheu. Vielleicht bildete ich mir
diesen Unterton aber auch nur ein. Dieses Wort – Spezies
- … Ich konnte mich nicht daran erinnern, mal so bezeichnet worden zu sein. Ich sah sie verblüfft schweigend
an, bevor ich meine Fassung wiederfand.
„Ich weiß nicht, wer es war. Wir müssen erstmal auf die
Spurensicherung warten, auf die… Kripo…“ Ich steckte
Block und Stift wieder weg und griff dann in meine Tasche, in der ich meinen Diamanten aufbewahrte – nur um
festzustellen, dass dieser nicht mehr da war.
Ich sah mich um, in der Hoffnung, er wäre vielleicht nur
rausgefallen und läge direkt neben mir auf dem Boden.
Um besser zu sehen, holte ich aus einem meiner Beutel
am Gürtel ein Feuerzeug raus und ließ es aufflackern. Die
Flamme wurde immer größer und heller, bis sie den gesamten Raum erleuchtete und meinen Diamanten zum
Funkeln brachte.
Dieser lag allerdings nicht auf dem Boden, sondern
schien in der Luft zu schweben. Ich ging auf ihn zu. Der
Diamant wich langsam zurück – oder besser gesagt die
Gestalt, die ihn hielt. Sie sah aus wie aus Rauch und
Schatten entstanden. Eigentlich bestand sie nur aus Um-
rissen, die wohl eine Frau darstellen sollten: lange Haare
wogten um den gesichtslosen Kopf, der auf einem
schlanken, kurvigen Körper thronte. Mehr konnte ich
nicht erkennen, aber vielleicht, wenn ich näher ran kam…

Da ich wusste, dass sie zurück weichen würde, versuchte
ich sie zu überraschen – und rannte auf sie zu. Die Schat-

tengestalt zuckte zurück, aber das Licht meines Feuers erfasste sie bereits und die Schatten schienen sich darin aufzulösen, bis kurz jemand Menschliches vor mir zu stehen schien. Große, nachtschwarze Augen starrten mich aus einem blassen Gesicht an. Sie waren von schwarzen Steinchen umrahmt wie von einer Maske. Ihre Lippen schimmerten dunkelrot und sowohl ihre Haare als auch ihre schwarze Kleidung schienen zu glitzern, als wären sie der Nachthimmel, versetzt mit tausenden Sternen.
Ich war kurz so fasziniert, dass ich den Schlag nicht kommen sah. Die Frau traf mich so hart im Gesicht, dass mein Kopf zurück geschleudert wurde und ich nach hinten stolperte. Als ich mich fing und zu der Stelle starrte, wo sie eben noch stand, musste ich feststellen, dass sie bereits die Treppen hoch Richtung Ausgang rannte.
„He! Stehen geblieben!“ schrie ich und rannte ihr nach. Sie war zwar flink, aber mit meiner Sportlichkeit würde es die Schattenfrau nicht aufnehmen können. Ich jagte sie durch das Bankgebäude bis zu den Eingängen. Sie würde direkt in die Arme der Polizisten rennen. Das war perfekt. Grinsend scheuchte ich sie weiter, bis nach draußen. Doch als ich raus kam, sah nur ich mich von Polizisten umzingelt. Die Frau war verschwunden.

Kapitel 7 - Shadow

Penthouse – eine Stunde nach dem Vorfall.

Beinahe hätte dieser Feuerbändiger mich erwischt.
Jack… Erst jetzt erinnerte ich mich daran, dass ich schon
von ihm gehört hatte. Jack Storm, das Allround-Talent.
Schauspieler – ich konnte mich an einen Film von ihm
erinnern, der ‚Hero' hieß. Vor einiger Zeit hatte ich ihn
mir angesehen und er war grauenhaft gewesen. Aber das
hatte an der Story gelegen. Viel zu schnulzig und über-
spitzt. Im Film war er blond gewesen, und irgendwie
hatte er süß ausgesehen. Vermutlich war er zum Zeitpunkt des Filmdrehs gerade mal 18 Jahre alt gewesen,
vermutete ich, sein Gesicht war noch kindlicher gewesen,
aber ich hätte es bereits als hübsch bezeichnet. Wohinge-
gen er jetzt, eben, erwachsener ausgesehen hatte, mysteri-
öser… Allerdings auch viel zu bunt.
Dann hatte er wohl auch mal ein Album raus gebracht.
Die Lieder liefen gelegentlich im Radio und die Stimme
hörte sich immer extrem computerverzerrt an. Vermutlich hatte man versucht, das fehlende Talent mit Technik
auszugleichen.
Und… Jack Storm war als Detective berühmt. In den
Nachrichten und den sozialen Medien war überall davon
berichtet worden, als er den Auftrag angenommen hatte,
Königin Emilies Tod aufzuklären.
Und jetzt tauchte er ausgerechnet in der Bank auf… Wie
viel wusste er?

Ich betrachtete den Diamanten in meiner Hand. Ich musste ihn verloren haben, als ich die… Auseinandersetzung mit Chad gehabt hatte. Und wenn ich Pech hatte, hatte Jack Storm bereits herausgefunden, dass der Diamant aus dem Besitz der ermordeten Königin kam. Und er hatte mich gesehen, als ich mir den Edelstein zurückgeholt hatte… Und konnte nun eine Verbindung zu allen drei Fällen herstellen.

Mir war selten so etwas dämliches passiert!

Hätte ich den Diamanten einfach bei ihm gelassen, wäre ihm keine Verbindung aufgefallen. Aber nun hatte er mich gesehen. Nicht, dass ihm das helfen würde. Es gab einen Grund, warum ich noch nie erwischt worden bin. Vor sechs Jahren hatte ich meine erste Straftat begangen, und seitdem hatte ich nicht damit aufgehört. Und niemand war mir auf die Schliche gekommen.

Jumper brachte gerade die letzten Säcke in meine Wohnung. Diese befand sich ganz oben im Skyfall Black, einem der höchsten Wohngebäude von Flumes City. Von meinem riesigen Balkon konnte ich die ganze Stadt überblicken und den Lauf des Skyfall River beobachten. Selbst die Lichter des Freizeitparks abseits der Stadt konnte ich klar erkennen. Besonders bei Nacht, im Schein des Mondes, wenn die ganze Stadt erleuchtet ist, hielt ich mich gerne auf dem Balkon auf. Bei Tag war ich hingegen lieber drinnen, in meiner schwarz gestrichenen Wohnung mit dem dunklen Holzboden und den dunklen Möbeln. Ich hatte mir in dieser Wohnung meine eigene Nacht erschaffen, und meine Sterne waren die Juwelen, die ich sorgsam in Glaskästen im gesamten Raum aufbewahrte.

Gedankenverloren sah ich mich um und ignorierte dabei meinen Komplizen, der erschöpft auf die weinrote Couch fiel. „Ich habe alles in deinen Safe gebracht. Wenn ich gehe, hole ich mir meinen Anteil, ´kay? Sag mal, woran denkst'n eigentlich?"

Ich drehte mich zu Jumper um. Seine rotblonden Haare fielen ihm verschwitzt ins Gesicht, was wirklich dämlich aussah. Ich rümpfte die Nase. „Geh duschen. Und komm danach ins Schlafzimmer." Ich drehte mich wieder herum und stolzierte ins Schlafzimmer. Dort legte ich den Diamanten vorsichtig in ein Samtkästchen, bevor ich mich auszog. Im Spiegel betrachtete ich meinen blassen Körper. Die Dämmerung brach herein und die Dunkelheit gab mir einen beinahe menschlichen Körper. Die samtig schwarzen Locken lagen schwer auf meinen Schultern. Ich sollte sie schneiden lassen… allerdings hasste ich Friseursalons. Sie waren so hell und … einladend. Ich sollte einen persönlichen Haarstylisten engagieren, das Geld für so etwas hatte ich ja jetzt. Ich lächelte mein Spiegelbild an. Mit dem Geld könnte ich mir so viel beschaffen. Neue Kleidung, zum Beispiel. Neue Möbel. Ich könnte eine berauschende Party feiern, die eine ganze Woche lang andauerte. Und ich würde eine ewige Nacht erschaffen… ich wusste nur noch nicht, wie.

Meine Überlegungen wurden von Jumper gestört, der das Zimmer betrat und auf mich zukam. Darauf, sich wieder anzuziehen, hatte er verzichtet, und auch die Handtücher hatte er im Bad gelassen. Mutig von ihm.
Er legte die Arme von hinten um mich und ich sah durch den Spiegel zu, wie er langsam über meine Brüste strich.

Ich lehnte mich an ihn, sagte nichts zu seinen Streiche-
leinheiten. Sollte er doch machen.

„Hör mal, Shadow… Jetzt, da ich dir geholfen habe,
könntest du mir vielleicht auch helfen", murmelte er,
während er mein Ohr küsste. „Ich bin da nämlich an was
dran. Nachdem ich letztens was Interessantes im Dark-
Pub gehört habe."

Leicht drehte ich meinen Kopf. „Mhm, da war ich schon
länger nicht mehr. Was gab es denn so Interessantes zu
hören?" Er begann, an meinem Körper hinunter zu streichen.

„Naja, dieser Typ, Jordan heißt er, hat ganz groß getönt,
er wüsste von einigen Gegenständen, die magische Kräfte
besäßen. Hat etwas gelabert, dass die Zeit der Artefakte
gekommen sei und eine neue Ära hereinbräche… Erzählte von einer Ärztin, die immer eine Brosche mit sich
herumträgt. Als er da mal nach einer Schießerei landete,
hat sie ihn behandelt. Da sind Leute aus einer Gang in
den Raum gestürmt, sie hat sich blitzschnell herum gedreht und ließ Spritzen durch den Raum und auf diese
Leute zufliegen, bis sie alle auf dem Boden lagen. Dabei
hat diese Brosche geleuchtet. Er hat fest behauptet, dass
die Brosche ihr magische Fähigkeiten gegeben hätte, ich
glaube eher, sie ist einfach eine Besondere. Auf jeden Fall
habe ich vor ein paar Tagen mitbekommen, wie jemand
anderes über genau den gleichen Gegenstand gesprochen
hat. Da bin ich neugierig geworden und dachte mir, warum nicht mal schauen, ob etwas an diesen Gerüchten
dran ist?"

Während er noch sprach, drehte ich mich zu ihm herum
und betrachtete ihn nachdenklich.

„Eine Ärztin, eine magische Brosche und besondere Fähigkeiten? Hast du vielleicht auch mehr Informationen?
Wer diese Ärztin ist, zum Beispiel?“
Jumper zuckte bloß mit den Schultern, beugte sich hinab
und verteilte Küsse von meinem Hals aus hinab zu meinen Brüsten.
„Ich weiß nicht, wie diese Frau aussieht. Aber… Anscheinend findet an diesem Wochenende eine Gala des Krankenhauses St. Georges statt. Du weißt schon, zum 150.
Geburtstag der Einrichtung. Die ganz hohen Tiere kommen… Ärzte, Sponsoren, selbst der Bürgermeister. Vielleicht ist diese Ärztin dann auch dort.“
Die Gala also. Eine magische Brosche, die… was konnte
sie denn eigentlich? Leuchten? Ich hatte nicht viele Informationen, doch ich war neugierig. Und die Vorstellung
nach glänzendem Schmuck machte mich nur noch gieri-
ger. Egal, was dieser Gegenstand konnte, ich würde es
herausfinden.

Mittlerweile hatten Jumpers Lippen meine Hüfte erreicht.
„Lass uns doch zusammen hingehen. Aber zuerst…“,
murmelte er zwischen einigen Küssen und näherte sich
meinem Intimbereich. Das vorfreudige Kribbeln, welches
normalerweise meinen Körper durchfuhr, blieb diesmal
aus. Ich überlegte kurz, lächelte dann und zog ihn hoch.
„Lass uns raus gehen. Ich sag dir, das Erlebnis dort wirst
du nie wieder vergessen.“ Damit zog ich ihn aus dem
Schlafzimmer und auf den Balkon. Der Wind peitschte
meine Haare auf und sauste in meinen Ohren. Jumper
kniff die Augen zusammen, bevor er auf die Brüstung zu-

ging. Mit staunendem Blick überblickte er die langsam erwachenden Lichter der Stadt, beobachtete einen Hubschrauber und beugte sich dann leicht vor, um ganz nach unten zu schauen.

„Woah, ist das hoch!", meinte er staunend.

„Zu hoch für dich?", fragte ich neckend.

„Pah, natürlich nicht. Ich war nur noch nie in einem Penthouse… Wie kannst du dir das leisten?"

„Indem ich eine verdammt gute Diebin bin, offensichtlich."

Jumper kam auf mich zu und zog mich an sich. „Zusammen sind wir ein hervorragendes Team, Shadow. Vor uns ist nichts mehr sicher." Er beugte sich vor, um mich zu küssen. Ich entwand mich ihm und lächelte geheimnisvoll.

„Traust du dich, auf die Brüstung zu klettern?"

„Eh… Natürlich! Aber was hast du denn vor?"

„Du bist so neugierig. Also, du setzt dich auf die Brüstung, lässt die Beine baumeln… Und ich hole uns was zu trinken?"

„Wir können uns auch auf die Bank setzen…", sagte er unsicher und sah zur der Sitzgelegenheit. Ich legte den Kopf schief.

„Du hast also Angst?"

„Nein, natürlich nicht! Aber… Ist doch gemütlicher…"

„Aber stell dir den Rausch vor, auf der Brüstung zu sitzen, die ganze Welt unter uns, der Wind peitscht um uns herum…"

„Also, es klingt schon gut…"

„Und, traust du dich immer noch nicht? Angsthase?"

„He, ich bin kein Angsthase!" Jumper stemmte die
Hände in die Hüften, was irgendwie dämlich aussah, da er
immer noch nackt war. Ich machte ein paar Schritte rückwärts, in Richtung Tür.

„Dann beweis es", provozierte ich ihn. Der junge Mann
schnaubte, ging zur Brüstung zurück und schwang seine
Beine darüber. Seine Hände klammerten sich an das Metall, während er vorsichtig nach unten sah. Still ging ich
hinein und holte aus meinem Weinschrank eine Flasche
Souleburne, und füllte ein Glas mit der roten Flüssigkeit.
An dem Glas nippend wanderte ich durch den Raum zu
meinem Waffenschrank. Kurz überlegte ich, dann nahm
ich einen kleinen Knüppel heraus, der mit Metallspikes
versehen war. Ich hielt ihn selten in der Hand, da meine
Lieblingswaffen die Messer waren, von denen ich Dutzende in verschiedenen Ausführungen fein säuberlich vor
mir hängen hatte. Doch jetzt würde ich sie nicht brauchen.

Ich ging zurück zur Terrasse. Meine Schritte waren leise
und unter dem Getöse des Windes nicht zu hören.
Jumpers Blick war zum Himmel gerichtet, in Richtung
der blutroten Sonne. Ich trat an ihn heran, doch er bemerkte mich nicht. Kurz betrachtete ich sein Profil, die
eher schmalen Schultern, den knochigen Rücken, die langen, strähnigen Haare. Er hätte machen können, was er
wollte, ich wäre nicht geil geworden. Er war zu dünn, zu
jung, zu naiv. Und er sprach von einer langfristigen Part-
nerschaft, die ich nicht eingehen wollte. Nein, ich würde
nicht teilen. Ich brauchte ihn nicht länger. Ich holte aus
und traf die Mulde am unteren Kopf. Die Spikes bohrten

sich in die weiche Haut. Jumper versteifte sich kurz, dann
löste sich sein Griff von der Brüstung und er fiel.
Fiel tief hinab auf die harte, unbarmherzige Straße zu.

Kapitel 8 - Jack

„Einfach weg! Das ist doch nicht zu fassen!" Ich lief aufgebracht neben Jeremy her, während dieser an einer Kugel Schokoladeneis schleckte. Ihn hatte der Bombenanschlag auf die Bank nicht wirklich aus der Ruhe gebracht. Die meisten anderen der Anwesenden würden vermutlich in eine psychiatrische Behandlung gehen. Jeremy brauchte bloß etwas zu Essen und vielleicht etwas Wertvolles zum Analysieren.

„He, mach dir keinen Stress. Wir haben ein Bild und alle Daten von dem Diamanten. Das reicht doch erstmal."

„Du verstehst das nicht, Jeremy. Ich habe mir einen Diamanten entwenden lassen, ich konnte diese Diebin nicht fassen! Ich hab sie nicht mal richtig gesehen! Sie… Hat lange schwarze Haare. Und dunkle Augen, glaub ich… Mehr weiß ich nicht mehr! Und ich kann mir gut Gesichter merken! Warum kann ich mich an sie dann nicht erinnern?"

„Du sagtest doch, sie schien mit den Schatten zu verschmelzen. Vielleicht ist sie ja so eine Schattengestalt. Wie aus *Ein Jahr in Dunkelheit*. Sie wird zu einem Schatten, wann immer die Dunkelheit sie ruft." Er biss in seine Waffel. „Dafür, dass du ein Elementarmagier bist, versuchst du immer, alles viel zu logisch zu sehen."

Zähneknirschend sah ich ihn an. „Was soll das denn heißen? Logisch denken ist mein Job! Dafür bin ich Detective geworden, dafür mache ich diese ganze Scheiße…"

„Du bist Detective geworden, weil du dich als Superheld ausgeben willst, Jack. Nimm es mir nicht böse, aber ich werde nie verstehen, warum du so versessen auf Berühmtheit bist, aber dann kein Schauspieler geblieben bist. Klar, du machst deine Arbeit gut, aber irgendwie aus den falschen Motiven, oder?"

Ich sah ihn entrüstet an, weil er so ein Bild von mir hatte. „Darum geht es nicht. Ich möchte meine Fähigkeiten auch nutzen, um etwas Gutes zu bewirken. Verstehst du… um zu zeigen, dass wir Besondere nicht alle so schlecht sind wie wir manchmal dargestellt werden."

Das mit den *Besonderen* ist eine schwierige Sache. Ich gehöre zu einer Spezies, die der menschlichen zwar ähnlich, aber nicht mit ihr identisch ist. Besondere Gene in uns sorgen dafür, dass wir Fähigkeiten entwickeln, die annähernd einzigartig sind. Hier in Flumes gibt es alle verschiedenen Arten von Besonderen, jedoch sind wir im Vergleich zu den Normalos noch immer weit in der Minderheit. In der Stadt gibt es vor allem Magier, wobei dieser Begriff auch sehr weit gefasst ist. Manche von uns sind extrem stark oder schnell. Andere können Gedanken lesen. Und ich kann die vier Elemente Feuer, Wasser, Erde und Luft kontrollieren.

Es gibt viele Leute, die mich dafür bewundern und viel Hoffnung in mich setzen, dass ich sie beschütze. Andere verstehen mich einfach nicht und dann gibt es die, die mich dafür verurteilen. Die neidisch sind. Aber dank meinem Charme und meiner Hilfsbereitschaft trifft das nur auf wenige zu. Nicht jeder Besondere hat das Glück, überhaupt akzeptiert zu werden. Während wir Magier in Flumes quasi zur Grundausstattung dazugehörten, gibt es noch eine andere Gruppe, die Voltin. Man könnte sie auch Gestaltwandler nennen, doch das fasste nicht ganz zusammen, wie ihre Fähigkeiten funktionierten. Die meisten von ihnen tragen ein Tier in sich, das die Hälfte ihres Wesens ausmacht. Sie können sich in dieses Tier verwandeln, besitzen aber auch in menschlicher Form tierische Eigenschaften und bleiben dadurch lieber bei Artgenossen. Das Voltin-Gen ist bei Weitem dominanter als das von Normalos oder Magiern, aber sie haben es auch schwer, sich fortzupflanzen, da sie… nun, sie werden sehr viel häufiger gejagt als andere menschliche Spezies. Außerdem bevorzugen sie eher artspezifische Lebensräume, weswegen ich hier in Flumes City bisher sehr wenigen Voltin begegnet war.

Ich merkte erst, dass Jeremy mit mir gesprochen hatte, als dieser mich anstupste. „Jetzt schau doch endlich!" Ich folgte seinem ausgestreckten Arm mit den Augen zu der großen Leinwand, an der gerade die Nachrichten ausgestrahlt wurden. Neben der Moderatorin wurde das Bild des Saint-George-Krankenhauses eingeblendet, darunter erschien ein Text: *Bombendrohung gegen Krankenhaus – Gala in Gefahr*
„Ein Bombenanschlag während der Gala?" Ich strich mir über das Kinn. „Wann ist die denn?"
„Dieses Wochenende. Meinst du, das hängt mit der Bombe heute zusammen?"
„Vielleicht. Aber das heute ist nicht angekündigt worden. Und warum sollte jemand die Gala eines Krankenhauses sprengen? Hat dieser jemand einen Hass auf Kranke und Verletzte? Bezweifle ich irgendwie."

Jeremy, der sein Eis aufgegessen hatte und nun in seinen Taschen nach weiteren Süßigkeiten suchte, zuckte die Schultern. „Ich glaube nicht, dass der Anschlag auf die Patienten gerichtet ist. Sondern eher auf die ganzen alten Säcke mit zu viel Kohle."

„Du redest da gerade von deinen Kunden."

Er grinste. „Ich sage ja nicht, dass ich undankbar bin. Sie können ihr Geld gerne mit mir teilen. Aber verstehst du, was ich meine? Der Attentäter ist vielleicht kein Fan der reichen Elite."

Nachdenklich schaute ich zur Leinwand hoch. „Ja, du hast Recht. Das könnte ein Grund sein. Ich muss auf jeden Fall zu dieser Gala. Besonders, wenn die Drohung mit all den anderen Fällen zusammenhängt… Und ich den Täter schnappen kann…"

Wenn ich die Schattendame zu fassen bekam, wusste ich endlich, ob sie hinter Allem steckte.

Ich griff nach meinem Handy und wählte die Nummer meines Kollegen. Paul ging direkt ran.

„Hey, Jack. Alles okay? Ich hab mitbekommen, dass du beim Anschlag auf die Bank anwesend warst. Schade, dass ein anderes Revier näher dran war…"

„Eh… Ja, alles in Ordnung. Wie es aussieht, ist mindestens eine Besondere daran beteiligt, deswegen werde ich an dem Fall arbeiten. Hast du von der Bombendrohung auf die Gala gehört?"

„Ja, hab ich. Jeder im Büro spricht darüber. Aber eine Sicherheitsfirma ist darauf angesetzt und wir dürfen uns nicht einmischen, bis nicht etwas passiert ist."

Das war schon wieder typisch für die polizeiliche Bürokratie. Erst einschreiten, wenn es bereits zu spät ist. Ich schüttelte genervt den Kopf. Jeremy beobachtete mich neugierig.

„Paul, ich brauche eine Einladung für die Gala. Kannst du mir eine besorgen?"

„Du willst dahin? Aber ich sagte doch, wir dürfen nicht…"

„Für mich gelten andere Regeln", unterbrach ich ihn.

„Wenn die gleiche Besondere dort am Werk ist wie in der Bank, dann muss ich da sein. Wer sonst sollte sie aufhalten?"

Kurz herrschte Stille, dann hörte ich ein Seufzen am anderen Ende der Leitung.

„Klar. Ich beschaff dir den Zutritt. Aber wenn es Ärger gibt, musst du den Kopf hinhalten."

Ich musste grinsen. „Danke, Paul. Das macht es um einiges einfacher." Ich legte auf und steckte mein Handy wieder weg. Dann drehte ich mich zu Jeremy um.

„Ich geh jetzt nach Hause. Ich melde mich bei dir nach der Gala, okay? Vielleicht erziel ich da ja einen Durchbruch."

„Geht klar. Halt nach weiterem Schmuck Ausschau, den ich analysieren kann." Jeremy grinste fröhlich und ging davon. Ich meinerseits machte mich auf den Heimweg.

„Daniel? Ich brauche dringend ein Umstyling", war das Erste, was ich meinem Mitbewohner zurief, als sich die Fahrstuhltür zum Penthouse öffnete. Der dunkelblonde Mann stand in der Küche und mischte gerade einen Salat zusammen. So sah es zumindest aus. Er sah auf und betrachtete mich prüfend.

„Was ist falsch an deinem jetzigen Styling? Gefällt dir die Farbe nicht? Also mir gefällt sie. Rot steht dir total. Auch wenn ich ein großer Fan von deinen blauen Wellen war. Die Wasseroptik ist total dein Ding. Aber Flammen sind auch deins. Wir könnten sie auch weiß machen, wenn du willst, das ist gerade im Trend –."

Ich unterbrach ihn. „Das ist es nicht. Ich geh am Wochenende auf die Saint George Gala. Und dafür darf ich nicht aussehen wie ein bunter Vogel, verstehst du?"

Daniel verzog das Gesicht. „Okay, meinetwegen. Ich krieg auch *normal* hin, auch wenn das gar nicht zu dir passt. Und ich lasse deinen Anzug reinigen… den schwarzen, nehme ich an? Mit rotem Hemd und schwarzer Krawatte? Oder blauem Hemd? Ach, ich finde schon eine gute Combi. Dir stehen alle Farben, auch wenn ich rot und blau am besten finde, aber das weißt du ja sicher."

„Daniel!" Ich hatte meinen Mitbewohner ja gern, aber manchmal redete er mir einfach zu viel. Auch wenn es mir gefiel, dass er meistens über mich redete.

Er war übrigens nicht nur mein Mitbewohner, sondern auch mein Stylist. Jede Frisur, jedes Outfit, jedes Make-Over bekam ich von ihm. Ich könnte mir niemanden Besseren vorstellen als ihn, um mich zu *Jack* zu machen.

Daniel sah mich mit Schmollmund an, bevor er mit dem Kochen weiter machte. Ich stellte mich ihm gegenüber an die Kücheninsel.

„Du wirst ein tolles Outfit für mich finden, da bin ich mir sicher. Denk einfach nicht zu viel darüber nach."

Der Mann mir gegenüber nickte langsam. „Wofür willst du überhaupt auf die Gala? Ein Date? Oder darfst du noch eine Begleitung mitnehmen? Du könntest mich mitnehmen."

Grinsend schüttelte ich den Kopf. „Kein Date. Aber du solltest trotzdem lieber nicht mitkommen. Jetzt schau nicht beleidigt, es ist nichts Persönliches. Aber ich habe da einen Fall. Ich muss einer Bombendrohung auf die Spur gehen."

„Oh. Das klingt gefährlich." Er füllte sein Grünzeugs in eine andere Schüssel um und vermengte dies mit einer seltsamen rosa Soße. Ich wollte nicht wissen, was er da schon wieder zusammengemischt hatte, und ich wollte es auch nicht essen. Also schaute ich in den Kühlschrank, während ich antwortete.

„Ist es vermutlich auch. Oder es ist wirklich nur eine leere Drohung. Aber so oder so werde ich keine Ruhe auf der Gala haben. Du kannst ja ein paar deiner Freunde einladen und ihr schmeißt eure eigene kleine Party."

„Oh ja, das klingt gut." Daniel begann, seine Kreation zu essen. Mir war irgendwie der Appetit vergangen. Ich schloss den Kühlschrank wieder.

„Morgen machen wir meine Haare, okay? Ich hau mich aufs Ohr." Zum Abschied hob ich meine Hand und ging die Wendeltreppe hoch zu den Schlafzimmern. Meins war das, auf dem groß JACK drauf stand: ein rotes J, ein weißes A, ein blaues C und ein K in grün, natürlich alles glitzernd.

Nicht, dass euch das interessiert hätte.

Im Zimmer ließ ich mich direkt in mein großes Wasserbett fallen, welches leise plätscherte, und strampelte mich

76

im Liegen aus meiner Kleidung. Achtlos fielen die Stücke auf den Boden und vermischten sich mit meinen Outfits von gestern und vorgestern. Ich musste Daniel mal darum bitten, wieder für Ordnung zu sorgen. Er hatte einen besseren Durchblick in meiner Unordnung als ich.
Langsam stand ich nochmal auf, um ins Bad zu gehen.
Ich will ja nicht prahlen, aber mein Badezimmer bestand aus Gold und Marmor. Und die Wanne war ein Whirlpool. Ah, Whirlpool klang gerade echt gut.
Ich ließ Wasser ein und warf eine Badekugel ins Wasser, sodass es aufsprudelte. Das Bad roch angenehm nach Lotus und Granatapfel, als ich eintauchte. Das war der perfekte Ausklang nach so einem Tag wie heute.
Naja, ein Whirlpool war immer perfekt.

Während dem Bad fragte ich mich, was noch schief gehen sollte. Auf der Gala würde ich den Übeltäter fassen.
Ich hätte drei – naja, vier - Aufträge gleichzeitig gelöst.
Ich wäre endlich der Held, der ich zu sein verdiente. Vielleicht würde man mich zum neuen König machen. Okay, das war zu viel verlangt, König Akihitu würde niemals für mich abdanken und das sollte er auch nicht. Ein anderer Adelstitel wäre aber auch in Ordnung. Hauptsache ich bekam die Anerkennung, die ich verdiente. Die Menschen sollten mich lieben, mich als ihren Retter vor den bösen Schattengestalten.
Da würde garantiert nichts schiefgehen.

Kapitel 9 - Shadow

Gedankenverloren stand ich vor meinem Kleiderschrank, unfähig, mir ein hübsches, elegantes Kleid auszusuchen. Es… war alles einfach schwarz. Alles irgendwie praktisch, einiges sexy. Aber elegant? Ich konnte mich nicht daran erinnern, wann ich das letzte Mal hatte elegant sein müssen. Auf der Beerdigung von meinen Eltern vielleicht… Nach dem Autounfall…

Aber das Kleid würde ich garantiert nicht anziehen. Ich wusste nicht mal, ob es mir noch passte. Nach dem Vorfall hatte ich einiges abgenommen und war immer seltener raus gegangen, wenn die Sonne geschienen hatte. Für eine Weile hatte ich halb tot ausgesehen. Dann hatte ich das Potenzial meiner Kräfte entdeckt und mich hochgearbeitet. Vom Waisenheim ins Penthouse, innerhalb von sieben Jahren. Ich war… hübsch geworden, die Männer geiferten mir nach, nur um mich dann wieder zu vergessen. Schmuckhändler und Museumsaufseher wunderten sich, wo ihre wertvollen Kostbarkeiten hin verschwunden waren. Ich wurde reich, zu einer der wohlhabendsten Personen der Stadt, ohne dass irgendjemand wusste, dass ich überhaupt existierte. Ich war mit den Schatten verschmolzen, war so weit gekommen…
Und scheiterte jetzt an der Auswahl meiner Kleidung.

Dabei durfte ich nicht aus dem Rahmen fallen. Auf der Gala musste ich aussehen wie eine dieser reichen, schnöden Geschäftsfrauen oder wie eine Ärztin. Oder wie die

Frau eines reichen, schnöden Geschäftsmannes oder eines Arztes. Es war egal, für wen sie mich hielten, ich musste einfach aussehen, als würde ich dazu gehören. Ich wollte nicht verschwinden. Heute wollte ich die wunderschöne unbekannte Sponsorin sein, die dem Krankenhaus unverhofften Ruhm brachte. Grinsend wühlte ich mich durch den Schrank.

Während ich ein Kleid nach dem anderen hinauswarf, dachte ich an die Hinweise, die ich von Jumper erhalten hatte. Ich suchte nach einer Ärztin mit einer Brosche. Ich wusste weder, wie die Ärztin oder die Brosche aussahen, noch, was die Brosche überhaupt konnte. Wenn sie gar nicht magisch war, wäre das irgendwie eine Enttäuschung, aber es wäre wenigstens ein netter Trost, wenn sie hübsch wäre. Die Brosche, nicht die Ärztin. Aus Frauen machte ich mir wenig, es gab zwar attraktive Damen, aber sie hatten eine andere Wirkung auf mich als Männer. Um etwas zu stehlen, hatte ich auch schon mit der ein oder anderen Frau geflirtet, aber das war nie ernsthaft gewesen.

Auch mit Männern war es selten etwas Ernstes, auch wenn ich da weiter ging als mit Frauen. Ich hatte gerne Sex mit attraktiven Männern. Sie mussten nur gepflegt sein, gut gebaut und sollten wissen, was sie taten. Anfänger langweilten mich. Bei diesen musste ich mir zu viele Gedanken machen, sie irgendwie anzuleiten.

Ob Jumper gewusst hätte, was er hätte tun müssen?

Es war zu spät, um das herauszufinden. Am Boden vor dem Tower waren nur seine zerschlagenen Überreste gefunden worden. In den Nachrichten hatte man verkün-

det, ein krimineller Besonderer hätte Selbstmord begangen. So war es immer. Die wenigsten Kriminellen erhiel-
ten eine Mordermittlung, selbst wenn es sehr offensichtli-
cher Mord gewesen wäre. Die Polizei wollte sich nicht
mit dem Kriminellen beschäftigen, der einen anderen
Kriminellen auf dem Gewissen hatte. Und wenn dann
auch noch ein Besonderer gestorben war, wie sollte die
Polizei damit denn nur fertig werden? Außerdem war ein
Krimineller weniger doch auch besser für die ganze Stadt.
Ich kannte die Gedankengänge, hatte schon häufiger mitbekommen, wie Ermittlungen fallen gelassen wurden,
wenn solche Merkmale bekannt wurden. Deswegen hatte
ich nicht lange damit gezögert, Jumper loszuwerden.

Ob sein Tod mich beschäftigte? Ich denke nicht. Ich
hatte ihn kaum gekannt, er hatte mir nur dabei helfen sollen, in die Bank zu gelangen. Und er hatte mir eine inte-
ressante Information zukommen lassen. Hätte ich ihn am
Leben gelassen, hätte ich ihm einen Teil der Beute geben
müssen, und er hätte Anspruch auf das Artefakt erhoben,
was ich mir heute besorgen würde. Außerdem hätte er
vermutlich an mir geklebt, und das konnte ich an Männern überhaupt nicht leiden. Anhänglichkeit ist eine Pest,
sie bringt nichts außer Schmerz. Und ist nervig. Ich sah
mich mehr als eine Einzelgängerin, die ihre Freiheit
liebte. Jeder, der mir meine Freiheit nehmen wollte,
wurde mit den Konsequenzen konfrontiert. Fühlte ich
mich bedroht, dann griff ich an, und meine Angriffe waren meistens tödlich.
Warum besaß ich denn kein schönes Kleid?! Und warum
hatte ich nicht vorher schon danach geguckt?

Mein gesamter Kleiderschrank lag um mich herum, als ich es endlich fand: Ein weinrotes, eng anliegendes bodenlanges Kleid, das Oberteil mit Spitze verziert, die Ärmel bestanden komplett daraus, der Rücken lag frei. Ich hatte nicht viele farbige Kleider und dass mir das Kleid nicht früher aufgefallen war, verwunderte mich. Aber es war perfekt. Ein Meisterwerk von Winter-Fashion, einer angesehenen Modemarke. Jedes Kleid war ein Unikat, und es war schwer, an eines zu kommen, wenn der Designer einen nicht zufälligerweise selbst auserkoren hatte, um ein maßgeschneidertes Sonderexemplar zu entwerfen. Dieses Kleid war eines der wenigen gewesen, die man käuflich hatte erwerben können, und es war nicht billig gewesen. Mit meinen schwarzen High-Heels und hochgesteckten Haaren würde es perfekt aussehen.

Schnell suchte ich meine Schuhe aus, legte meine Kleidung zurecht und ging dann ins Bad für Haare und Make-Up.

Als ich damit fertig war, war es schon fast Zeit zum Aufbruch. Ich zwängte mich in Kleid und Schuhe, legte Schmuck um, um mir etwas Glitzer zu verleihen, und packte meine Tasche, bevor ich auf die Uhr sah. Es konnte losgehen.

Der Saal war dicht gefüllt mit reichen Männern in Anzügen und Frauen in eleganten Kleidern oder Jumpsuits. Manche trugen auch Hosenanzüge, bei denen ich mich immer noch über den Namen wunderte. Ein Anzug hatte schließlich immer eine Hose.

Beim Umsehen überlegte ich, wie viele Menschen heute bei der Gala wohl erscheinen würden, und wie viele um Mitternacht zum Geburtstag des Krankenhauses anstoßen würden. Meine größte Frage war aber: Wer hatte das, wonach ich suchte?

Ich schlängelte mich durch die Leute zur Bar hindurch. Eigentlich bestand die Bar nur aus einigen Flaschen, Gläsern und Behältern mit Bowle, es war also ein Tisch zur Selbstbedienung, der mich an eine High-School-Abschlussfeier erinnerte. Auf ähnlichen Tischen stand was zu essen, zusätzlich liefen Kellner umher und boten Sekt und Häppchen an. Ich nahm mir was von der Bowle, bevor ich die Leckereien inspizierte. Sah alles recht teuer aus, von Kaviar über irgendwelche Pilzgerichte (ich vermutete mit Trüffel) hin zu mit Blattgold verzierten Desserts. Da hatte jemand ein ordentliches Essen für die reichen Plagen gesponsert. Ich gönnte mir ein paar Happen von einem Fisch in Soße und schlenderte dann mit meiner Bowle weiter durch den Raum. Ziemlich schnell konnte ich Ärzte von Sponsoren unterscheiden: Die Ärzte wanderten durch den Raum, schleimten sich überall ein und schwärmten vom Krankenhaus, während die Sponsoren hochnäsig über alles lästerten, was ihnen nicht protzig oder teuer genug erschien und sich über die Unsicherheit der jüngeren Ärzte lustig machten. Sie alle kotzten mich an.

Es überraschte mich wenig, als sich jemand in mein Blickfeld schob. Ein junges, unsicheres Lächeln, ein Anzug, der an einigen Stellen zu weit war, eine schmierige

Frisur. Auf jeden Fall ein unerfahrener Arzt, der vermutlich gerade lieber arbeiten würde als hier zu sein. Ich betrachtete ihn kühl und wartete, dass er mich ansprach. Er räusperte sich. Ich schwieg. Eine kleine Schweißperle bildete sich auf seiner Stirn, als er sich erneut räusperte. Er sah verstohlen zur Seite, dann wieder zu mir. Er sprach immer noch nicht. Auch ich sah zur Seite. Dort stand eine ältere Frau und musterte den jungen Arzt streng. Anscheinend hatte sie ihn zu mir geschickt, um mit mir zu reden.

„Eh… Eh… Hallo.“

„Oje, wie haben Sie denn das Studium geschafft, wenn Sie nicht mal ordentlich sprechen können?“

Der Arzt starrte mich verblüfft an. „Also, ich, eh…“

„Na, jetzt hören Sie doch endlich auf zu stottern und sagen Sie mir, was Sie wollen!“

„Wa- Was ich will? Das, also…“

„Ja, rücken Sie mit der Sprache raus, ich hab nicht ewig Zeit!“

Der Arzt lief knallrot an. Weitere Schweißperlen rannen seine Stirn hinab. Nervös zupfte er an seinem Kragen herum.

„Nun, ich… ich bin…“

„Sie sind ein Arzt und Sie wollen um eine Spende bitten.“

„Oh, eh… ja.“

„Na, dann betteln Sie mal.“

Der Arzt riss die Augen auf und starrte mich sprachlos an. Mein Blick blieb weiterhin kühl. Ich wartete auf eine Antwort. Der Mann wusste nicht, was er sagen sollte. Er blickte wieder zur Seite, zu der Frau. Ich folgte seinem

Blick. Die Frau guckte streng. Es gab einen kurzen Blickwechsel zwischen den Ärzten, bevor der Mann sich wieder mir zuwandte.

„Ich… Ich… Tut mir leid…"

„Was tut Ihnen leid? Dass sie mit einem Stottern geboren worden sind?"

„Was? Nein! Das… Das bin ich doch gar nicht!"

„Ach nein? Und warum stottern Sie dann?"

Mittlerweile war sein Gesicht dunkelrot. Er ballte die Hände zu Fäusten und zitterte leicht. Ich fragte mich, ab wann er einfach davonrennen würde. Noch hielt er sich standhaft, auch wenn er nicht viel gesprochen hatte. Er musste doch lernen, sich gegen die harte Welt zu behaupten. Sonst würde er nicht lange überstehen in der gemeinen, kalten Arbeitswelt.

Ich beugte mich leicht nach vorn und schaute ihm fest in die Augen.

„Wenn man Ihnen ihre Unsicherheit anmerkt, werden Sie nie für voll genommen. Sie werden immer die Person sein, die man vorschickt, weil Sie sich nicht dagegen wehren. Man wird Sie zum Fraß vorwerfen und sich an Ihrem Leid ergötzen." Ich richtete mich wieder auf, wandte mich ab und ging auf die ältere Dame zu, die uns beobachtet hatte.

„Sollten Sie Ihre Schützlinge nicht unterstützen?" fragte ich sie mit einem herablassenden Lächeln. Die Frau kniff den Mund zusammen.

„Ich habe ihm nur gesagt, dass er sich jemandem vorstellen soll. Als guter Arzt muss er sich auch unterhalten können."

„Sie meinen, er muss auch um Geld betteln können? Ein schmieriges Lächeln aufsetzen und ein wenig flirten?" Ich legte den Kopf schief. „Warum gehen Sie nicht herum und tun das, was Sie von ihm verlangen?"
Die Frau schnappte empört nach Luft.
„Also, wie reden Sie bitte mit mir, Sie junges Gör!" keifte sie mich an. Ich grinste unschuldig.
„Vielleicht bin ich ja ein junges, unerfahrenes Gör… aber wenigstens habe ich genug Geld, um niemanden anderen darum bitten zu müssen." Damit drehte ich mich um und ging zurück zu dem jungen Arzt, der wohl nicht mehr wusste, was gerade überhaupt passierte. Ich ergriff sein Handgelenk.
„Kommen Sie", sagte ich forsch und zog ihn mit mir zu einem der Ausgänge.
„Wo… Wohin?", stotterte er. Ich warf ihm einen Blick über die Schultern zu.
„Ich werde Ihnen ein wenig Selbstvertrauen beibringen."

Nachdem ich mit ihm fertig war, richtete ich meine Frisur im Spiegel und zog meinen Lippenstift nach. Ansonsten sah ich noch perfekt aus, stellte ich mit einem Lächeln fest. Das konnte man von dem Arzt, dessen Name Marlon war, nicht behaupten. Er lehnte an der Wand, sein Anzug lag am Boden, sein Hals war voller Blutergüsse und er grinste dümmlich. Ich schaute durch den Spiegel hindurch zu ihm.
„Ihnen wird es besser gehen, wenn Sie lernen, sich durchzusetzen, Marlon." Ich steckte den Lippenstift weg und machte mit meinen roten Lippen einen Kussmund.

„Wenn Sie nicht hier sein wollen, dann gehen Sie einfach."

„Ich kann nicht einfach gehen… Die alte Hexe würde mich feuern lassen." Langsam setzte er sich in Bewegung, um sich wieder anzuziehen. Ich zuckte die Schultern.

„Wenn Sie ein guter Arzt sind, wird das nicht passieren. Aber wenn Sie kein guter Arzt sind, haben Sie hier sowieso nichts zu suchen, oder?" Mit diesen Worten ging ich auf die Tür zu. „Ich werde jetzt zurückgehen. Und Sie… überlegen, was Sie wirklich wollen."

Ich ließ ihn allein zurück und betrat den Saal. Dort hatte sich nichts geändert, was nicht verwunderlich war, da ich höchstens eine viertel Stunde weg gewesen war. Noch immer die gleichen hochnäsigen Investoren, die gleichen einflussreichen Politiker und die gleichen verzweifelten Ärzte.

Doch auf einmal entdeckte ich eine junge Ärztin, die anders zu sein schien. Die Frau war zwar perfekt gestylt, wie jeder hier, und auch sie redete mit den Sponsoren und versuchte Geld raus zu holen. Aber trotzdem… Ihre Haltung wirkte anders, selbstbewusster und aufmerksamer. Sie drehte sich immer wieder herum, aber auch wenn sie still stand, war ihr Blick ruhelos. Wen suchte sie? Bestimmt nur neue Herrschaften, die sie um ihr Geld erleichtern könnte. Oder ihren Freund. Dann jedoch kam ein Kellner an ihr vorbei. Er stolperte über den Fuß eines Gastes und ließ beinahe das Tablett fallen. Doch wie an Fäden wurde er wieder aufgerichtet, kein einziger Tropfen war aus den Gläsern verschüttet. Nichts hatte sich in der Zeit verändert, niemand hatte sich bewegt, außer dieser dunkelhaarigen Frau. Ihre Finger waren so unauffällig wie möglich auf den Mann gerichtet, das Glas hatte sie weggestellt und berührte kurz eine Brosche an ihrem Kleid, direkt am Rand zwischen Oberteil und dem einzigen Träger des Kleides, bevor sie sich wieder normal hinstellte und den Kellner ansprach. Nachdenklich ging ich näher auf sie zu, wollte mir die Brosche ansehen, wissen warum sie sie angefasst hatte. Für mich bestand kein Zweifel, dass diese Frau eine *Besondere* war, eine Superheldin. Das hätte mir gerade noch gefehlt, aber wenn diese Brosche… Sie musste jene sein, von der Jumper erzählt hatte.

Meine Gedanken wurden jäh unterbrochen, als ich etwas wahrnahm. Der Saal wurde von jemandem betreten. Niemanden sonst schien das zu interessieren, aber mich fesselte diese Aura komplett. Es fühlte sich an, als würde ein warmer Sommersturm durch den Raum fegen und mich mitreißen. Ich wusste, dass ich diese Aura bereits vor ein paar Tagen gespürt hatte, als mich dieser Jack angegriffen hatte.
Er hatte mir gerade noch gefehlt.

Kapitel 10 - Jack

Ich erwartete, dass alle Blicke sich auf mich richten und ein Raunen durch den Saal gehen würde. Eigentlich erwartete ich die Reaktion immer, wenn ich einen Raum betrat.

Aber als ich die Gala betrat, wurde ich kaum eines Blickes gewürdigt. Die Unterhaltungen gingen weiter, so als wäre ich gar nicht da. Nur ein Kellner kam zu mir und bot mir Sekt an. Verdrossen nahm ich ein Glas. Natürlich starrte mich niemand an. Ich war total unauffällig. Daniel hatte mir ein paar Tage zuvor die Haare braun gefärbt, sie waren glatt zur Seite gegelt und vermittelten zusammen mit dem schlichten schwarzen Anzug Normalität. Etwas, was ich nicht gewohnt war. Ich war nie normal. In meinem Inneren würde ich das auch nie sein. Zum ersten Mal sah ich allerdings von außen völlig normal aus.
Und das machte mich fertig. Wenigstens einer könnte mich doch mal anstarren!

Ich musste mich zusammenreißen. Ich war nicht hier, um der Star zu sein, sondern weil ich den Bedroher der Gala finden musste. Den Bombenleger. Zu dem ich keinerlei Angaben hatte.
Mein Blick schweifte über die Menge. Mithilfe von Daniel und Jeremy hatte ich mir eine Liste derjenigen Leute erstellt, die sicher hier sein würden. Ich erkannte in einer Gruppe sofort ein paar Ärzte, woanders sah ich den CEO einer Make-Up-Firma, für die Daniel schwärmte.

Er wollte bereits mitkommen, einfach um diesen Mann,
Gerald King, treffen zu können. Aber das wäre mir zu
gefährlich gewesen. Ich wusste nicht, was passieren
würde, und falls was schief gehen sollte, wollte ich nicht,
dass einer meiner besten Freunde hier wäre.
Schließlich müsste jemand meine Beerdigung planen.
Dass ich die wichtigen Leute kannte, ermöglichte mir,
den Verdächtigenkreis einzuschränken. Jeden, der mir unbekannt war, musste ich näher untersuchen. Das wäre
zwar ein Haufen Arbeit, aber da musste ich einfach
durch. Ich musste den Täter finden, der für alles verantwortlich war.
Oder besser gesagt, die Täterin.
Ich war mir zu fast 100 Prozent sicher, dass alles mit der
Schattenfrau zusammenhing. Sie war in der Bank gewesen, sie hatte mir den Diamanten gestohlen, den ich ein
paar Tage zuvor bei Chad Kinneys Leiche gefunden
hatte, den Diamanten, der unserer Königin gehört hatte,
bevor sie ermordet und bestohlen worden war.
Diese Frau hatte mich beobachtet, sonst hätte sie nicht
vom Diamanten wissen können, der bei mir war. Sie hatte
sich an einem Tatort versteckt, zu dem niemand Zutritt
hatte. Wenn sie die Bomben in den Tresoren gelegt hatte,
würde sie auch für die Drohung hier verantwortlich sein.
Alles andere würde einfach keinen Sinn ergeben. Diese
Frau musste schuld sein, und ich musste sie finden.
Wenn ich doch nur wüsste, wie sie aussah…
Ich hatte nichts weiter gesehen als einen Schatten mit
kurvigem Körper und wogenden Haaren. Aber das

brachte mich nicht weiter. Ich musste wohl darauf hoffen, jemanden dabei zu erwischen, wie er seine besonderen Kräfte anwandte, und das Beste hoffen.
Und währenddessen konnte ich mich sicher etwas amüsieren.

Ein paar Sektgläser und eine kleine Wanderung durch den Saal später fand ich tatsächlich etwas Interessantes. An einem Stehtisch stand Cleo Rodriquez, eine alte Freundin von mir. Um genau zu sein, Exfreundin. Auf der High-School waren wir einige Monate zusammen gewesen, zusammengebracht hatten uns unsere besonderen Gaben.
Für uns Besondere hatte es einen speziellen Club gegeben, wo eine Lehrerin uns beigebracht hatte, wie wir mit unseren Gaben umgehen konnten. Seit dem Kindergarten war ich in solche Clubs gesteckt worden. Ich war sogar an Privatschulen gewesen, die sehr viel Geld für die Erziehung und Entwicklung besonderer Kinder ausgegeben hatten. Und auf der High-School hatte ich dann Cleo getroffen.
Langsam erinnerte ich mich auch daran, dass sie immer Ärztin werden wollte. Sie war ständig am Lernen gewesen, woran unsere Beziehung wohl zerbrochen war.
Vielleicht hatte es aber auch daran gelegen, dass ich mit ihrer besten Freundin geschlafen hatte. Sowas kann passieren.
Ich ging auf Cleo zu, während ich mich fragte, warum sie nicht auf meiner Liste gestanden hatte. Hatten wir sie übersehen? So eine Frau übersieht man doch nicht in den Aufzeichnungen!

90

Ich musste länger grübeln, als der Weg lang war, und plötzlich stand ich vor ihr und mein Gehirn war wie leer gefegt. Ihre braune Mähne war kunstvoll mit goldenen Nadeln an der Seite hochgesteckt, nur kleine Löckchen lösten sich aus der Frisur. Das Kleid, welches sich dicht an ihren Körper schmiegte, war in einem dunklen Grün gehalten und bedeckte nur auf einer Seite ihre Schulter, sodass ich ihre glatte, braune Haut bewundern konnte. Sie wirkte auf mich noch genauso schön wie damals als Jugendliche, vielleicht sogar noch viel schöner.
Während ich sie so anstarrte, dreht sie sich zu mir und lächelte freundlich – vielleicht war es aber auch bloß aufgesetzt.

„Guten Abend", sprach sie mich an, nachdem ich immer noch stumm blieb. Ich räusperte mich. „Ehm… Hey… Cleo?"
Sie runzelte die Stirn. „Kennen wir uns?"
Das konnte nicht wahr sein. Natürlich erkannte sie mich nicht, ich war auch als Teenager schon ein bunter Vogel gewesen, allerdings ohne Stylisten und mit dementsprechenden Outfits… Mich jetzt ohne die wild zusammengewürfelte Kleidung, ohne die selbstgefärbten Haare und ohne übertriebenes Make-Up zu sehen, war sicher seltsam.
Ich räusperte mich erneut. „Jack. Jack Storm, weißt du noch? Von der Eastwood-Falls High. Wir waren zusammen… Ist jetzt sicher zehn Jahre her oder so…"
Sie begann wieder zu lächeln. „Ach, Jack! Oh man, ich hab dich wirklich nicht erkannt. Du siehst so anders aus. Steht dir."

Verlegen kratzte ich mich am Kopf, unsicher, wie ich auf dieses Kompliment reagieren sollte. „Ehm, danke. Ich hab nicht damit gerechnet, dich hier zu treffen. Es hat wohl ziemlich gut geklappt mit dem Ärztin-Werden?“

„Ja, sieht wohl so aus, nicht wahr? Ich arbeite in der Notaufnahme… War ja schon immer gut darin, Probleme schnell zu erkennen, weißt du? Naja, und was machst du hier? Möchtest du spenden?“

„Nein, also, dafür bin ich nicht hier. Ich ermittle. Wegen dieser Bombendrohung.“

Cleo sah mich nachdenklich an. „Du ermittelst also? Ich glaube ehrlich gesagt nicht, dass an der Drohung etwas dran ist. Ich habe alles überprüft und durchsucht, und an jedem Eingang stehen Securitys. Ist ja lieb gemeint von dir, aber du wirst hier nicht gebraucht.“

Nicht gebraucht? Was sollte das heißen? Ich hatte einen Fall, und die Lösung des Falls lag vielleicht genau hier. Es war nicht ihr Recht, zu entscheiden, ob ich hier sein sollte oder nicht!

„Nun, das hier gehört aber zu meinem aktuellen Fall. Deswegen bin ich hier. Und ich werde meinen Auftrag erfüllen.“

„Jack, es gibt hier keinen Auftrag zu erfüllen. Weil es nämlich keine Gefahr geben wird. Niemand plant einen Anschlag, du kannst also ruhig wieder gehen.“

„Wa-… willst du mich loswerden? Ich dachte, du freust dich, mich wiederzusehen…“

„Nimm es mir nicht böse, Jack, aber erfahrungsgemäß gibt es immer dann Ärger, wenn du irgendwo auftauchst. Ich möchte keinen Brand löschen müssen, nur weil du die Beherrschung verloren hast, verstehst du?“

Das erwischte mich kalt. Verwundert starrte ich sie an
und versuchte zu verstehen, warum sie mich immer noch
für den aufbrausenden Teenager hielt, der ich vor zehn
Jahren gewesen war. Warum traute sie mir nicht zu, dass
ich erwachsen geworden war? Langsam stieg Wut in mir
hoch und ich umklammerte mein Sektglas fester.

„Dein Ernst? Erst erkennst du mich nicht, aber dann ver-
gleichst du mich mit der Person, die ich früher war? Ich
hatte mich echt gefreut, dich nach all den Jahren wieder
zu sehen. Aber wenn du denkst, direkt mit Vorurteilen
und Anschuldigungen starten zu müssen, dann waren die
letzten Jahre ohneeinander vielleicht doch angenehmer.
Also, ich will dich nicht aufhalten. Schließlich musst du
doch noch irgendwelchen Sponsoren in den Arsch krie-
chen." Ich sah an Cleos Blick, dass ich zu weit gegangen
war. Jedoch hatte sie mich ebenfalls verletzt und es war
ihr auch egal. Sie hatte auf eine Phase in meiner Vergangenheit angespielt, der ich mich längst abgewandt hatte,
so sah ich es zumindest.

„Wow. Du hast dich echt nur äußerlich verändert", sagte
Cleo, während sie ihr Glas mit einem Klirren auf dem
Tisch abstellte. „Leider. Aber du hast Recht, ich habe
tatsächlich Besseres zu tun, als mit dir zu reden. Ver-
schwinde einfach. Ich habe alles unter Kontrolle. Im Gegensatz zu dir richte ich nämlich kein Chaos an."

Damit ging sie erhobenen Hauptes an mir vorbei. So eine
Diva! Sie nahm mir mein Verhalten auf der High-School
doch nicht immer noch übel? Unerhört fand ich aber,
dass sie sich für so viel besser hielt. Sicher war sie auch
eine Besondere, vielleicht hatte sie ihre Fähigkeiten auch
schon immer besser im Griff gehabt als ich, aber das

machte sie nicht talentierter als mich. Ich hatte meinen Platz in dieser Gesellschaft genauso verdient und hart erarbeitet wie sie.

Ich leerte mein Sektglas und stellte es auf den Tisch. Gerade wollte ich weitergehen, da entdeckte ich vor mir auf dem Boden eine goldene Brosche mit einem schimmernden weißen Stein in der Mitte. Ich bückte mich und hob die Brosche auf. Im Metall um den Stein waren kleine, verschnörkelte Muster eingraviert. Kurz schien es, als würden sich die Linien bewegen und als würde der Edelstein in einer anderen Farbe aufleuchten, doch als ich blinzelte, war alles wie zuvor. Wahrscheinlich hatte ich es mir nur eingebildet. Dann aber fiel mir ein, dass ich diese Brosche kurz zuvor an Cleos Kleid stecken gesehen hatte. War sie ihr heruntergefallen? Ich sah mich um, doch dann dachte ich mir, dass Cleo doch auch wieder her kommen könnte, wenn sie ihre ach so tolle Brosche suchte. Ich wollte sie gerade auf den Tisch legen, damit Cleo sie sich selbst zurückholen könnte. Doch aus irgendeinem Grund überlegte ich es mir anders und steckte das Schmuckstück in meine Tasche, bevor ich mich auf die Suche nach mehr Alkohol machte.

Einige Gläser und heitere Gespräche mit völlig fremden Leuten später sah ich auf die Uhr und stellte fest, dass ich schon seit drei Stunden hier herum gewandert war, ohne dass irgendwas Interessantes, den Fall betreffendes, passiert war. Ich hatte die Zeit wohl aus den Augen verloren. Nunja, bis zum großen Anstoßen um Mitternacht könnte ich jetzt auch noch bleiben. Die halbe Stunde bis dahin bekäme ich noch vertrödelt. Und wenn bis dahin nichts passiert war, dann könnte ich genauso gut gehen.

Nach zwanzig Minuten und noch mehr Sekt sehnte ich mich nach was Härterem. Warum war ich nicht sofort gegangen, als Cleo mich angemault hatte? Ich war hier doch eh unnütz, und das war eine stinklangweilige Party. Ich lehnte mich gegen eine Wand und beobachtete die Kellner, welche irgendein teures Zeug in den Raum trugen. Könnte Champagner sein, so wie es schäumte. Bereits abgefüllt in Gläser, für jeden Gast zum Anstoßen um Mitternacht. Und nach dem Anstoßen würde es langweilig weitergehen. Kein Bombenleger weit und breit. Nicht mal ein Rowdy oder eine Schlägerei. Aber es war ja auch nur eine Gala, leider. Ich würde mich gerade wahnsinnig gerne prügeln.

Während ich so an meinem Sektglas nippte, vernahm ich plötzlich einen intensiven Duft. Es… war schwer zu beschreiben. Es roch nach Tau, der sich nachts auf einem Lavendelfeld niederließ, und nach dem süßen Duft von Trauben. Ich schaute von meinem Glas auf in die Richtung, aus der dieser außergewöhnliche Duft kam.

Da stand die schönste Frau, die ich je gesehen habe. Sie war schlank, aber mit Kurven, welche von dem eng anliegenden roten Kleid betont wurden. Die Haare hatte sie locker hochgesteckt, sodass ein paar schwarze Locken in ihr blasses Gesicht und auf ihre Schultern fielen. Mit ihren tiefroten Lippen lächelte sie mich einige Sekunden kokett an, dann lief sie an mir vorbei und deutete mit einer Kopfbewegung an, dass ich ihr folgen sollte. Wie

hypnotisiert ging ich ihr nach, bis wir draußen in der kühlen Nacht standen. Dort drehte sie sich zu mir um, weiterhin lächelnd.

„Hallo, Hübscher", sagte sie verführerisch, überbrückte
den Abstand, den ich zwischen uns gelassen hatte, und
strich über meine Krawatte. Sie war fast so groß wie ich,
aber ich vermutete, sie trug hohe Schuhe unter dem
Kleid. Was ja auch keinen Unterschied machte. Sie sah
einfach überwältigend aus. Ihre dunklen Augen glitzerten
wie der sternenklare Nachthimmel über uns, ihre dichten
Wimpern klimperten verführerisch. Aus der Nähe war
der Duft nach Tau und Trauben noch intensiver, noch
süßlicher und noch verführerischer.

„Hallo, Hübsche. Wie ist dein Name?"
Die Frau zwirbelte meine Krawatte auf, während sie zu
mir hoch sah. „Claire. Und deiner?", fragte sie, während
ihre Fingerspitzen von meiner Brust zum Hals hochwan-
derte. Sie zog leichte Kreise über meine Haut, zog den
Kragen etwas herunter und küsste die Stellen, die sie zuvor berührt hatte. Ich erschauderte leicht. Sie ließ sich ja
wirklich keine Zeit!

„Ich bin Jack… Bist du Ärztin hier?" Nachdem ich die
Frage gestellt hatte, war mir allerdings schon klar, dass sie
kaum eine Ärztin sein konnte. Ihr komplettes Outfit sah
teuer aus. Die Edelsteine an ihrer silbernen Kette schienen Rubine zu sein, ebenso wie die Ohrringe und der
Ring an ihrer Hand, welcher mich streichelte, daraus bestanden. Und das Kleid war sicher auch nicht aus dem
Second-Hand Billigladen.

Ihr Kopfschütteln bestätigte meine Theorie. „Ich bin
hier, um zu spenden… Aber die Ärzte machen leider

96

nicht den Eindruck, als hätten sie es verdient. Vielleicht muss ich mein Geld woanders lassen…" Seufzend küsste sie hoch zu meinem Mund und willenlos ließ ich mich darauf ein. Ihre vollen Lippen fühlten sich wahnsinnig gut auf meinen an. Während sie mit der einen Hand weiter meine Krawatte festhielt, streichelte die andere Hand über meine Schulter und den Hals. Ich legte die Arme fest um sie und zeichnete Muster auf den freiliegenden Rücken.

Drinnen hörte ich irgendwann eine Uhr schlagen, Tischböller knallen und das Zusammenstoßen der Gläser, aber meine Gedanken lagen eher bei der Frage, ob wir zu ihr oder zu mir fahren sollten. Von meiner Wohnung wäre sie mit Sicherheit beeindruckt. Aber sicherlich wohnte sie auch nicht schlecht, wenn sie Sponsorin war? Naja, der Sex würde überall hammermäßig sein.

Gerade, als ich Claire zur Straße schieben wollte, um ein Taxi zu rufen, vernahm ich einen lauten Ruf aus dem Krankenhaus.

„Nicht trinken! Das ist Gift!" Die Stimme gehörte Cleo. Zusammen mit ihrer Warnung vernahm ich, wie mehrere Sachen dumpf zu Boden fielen. Was war das?

„Claire, tut mir leid, ich muss da…" setzte ich an und drehte mich zu ihr. Doch die hübsche Frau in Rot war verschwunden und ließ in mir ein flaues Gefühl zurück. Aber auf dem Weg zum Saal zurück verdrängte ich das.

Drinnen fand ich ein ziemliches Chaos vor. Überall lagen die Gäste auf dem Boden, nur vereinzelt stand oder kniete jemand vor den am Boden Liegenden und schluchzte oder versuchte vergeblich zu helfen. Cleo lief durch den Raum und rüttelte hin und wieder an Jemandem, maß Puls oder suchte nach der Atmung. Durch eine Tür kamen die wenigen Ärzte und Pfleger, die diese Nacht im Krankenhaus stationiert waren, um die Überlebenden zu versorgen.

Aber niemand auf dem Boden schien überlebt zu haben. Langsam ging ich an den vielen vornehm gekleideten Leichen vorbei hinüber zu Cleo, darauf bedacht, nirgendwo drauf zu treten. Leider klappte das nicht ganz so gut und ich trat auf die Hand eines kräftigen Mannes. Erschrocken sprang ich zurück, wobei ich über die Beine eines anderen Mannes stolperte und mich gerade noch halten konnte, dabei aber gegen eine Frau am Boden stieß.

„Entschuldigung", murmelte ich, bis mir einfiel, dass es wohl keinen der drei mehr stören würde, dass ich gegen sie gekommen war. Tief durchatmend setzte ich meinen Weg fort.

Cleo war mittlerweile stehen geblieben, sie schien gerade ein Telefonat mit der Polizei zu beenden.

„Cleo? Was ist passiert?"

Sie wischte sich über die Augen, bevor sie sich zu mir drehte. Offensichtlich war sie arg mitgenommen.

„Jemand hat die Getränke vergiftet. Die zum Anstoßen. Ich habe sie nicht warnen können, ich hab es zu spät bemerkt. Jetzt sind so viele tot…"

„Du trägst nicht die Schuld, Cleo. Schließlich hast du sie nicht vergiftet. Aber jetzt siehst du wenigstens, dass du sowas nicht allein hinkriegst."

Ihr Blick verriet mir, dass ich lieber den Mund hätte halten sollen. Das war eine wirklich dumme Bemerkung von mir!

„Du solltest vorsichtig sein. Die Polizei wird uns alle verhören, und es ist schon sehr verdächtig, dass du vor dem Anstoßen raus gegangen bist und plötzlich wieder kommst, als bereits alle tot sind. Sie werden ihre Schlüsse ziehen.“

Ich starrte sie ungläubig an. Unterstellte sie mir gerade einen Massenmord?! Ich kämpfte für die Guten! Nie im Leben würde ich Unschuldige töten, was dachte sie sich eigentlich!

Doch bevor ich mich rechtfertigen konnte, ging sie bereits zum Eingang, um die Polizisten zu empfangen, und ließ mich allein hier stehen.

Ich sollte mir am besten ganz schnell eine gute Erklärung einfallen lassen, bevor die Polizei mich befragte.

Kapitel 11 - Shadow

Ich hatte kurz geglaubt, Jack Storm wäre eine Bedrohung für mich. Ich dachte, er wäre mir auf die Schliche gekommen und wäre auf der Gala gewesen, um mich aufzuhalten.

Aber er war ein strohdummer, heterosexueller Mann, der nur auf gutes Aussehen geil war. Es wäre ein leichtes gewesen, ihn sofort zu töten.

Allerdings liebte ich Spiele. Und ich wollte wissen, wie gut dieser Elementarmagier spielen konnte.

Ich wusste, dass er die Brosche hatte. Ich hatte sie nicht rechtzeitig gefunden, bevor diese blöde Superheldin um Hilfe geschrien hatte. Aber das wäre kein Problem, eher machte es es alles nur lustiger.

Ich hatte Jack ganz am Anfang einen Zettel in die Jackett-Tasche gesteckt. Auf dem befand sich eine Nummer — eine meiner vielen Nummern, die er nicht würde zurückverfolgen können. Jetzt konnte ich ganz entspannt warten, bis er sie finden und mich anrufen würde. Bis dahin hatte ich etwas Zeit, Nachrichten zu schauen und Informationen von Jack Storm aus dem Internet raus zu suchen. Da er sein Leben sehr öffentlich lebte, würde das für mich kein Problem darstellen.

Jackson „Jack" Storm, geboren am 30. Tag des Monats Sean im Jahre 2998 nach der Entdeckung der Besonderen, ist als Schauspieler und Moderator bekannt geworden. Seinen Durchbruch schaffte er mithilfe der Serie „Beasts" aus 3015. Er hat im Jahre 3019 seine Ausbildung zum Detective bestanden und bereits viele

Fälle erfolgreich abgeschlossen, wobei ihm sein besonderes Blut weit unterstützt hat. Er beherrscht die vier Naturelemente Erde, Wasser, Feuer und Wind, woraus der auffällige Mann kein Geheimnis macht. Typisch für ihn ist sein ständig wechselndes Aussehen, die bunten Haare und Outfits werden ihm vom Starstylisten und Mitbewohner Daniel Winter täglich aufeinander abgestimmt. Weiter wird behauptet…

Schließen Sie ein Abo ab, um auf über 100.000 Biographien zugreifen zu können.

Sicher nicht. Warum sollte ich so einen Mist abonnieren? Nicht, dass es gar nichts genutzt hätte. Aber mir fehlte ein Wohnort, und vielleicht eine Schwäche, außer seiner offensichtlichen Eitelkeit. Warum brauchte dieser Möchtegern einen Stylisten? Woher bekam er überhaupt das Geld für ständig wechselnde Looks? Hatte diese komische Serie so viel abgeworfen? Oder war er mehr Kopfgeldjäger als Detective und verdiente nach in den Knast Gebrachte?

Man, dieser Mann ließ mich über zu viel Unnötiges nachdenken!

Wo ich gerade darüber nachdachte, was hatte ich gerade bei den Bildern zu suchen? Es gab Hunderte verschiedene Bilder von ihm, von seinen Rollen, auf dem roten Teppich… Er sah ja wirklich ganz süß aus. Für eine Rolle hatte er hellbraune, fast blonde Haare gehabt. Ob das seine natürliche Haarfarbe war? Und im Nacken kräuselten sich die Haare, dafür waren sie jetzt zu kurz gewesen. Zuvor auf der Gala war er auch recht attraktiv gewesen. Ihm stand ein Anzug. Dadurch wirkte er erwachsener, wie ein Mann, mit dem man gerne das Bett teilen würde.

Warte, ich musste mich konzentrieren. Wonach könnte ich noch suchen?
Mhm…

Jackson Storm Wohnsitz

Jackson „Jack" Storm, geboren am…
„Sag mal, willst du mich verarschen?!" Ich schlug auf die Tastatur. Wozu nützte einem das Internet, wenn es einem nur diese eine Biographie rauswarf? Wonach sollte ich suchen?
Nachdenklich ging ich den kurzen Artikel nochmal durch und blieb an dem Namen „Daniel Winter" hängen. Es überraschte mich, dass ein so herausragender Modedesigner, dessen Kleider so schwierig zu bekommen waren, der Stylist eines so bunten Vogels wie Jack Storm war. Vor meinem inneren Auge verband ich ihn nur mit der High Society, mit Abendkleidern und dem roten Teppich. Warum sollte er für einen Detective arbeiten? Und warum wohnten sie zusammen? Vielleicht war der ganze Artikel einfach nur Schwachsinn, aber vielleicht fand ich ja zu ihm etwas Relevantes, zum Beispiel deren Wohnort?

Daniel Winter, geboren am 12. Tag des Monats Azra, im Jahre 3000, ist bekannt als der jüngste Stardesigner der Gegenwart. Bereits mit 16 Jahren entwarf er Abendkleider für Stars wie Jolene Joe und Katy Lizz. Seit er mit seiner Modelinie „Winter-Fashion" selbstständig wurde, ist sein einziger langfristiger Kunde Schauspieler und Detective Jackson Storm, für den er seit 3018 arbeitet. Ge-

meinsam mit Storm lebt Winter im Skyfall White-Twintower, ei-
nem der teuersten Wohngebäude der Stadt Flumes City. Es wird
behauptet, dass Storm und Winter nicht nur zusammenleben und
arbeiten, sondern auch…

Schließen Sie ein Abo ab,…

Warum beendeten sie die Artikel immer, wenn es gerade
spannend wurde! Jetzt wusste ich zum zweiten Mal nicht,
was behauptet wurde!

Aber immerhin wusste ich jetzt ungefähr, wo Jackson
Storm lebte.

Ich stand auf und ging langsam auf den Balkon. In der
Nacht wurde der Wolkenkratzer auf der anderen Seite
des kleinen Flusses beleuchtet, sodass er weiß erstrahlte.

Der Skyfall White-Twintower.

Das Gebäude auf der anderen Seite des Flusses, welcher
die Zwillingsgebäude voneinander trennte.

Er lebte so nah und dennoch hatte ich ihn nie bemerkt.

Vielleicht konnte ich von hier aus sogar die Fenster seiner
Wohnung sehen?

Ich fing an zu lachen.

Morgen würde ich diesen Fluss überqueren und mir mein
Artefakt holen.

„Morgen bist du fällig, Elementarier.“

Der Fluss glänzte im Schein der Sonne, als ich die Brücke
überquerte. Geschäftige Menschen liefen in ihren Anzügen und Kleidchen an mir vorbei und sprachen in ihre
Headsets. Neben mir bretterte eine Straßenbahn über den
Fluss, in welchem sich die Jugendlichen zusammendrängten und auf ihre Smartphones starrten. Ich hasste den

Mittag. Aber nachts wäre ich kaum in das Gebäude rein gekommen und den Morgen hatte ich verschlafen. Jetzt brannte mir die Sonne trotz Sonnenbrille in den Augen und ich fühlte mich schwach und etwas unwohl, aber das würde sich ändern, sobald ich drinnen war. Ich musste jedoch noch überlegen, was ich ihm sagen sollte, wenn ich plötzlich vor seiner Tür stand. Er hatte mich schließlich noch nicht angerufen. Wer weiß, ob er die Telefonnummer überhaupt gefunden hatte? Es war ja sowieso nur die Nummer eines Einweghandys. Ich würde es wegschmeißen, sobald ich mit Jack fertig war.

Auch wenn ich mir noch gar nicht überlegt hatte, was ich mit ihm machen sollte, wenn ich die Brosche hatte. Ich musste extrem vorsichtig sein, falls er sie bei sich trug und ihre Macht einsetzte. Er hätte mich schon ohne sie beinahe verbrennen können. Was würde passieren, wenn seine Kräfte sich verstärken würden?

Ich wurde aus meinen Überlegungen gerissen, als mich ein Passant anrempelte und gleichzeitig genervt „Pass doch auf!" zischte. Ich schaute ihn an. Er blieb stehen und starrte zurück. Sekundenlang standen wir da, alles um uns wurde stiller, bis ich meinte, nur noch seinen immer schneller pochenden Herzschlag zu vernehmen, bis er seinen Blick von mir riss und davonrannte. Die anderen Passanten, die das mit angesehen hatten, wichen so weit wie möglich von mir weg und ich ging ohne Schwierigkeiten den restlichen Weg über die Brücke. Zwischen der Brücke und dem Tower befand sich ein Park, dessen Bäume einen angenehmen Schatten spendeten. In der Sonne waren die Konturen des Hauses kaum zu sehen, da das Weiß kaum Kontrast zu dem hellen Tag bot.

In Gedanken sah ich zurück zu dem Hochhaus, in dem ich wohnte. Der Skyfall Black. Er war genau formgleich gebaut worden wie sein Zwillingsturm. Der einzige Unterschied war die Farbe. Der Skyfall Black war so dunkel, dass er das Licht der Sonne zu verschlucken schien.
Er schien wie für mich gebaut zu sein. Tatsächlich war er an dem Tag eröffnet worden, als ich geboren wurde, ca. zweieinhalb Jahre nach dem Skyfall White. Bisher hatte kein Gebäude der Stadt die beiden Prachtwerke übertrumpfen können.
Vor drei Jahren, als ich zwanzig geworden war, war ich in das Penthouse gezogen. Zu dem Moment war es ausgesprochen günstig gewesen, weil sich kurz zuvor ein schreckliches Drama ereignet hatte. Der Besitzer hatte seine Frau und deren Liebhaber im Schlafzimmer ermordet und sich dann von der Terrasse herunter gestürzt.
Es war wirklich ein Skandal gewesen. Niemand hatte eine verfluchte Wohnung kaufen wollen, da waren Flumesen äußerst abergläubisch. Der Gedanke daran brachte mich zum Grinsen und ich setzte meinen Weg fort.
Endlich erreichte ich die große, gläserne Tür des Hochhauses und betrat dessen Eingangshalle. An der Rezeption saß ein stämmiger Mann mit einer Glatze und langem Bart. Sein Blick war auf eine Zeitschrift gerichtet. Als er jedoch bemerkte, dass ich auf ihn zutrat, sah er auf.

„Kann ich Ihnen helfen, Miss?" fragte er und legte die Zeitschrift weg, wobei ich bemerkte, dass es sich dabei um ein Heft mit Kochrezepten handelte. Ich hätte was anderes erwartet, aber er erfüllte das Klischee in meinem Kopf wohl nicht. Langsam sah ich ihm in die Augen.

„In welchem Stockwerk lebt Jack Storm?“

„Das darf Ich Ihnen nicht einfach so sagen. Wer sind Sie denn?“

Genervt lehnte ich mich vor. Ich hatte wenig Lust, mit ihm zu diskutieren und hoffte daher, dass er anfällig gegen weibliche Reize war und sich ab jetzt auf meinen Ausschnitt fokussieren würde.

„Er hat mich zu sich eingeladen, aber mir kein Stockwerk genannt, bevor er gegangen ist. Und ich habe keine Telefonnummer von ihm. Deswegen hatte ich gehofft, Sie könnten mir behilflich sein?“ Ich lächelte ihn an und beugte mich noch etwas weiter vor.

Aber der Mann beachtete meine Brüste gar nicht. Ausdruckslos schaute er mir weiterhin in die Augen.

„In einem Gebäude wie Diesem kann ich Fremden ohne Einladung nicht einfach Informationen übermitteln.“

Ich knirschte mit den Zähnen. „Aber ich habe doch eine Einladung.“

„Das sollte ich zuerst überprüfen. Ich werde Herrn Storm anrufen.“ Damit griff der Portier zum Telefon. Zur gleichen Zeit griff ich sein Handgelenk und zog ihn ruckartig in meine Richtung, sodass der bullige Mann schon halb über dem Tresen hing. Mein Lächeln war verschwunden, als ich mich nun zu seinem Gesicht beugte.

„Ich will nicht, dass er angerufen wird. Ich will bloß die Apartmentnummer und die Möglichkeit, ihn zu besuchen. Das ist doch nicht so schwer, oder?“

Überwältigt von meiner Kraft musste der Mann sich erstmal sammeln, bevor er mir die knappe Antwort „Penthouse“ entgegenbrachte. Ich ließ ihn los, richtete mich auf und setzte wieder ein Lächeln auf.

„War doch gar nicht so schwer. Vielen Dank." Damit
wandte ich mich von ihm ab und ging zu den Aufzügen.
Jack Storm lebte also im Penthouse. Genau wie ich. Diese
neuen Erkenntnisse wurden immer skurriler.
Aus dem Augenwinkel heraus bemerkte ich, dass der Portier nach dem Telefon griff. Er würde entweder Jack in-
formieren oder Verstärkung rufen, also hatte ich nicht
viel Zeit. Ich stieg gemeinsam mit einem Dienstboten in
den Aufzug, welcher nervös wirkte. Er drückte einen
Knopf und die Türen schlossen sich. Der Aufzug setzte
sich langsam in Bewegung, doch ich befürchtete, dass er
nicht zum Penthouse unterwegs war. Er hatte eine ge-
heime Botschaft vom Portier erhalten. Ich sah mich um.
Wenn es genauso funktionierte wie das Skyfall Black,
dann war das Gebäude höchstens von außen gegen Magie
geschützt. Hier drinnen sollte ich von einem Schatten
zum anderen reisen können, aber dafür brauchte ich auch
Schatten. Ich holte mein Messer raus. Der junge Mann
vor mir stand genau zwischen mir und dem Elektronik-
kasten. Ohne Erbarmen stach ich zu, doch der Dienst-
bote schien es zu bemerken und duckte sich weg. Gleichzeitig griff er nach vorn zu einem roten Notfallknopf. Ich
stieß ihn mit dem Fuß weg und rammte mein Messer in
einen Spalt im Kasten. Ein surrendes Geräusch ertönte.
Ich hebelte den Kasten auf und schnitt wahllos Kabel
durch. Der Aufzug geriet ins Stottern und blieb stehen,
gleichzeitig ging das Licht aus. Ich nutzte die Dunkelheit,
um ins obere Stockwerk zu gelangen.
Mir blieb nicht viel Zeit.

Kapitel 12 - Jack

Verwundert sah ich von meiner Arbeit auf, als es klingelte. Erwartete Daniel vielleicht Besuch? Ich zumindest rechnete mit niemandem und jemand, der spontan zu Besuch kommt, wird von dem Portier vorher angekündigt. Ich stand auf und verließ mein Büro, während ich nach Daniel rief.

„Daniel, ist das vielleicht ein Kunde von dir? Bist du schon an der Tür?" Erst nach meinem Ruf fiel mir auf, dass mein Mitbewohner gar nicht zuhause war. Er half irgendeiner Schauspielerin beim Kauf des perfekten Abendkleides, wenn ich mich recht erinnerte.

Es klingelte erneut. Seufzend ging ich zur Tür und öffnete sie, bereit, die Person hinter dieser wieder wegzuschicken. Doch bevor ich etwas sagen konnte, erkannte ich die Frau, die mir gegenüber stand. Es war die Frau von der Gala. Sie war verschwunden, als um Mitternacht der Großteil der Gäste getötet worden war, wie in einer mörderischen Version von ‚Cinderella'.

Und jetzt stand sie plötzlich vor meiner Wohnung und lächelte mich an.

„Claire" war das Einzige, was ich herausbrachte.

„Hallo Jack. Ich hoffe, ich störe nicht. Darf ich reinkommen?"

„Oh… Ja, natürlich, komm rein." Ich trat zur Seite und Claire betrat die Wohnung. Während ich die Tür wieder schloss, sah sie sich bereits fasziniert um. Das Penthouse beeindruckte sie also. Sehr gut. Dann würde sie mein Schlafzimmer bestimmt noch mehr beeindrucken.

„Möchtest du vielleicht etwas trinken?“
„Gerne. Whiskey, wenn ihr welchen habt?“
Die Bitte verwunderte mich, besonders da gerade erst
Mittag war, aber ich ging dennoch zum Schrank und
holte eine Flasche Whiskey raus, mit der ich zwei Gläser
befüllte.
„Setz dich doch schonmal.“ Ich deutete auf das große,
cremefarbene Sofa und sie nahm darauf Platz. Ich folgte
ihr mit den Gläsern und der Flasche, die ich mir unter
den Arm geklemmt hatte. Nachdem ich diese auf dem
Tisch deponiert hatte, setzte ich mich zu ihr. Dabei fiel
mir auf, dass auf dem Tisch noch die Brosche lag, die ich
von Cleo …nun, die ich gefunden hatte. Ich musste sie
ihr wohl bei Gelegenheit zurückbringen, aber erstmal
würde ich mich mit der attraktiven Frau auf meinem Sofa
beschäftigen.
„Also, es überrascht mich, dass du hier bist. Ich dachte
nicht, dass wir uns so schnell wiedersehen würden,
Claire.“
„Man sieht sich immer zweimal im Leben, nicht wahr?
Ich musste an dich denken und wollte dich wiedersehen.
Es tut mir so leid, dass ich einfach verschwunden bin.“
Claire strich sich eine schwarze Locke hinters Ohr, bevor
sie ihre Hand ganz sachte auf mein Bein legte.
Langsam ließ ich meinen Blick an ihr hinauf und hinunter
wandern. Ihre Fingernägel waren vorne spitz zugefeilt
und schwarz lackiert, auf manchen Nägeln glitzerten
kleine Steinchen. Sie wirkten auf mich wie hübsch ver-
zierte Krallen und ließen ihre zarten Hände sehr blass
wirken. Die Arme wurden von einer schwarzen Lederjacke verdeckt, welche Claire über einem grauen Top trug.

Die Hose war aus einem schwarzen Jeansstoff, welcher unterhalb der Knie in den hohen Lederstiefeln verschwand. Das Outfit war wirklich dunkel und erinnerte mich ein wenig an das einer Motorrad-Rocker-Braut, wogegen jedoch ihr zartes Gesicht, die weiche Haut und die hübschen, wilden Locken sprachen. Ich glaubte, sie war eine dieser Frauen, die alles tragen konnten und dennoch immer perfekt aussehen würden.

So gerne würde ich wissen, ob sie unterhalb der Kleidung auch so perfekt aussah.

Als sie anfing, mein Bein zu streicheln, realisierte ich langsam, dass sie zuvor mit mir gesprochen hatte.

„Ehm… Ist schon gut, wirklich. Mach dir keine Gedanken. Möchtest du deine Jacke auszuziehen?"

Schweigend lächelnd zog die Frau ihre Jacke aus und legte sie über die Sofalehne. Dabei entblößte sie ihre blassen Schultern und ich konnte die Anzeichen eines Tattoos auf ihrem Schulterblatt erahnen, doch da drehte sie sich bereits wieder zu mir um, nahm sich ihr Glas und trank daraus.

„Erzähl mir was von dir, Jack. Ich weiß doch eigentlich nichts über dich."

Sie hatte Recht. Ich hatte ihr nicht viel von mir erzählt, allerdings hatte sie glaube ich zuvor auch nicht nachgefragt. Es wunderte mich, dass sie meine Adresse kannte. Hatte ich ihr die etwa gegeben, bevor sie verschwunden war? Bestimmt, so musste es gewesen sein. Anders konnte ich mir nicht erklären, warum sie hier war.

„Nun, ich bin Polizist. Detective, um genau zu sein. Ich behandle wahnsinnig wichtige Fälle. Morde, Attentate. Ich war an dem Gala-Fall dran, bevor du kamst." Ich glaube, das Letzte erwähnte ich, weil sie auch auf der Gala gewesen war… Und es sie genauso hätte treffen können wie die, die dort gestorben waren. Genauso, wie es mich hätte treffen können, wenn sie mich nicht vor Mitternacht hinaus gezogen hätte. Während ich darüber nachdachte, wurde mir erst bewusst, dass ich jetzt hätte tot sein können.

Momentan war mein größtes Problem, dass ich einige ungelöste Fälle hatte, die alle irgendwie miteinander zu tun zu haben schienen, und meine Kollegen sich langsam die falschen Gedanken über die Zusammenhänge machten. Nur durch Claire war ich am Leben.

Meine Intention zum Flirten verflog allmählich. Sie war nicht nur irgendeine Frau, die ich ins Bett bekommen wollte. Irgendwas war an ihr, was ich nicht verstand. Vielleicht war es nur Zufall gewesen, dass wir beide draußen gewesen waren, als alle anderen zu Mitternacht angestoßen hatten. Aber ich glaubte nicht an Zufälle.

Claire sah mich interessiert an, dann wurde ihr Blick fragend, als ich aufstand.

„Ich geh gerade ins Bad. Entschuldige mich." Damit lief ich in mein Bad, durch mein Zimmer hindurch, um mir kaltes Wasser ins Gesicht zu spritzen. Warum machte mich diese Frau so durcheinander?

Vermutlich lag es nur am Fall. Ich war überarbeitet und überfordert, kam nicht weiter. Alle Fälle, der Tod dieses Kleinkriminellen, der Brand bei seinen Eltern, die Explosion in der Bank und jetzt der Massenmord im Krankenhaus, sie schienen so surreal zusammenzugehören, obwohl ich mir das schwer vorstellen konnte. Aber es musste sein, es musste eine Verbindung geben, eine Verbindung zu der Schattenfrau, die den Diamanten der Königin gestohlen hatte, den ich an Chad Kinneys Leiche gefunden hatte. Der Zusammenhang war ja wohl offensichtlich.

Aber was hatte jetzt Claire damit zu tun? Konnte es nicht einfach sein, dass sie eine wohlhabende, attraktive Spenderin war, die einfach Interesse an mir gezeigt hatte und auf ein Rendezvous aus gewesen war? Konnte ich nicht einfach genießen, dass sie jetzt gerade in meinem Wohnzimmer war und sich mit mir unterhalten wollte, oder vielleicht sogar mehr vorhatte?

Auf jeden Fall sollte ich sie nicht zu lange allein lassen, nicht, dass sie sich unwohl fühlte.

Ich ging zurück ins Wohnzimmer, nur um festzustellen, dass Claire nicht mehr auf dem Sofa saß. Suchend ließ ich meinen Blick durch den Raum wandern und fand sie schnell. Mein Besuch wollte die Wohnung schon wieder verlassen.

„Was machst du da?"

Claire fuhr herum, ihr Anblick erschien für mich nur noch schemenhaft, mehr wie eine verwischte Zeichnung als wie eine Frau. Hatte ich etwas mit den Augen? Ich blinzelte und betrachtete sie, wobei mir auffiel, dass sie etwas in der Hand hielt. Cleos Brosche.

„Was willst du damit? Sie gehört dir nicht." Ich deutete auf die Brosche, die Luft bewegte sich schneller und wollte ihr das Schmuckstück entreißen, doch Claire schien sich irgendwie aufzulösen, denn mein Luftzug traf auf keinen Widerstand. Hatte ich an ihr vorbei gezielt? Und warum verschwamm sie denn so vor meinen Augen?

„Dir doch genauso wenig, Jackson Storm. Du hast sie geklaut, nicht wahr?“ Die Frau lächelte, aber es war kein hübsches Lächeln mehr, es war mehr ein Feixen, bei dem sie ihre strahlend weißen Zähne zu blecken schien wie ein Wolf beim Angriff.

„Ich… Ich hab sie nur gefunden! Ich wollte sie die Tage zurückbringen. Außerdem geht dich das gar nichts an! Jetzt gib mir diese Brosche wieder.“

„Nein. Ich will sie für mich haben. Anscheinend weißt du nicht, was das für ein Artefakt ist, ich weiß es schon. Und ich brauche es.“

„Ach ja? Und wofür?“ Sie verwirrte mich. Plötzlich war sie nicht mehr die hübsche, nette Frau von eben und von der Gala. Etwas Grundlegendes hatte sich verändert, ihre komplette Ausstrahlung war anders. Wen hatte ich da in meine Wohnung gelassen?

„Na gut. Ich erzähle es dir. Das hier ist kein Schmuck.“ Claire schaute erst mich an, dann die Brosche. „Wenn du sie berührst, während du deine Kräfte benutzt – deine besonderen Kräfte – dann werden deine Kräfte um ein Vielfaches verstärkt. Du bist ein Elementarier, hab ich recht? Du kannst die Elemente um dich herum kontrollieren. Mit so einem Artefakt bräuchtest du aber keine Elemente mehr um dich. Du könntest im Vakuum einen Tornado erzeugen und unter Wasser ein loderndes Feuer.“

„Ich habe noch nie von solchen Artefakten gehört.“ Sagte ich. Es klang beinahe traumhaft, was Claire mir da erzählte. Aber ich hätte davon doch wissen müssen, wenn es sowas wirklich gäbe. Warum wusste ausgerechnet sie sowas?

Claire streckte die Hand mit der Brosche aus. „Komm doch, und probier's aus."

Langsam ging ich auf sie zu und griff nach dem Schmuckstück, doch in dem Moment wurde es vollkommen dunkel um mich herum und ich griff ins Leere.

Kurz wollte ich glauben, es wäre ein Stromausfall. Ich wollte nicht daran glauben, dass die Dunkelheit von etwas – oder jemand Anderen kommen könnte.

Aber bei einem Stromausfall fällt nicht das Licht der Sonne aus.

„Claire! Was machst du da, bist du das?", rief ich, während ich mich um mich selbst drehte, auf der Suche nach Licht. War ich jetzt blind?

„Was bist du, Claire?!"

„Nenn mich Shadow", hauchte eine Stimme an meinem Ohr. Ich griff in die Richtung, doch ich stieß auf nichts Festes. Stattdessen stolperte ich nach vorne und viel über etwas drüber – anscheinend war es der Tisch, denn die Kante hatte saumäßig weh getan, fast so sehr wie der Aufprall, als meine Nase auf den Boden krachte. Der Schmerz ließ mich aufstöhnen.

Ich rollte mich auf den Rücken und hielt mir kurz die Nase, bevor ich mich langsam aufsetzte. Es schien nicht zu bluten, das wäre auch ziemlich peinlich gewesen. Während ich da saß und mein Gesicht betastete, vernahm ich erneut Claires Stimme – oder Shadows, wie sie sich anscheinend nennen wollte.

„Ich bin eine Besondere, wie du. Naja, nicht ganz wie du.
Ich bin definitiv besser. Und ich benutze meine Gaben
nicht, um Gutes für die kleinen Normalos zu tun.“
„Ich werde sehr für meine Arbeit geschätzt!“, verteidigte
ich mich. Dabei stand ich wieder auf. Ich musste herausfinden, ob sie mich hatte blind werden lassen oder ob die
Umgebung so duster war. Also griff ich in meine Tasche
und fand glücklicherweise ein Feuerzeug darin. Ich hatte
in vielen Taschen ein Feuerzeug, falls ich einmal ohne
meinen Gürtel unterwegs war und dringend ein Element
brauchte. Schnell zog ich es heraus, ließ es Klicken und
eine große Flamme zischte daraus hervor, welche meine
Umgebung erhellte. Jetzt sah ich den Tisch, über den ich
gestolpert war. Er war verschoben worden, stand mitten
im Raum anstatt vor dem Sofa, das gut zwei Meter entfernt war.

„Was willst du denn damit bezwecken? Mit dem Schau-
spielern, dem Modeln und dem Verbrechen aufklären?
Das passt für mich nicht zusammen. Willst du Gutes tun?
Oder willst du berühmt sein?“
Ich nahm ihre Stimme von links wahr, drehte mich nach
dorthin um und schoss eine Flamme in ihre Richtung, die
jedoch nur die Mikrowelle traf. Sie explodierte mit einem
lauten Knall, Plastik und Metallteile flogen in alle Richtungen.
Doch Claire – Shadow – war nicht da. Es war mir, als
würde ich zwischen dem Feuer und den Trümmern nur
ihren Schatten erkennen können.
Und dann fiel es mir wie Schuppen von den Augen.
Sie war die Schattenfrau aus der Bank.

„Du… Du bist eine Superschurkin!", rief ich. „Du hast
was mit dem Gift auf der Gala zu tun, und mit dem
Bombenanschlag auf die Bank. Und mit Kinneys Tod…
Und dem Tod der Königin…"
Diese Verbindung wäre mir nie aufgefallen ohne diesen
kleinen Diamanten. Nur die Gala schien nicht damit zusammen zu hängen. Dort hatte sie diese Brosche holen
wollen, die sie angeblich stärker machte. Aber warum
hatte sie dafür all diese Menschen getötet? Einfach nur
aus Spaß? Zur Ablenkung?
In meinem Kopf schwirrte alles. Ich war so naiv gewesen!
Ich hatte wirklich gedacht, sie wäre eine reiche Normalo,
die Interesse an mir hatte.
Doch sie hatte mich nur benutzt.

„Ja, Jack. Du hast richtig kombiniert. Ich war mir fast
nicht sicher, ob du wirklich zum Detective geeignet bist.
Aber vielleicht hast du ja doch ein paar Hirnzellen übrig."
Ich knurrte und schoss erneut einen Feuerball auf sie,
doch der Schatten verschwand bloß aus der Küche, die
kurz darauf in lodernden Flammen aufging. Der Feueralarm schrillte los und Wasser spritzte aus den Decken-
sprinklern und durchnässte das komplette Mobiliar – und
mich. Schnell drehte ich mich um und suchte nach dem
Schatten. Doch langsam wurde alles wieder dunkel und
ich verlor erneut die Orientierung. Mein Atem ging
schneller.
Ich hatte schon mit vielen Gegnern zu tun gehabt, auch
wenn ich erst 25 war. Diese Gegner waren entweder grö-

ßenwahnsinnige Normalos gewesen oder dumme Besondere, deren Kräfte ein Witz gewesen waren gegenüber meinen. Ich hatte mich immer unbesiegbar gefühlt.
Doch jetzt hatte ich eine Gegnerin, deren Körper sich einfach auflösen konnte und die mir meine Sicht raubte. Ich wusste nicht, wie ich gegen sie gewinnen sollte.

„Du atmest ja so schnell. Hast du etwa Angst?" Shadows Stimme drang ganz leise zu mir, sie klang beinahe sanft, und doch war mir klar, dass sie mich verspottete.
„Du bist ziemlich feige, Shadow. Dass du dich noch nicht mal zeigst und mit mir kämpfst."
„Du möchtest also kämpfen?" Ich spürte ihren Atem an meinem Ohr, drehte mich zu ihr und griff nach ihr, doch ich bekam nur etwas kaltes zu fassen, es fühlte sich an wie Metall, das mir im nächsten Moment die Hände zerschnitt. Schreiend ließ ich den Gegenstand los. Sie hatte mir ein Messer entgegen gehalten.
Das Blut lief heiß meine Hände hinunter zu den Gelenken und tropfte von da stetig auf den Boden hinab. Ich konnte es hören. Das leise Tropfen meines Blutes, das sich mit dem Wasser der Sprinkler vermischte. *Tropf. Tropf. Tropf.*
Zu diesem Geräusch vermischte sich jetzt Shadows leises Lachen.
„Siehst du, ich verstecke mich doch gar nicht. Ich bin hier. Direkt neben dir. Aber du kannst mich nicht fassen. Du wirst mich nie fassen können."
„Doch, das werde ich", zischte ich. „Ich werde dich persönlich in den Knast bringen, du Schlange!"

„Wer frei von Sünden ist, möge den ersten Stein werfen“, hauchte sie und ich spürte, wie sie mit ihrem Messer an meinem Hals entlang strich. Schnell fuhr ich zurück, hob meine Hände und die Wassertropfen an mir und um mich herum sammelten sich, bis sie sich zu einem Strudel geformt hatten, der sich um die Stelle wand, an der ich meine Gegnerin vermutete.

„Hör auf mit den Spielereien, du bist mir einfach nicht gewachsen, Jackson Storm. Du verteilst nur dein Blut im Raum.“ Etwas schnitt an meinem Arm entlang, wieder schrie ich auf und hielt mir die Stelle, wo es zu bluten begann. Das Wasser platschte auf den Boden zurück und durchweichte meine Socken vollends.

Mir wurde schwindelig, es schien immer schwärzer um mich herum zu werden, obwohl das kaum sein konnte. Langsam sank ich auf die Knie, da ich Angst hatte, sonst das Gleichgewicht zu verlieren. Dabei stieß ich auf das Feuerzeug, das ich bei dem Brand der Küche fallen gelassen hatte. Langsam hob ich es auf und ließ die Flamme aufflackern. Dabei taten meine Handflächen höllisch weh, doch ich riss mich zusammen. Die Flamme wurde größer und ließ mich wieder etwas sehen. Die Wärme der Flamme glitt über meine Haut, während ich hinaufsah. Claire stand vor mir, in einer Hand hielt sie ein Messer mit einer schwarzen, blutbenetzten Klinge, in der anderen Hand die Brosche, deren Stein sich schwarz verfärbt hatte. Ihr unfreundliches Lächeln schnitt in mich hinein wie ihr Messer in meine Haut.

„Ich werde dich fangen und einsperren. Ich werde einen Weg finden. Du kannst dich nicht in deinen Schatten verstecken“, sagte ich und versuchte dabei, meine Stimme nicht zittrig klingen zu lassen. Shadow schien von meiner Ansage unbeeindruckt.

„Versuch es doch, Elementarier. Aber dafür musst du dir erstmal mein Gesicht merken." Sie kniete sich vor mich. „Niemand kann sich je an mein Gesicht erinnern. Wie willst du jemanden finden, über den du kaum was weißt? Wem willst du von mir erzählen?" Während ihrem Gerede strich sie mir mit den Fingerspitzen über die Wange. Ich griff ihr Handgelenk, doch in dem Moment bewegte sie ihre Hand und schnitt mir die Wange mit ihrem Messer auf. Sofort ließ ich sie wieder los, genauso wie das Feuerzeug, welches sie mit der anderen Hand auffing, in der sich noch die Brosche befand. Ich griff danach, doch sie zog die Hand weg.

Schwarze Punkte tanzten vor meinen Augen. Der Geschmack von Blut füllte meinen Mund. Nie hatte ich mich so hilflos gefühlt. Ich wusste nicht, wie ich mich wehren konnte.

Das Feuerzeug, das eben ausgegangen war, flackerte wieder auf. Shadow hielt es in der Hand, betrachtete die Flamme kurz und hielt sie dann ganz dicht an meine kaputte Wange, die sofort unangenehm heiß wurde. Ich wollte der Flamme befehlen, auszugehen, doch ich war zu benommen und durcheinander. Langsam glitt die Flamme von der Wange runter zum Hals und von da zum Kragen des Shirts. Die Wolle begann zu kokeln.

„Was machst du da?", murmelte ich schwach und wischte mit den Händen am Kragen entlang. Die Hitze schnitt sich in meine Wunden und ich wimmerte. Allein meine Worte hatten schon genug wehgetan und jetzt bekam ich nicht mal ein Feuer gelöscht. Denn das Kokeln wurde allmählich zu einem kleinen Feuer, dass sich meine Kleidung entlang fraß. Erst dadurch bemerkte ich, dass die Sprinkler ausgegangen waren und der Feueralarm nicht mehr sirrte, Dafür meinte ich, in der Ferne Sirenen wahrzunehmen.

Shadow stand auf, als meine Kleidung zu brennen begann, sah mich bloß amüsiert an und ging langsam rückwärts zur Tür.
„Ich sollte jetzt gehen, Vielleicht sehen wir uns ja wirklich wieder. Es sei denn, du stirbst in deinem eigenen Feuer. Aber bestimmt wirst du gleich gerettet.“
Damit verblasste sie und ich nahm nur noch ihr leises Lachen wahr, bevor ich mich ins Wasser fallen ließ und mit der Hoffnung, das überschwemmte Apartment würde das Feuer auf mir löschen, bewusstlos wurde.

Kapitel 13 - Shadow

Ich schaffte es bis in die Parkanlage, bevor ich im Schatten eines Baumes zusammenbrach. Schweiß lief mein Gesicht hinab und sickerte mir in den Ausschnitt. Das Messer fiel dumpf neben mir auf den Boden, nur die Brosche konnte ich gerade so festhalten.

Ich hatte mir ihre Benutzung leichter vorgestellt. Und mit weniger Schmerzen verbunden.

Mein ganzer Körper tat weh, so als wäre ich gerade völlig unvorbereitet einen Marathon gelaufen. Meine Hand, in der ich die Brosche hielt, brannte, doch ich ließ sie nicht los.

Ihre Benutzung hatte mich mächtig werden lassen. Es hatte zwar nur wenige Minuten gedauert und ich war momentan nicht mehr in der Lage, mich zu bewegen, doch ich hatte mich unbesiegbar gefühlt. Als Jack mich beim Hinausschleichen erwischt hatte, hatte ich nur kurz an die Schatten gedacht, eigentlich war es ein Fluchtgedanke gewesen. Und plötzlich hatten die Schatten sich um mich gesammelt und alles Licht verschluckt. Der Stein in der Brosche, der zuvor bernsteinfarben gewesen war, hatte sich schwarz verfärbt, mein ganzer Körper hatte gekribbelt und dann war ich mit den Schatten verschmolzen. Mehr noch, es hatte sich angefühlt, als hätte mein Körper sich aufgelöst, ich war nicht nur ein kleiner Schatten in der Dunkelheit, die Dunkelheit und ich waren eins geworden. Das Gefühl war so überwältigend gewesen, dass alles andere verblasst war.

Ich konnte mich kaum noch daran erinnern, worüber wir gesprochen hatten. Ich hatte Jack provoziert, und er hatte mit Feuer um sich geschossen, anscheinend war das sein Lieblingselement. Mit dem Wasser aus den Sprinkleranlagen hatte er mich einzusperren versucht. Fast wäre ich da nicht heraus gekommen. Ich hatte meine Schattengestalt verloren, kurz nachdem ich mich aus dem Tornado gerettet hatte. Überraschenderweise war es aber um mich und den Elementarmagier dunkel geblieben… Ein kleiner Kreis Schwärze, den Jack mit seinem Feuer zu durchbrechen versucht hatte. Die Schnitte, die ich ihm zugefügt hatte, setzten ihm deutlich zu, trotzdem hatte er es geschafft, nach mir zu greifen. Ich ließ selten zu, dass mich jemand berührte, außer diese Berührungen gingen von mir aus. Die Hand um mein Handgelenk war warm gewesen, stark, aber nicht fest. Als hätte er mir nicht weh tun wollen, was seltsam war, da er versucht hatte, mich mit Feuerkugeln niederzubrennen.

Ich betrachtete die Stelle, wo er mich gefasst hatte. Sein Blut klebte am Ärmel meiner Jacke. Dafür war sein Oberteil jetzt abgebrannt. Und vielleicht auch er selbst.

Die Sonne war zu hell, meine Augen waren schwer, meine Lider fielen zu. Ich durfte hier nicht einschlafen. Ich musste die Augen öffnen und zurück nach Hause kommen. Ich musste die Brosche in Sicherheit bringen, bevor sie mir jemand wegnahm. Doch ich schaffte es nicht, meine Augen zu öffnen. Ich wollte schlafen, hier und jetzt. Nur kurz Energie tanken, das konnte doch nicht verkehrt sein.

Etwas Kaltes drückte gegen meine Wange und ich riss die Augen auf. Es dauerte kurz, bevor meine Sicht klar wurde und ich den braunen Fleck vor mir als eine Schnauze erkannte. Ich blinzelte den Bilurg, einen geflügelten Straßenhund, verwirrt an. Er streckte seine Zunge raus, schüttelte seine Flügel aus und leckte mir über die Nase. Ich schüttelte mich und schob den Köter von mir. Der Bilurg setzte sich und legte seinen Kopf schief. Dann gähnte er, wobei kleine Luftbläschen aus seinem Maul stiegen und vom Wind davongetragen wurden. Auf einmal sprang er wieder auf, stupste mich auffordernd an und breitete dann seine Flügel aus, um davon zu fliegen. Ich konnte nicht ganz nachvollziehen, was das genau gewesen war, aber vielleicht hatte der Bilurg mich am Einschlafen hindern wollen. Bilurge galten als Beschützer, sie waren schwerer zu zähmen als ihre flügellosen Verwandten, doch sie hielten ein Auge auf verlorene Seelen. Es war nicht das erste Mal, dass ich einem Bilurg begegnet war. Der letzte hatte das Aussehen eines Dalmatiners gehabt und mich vor einem Angriff gewarnt. Der braune, der gerade verschwunden war, hatte gemerkt, dass ich jetzt nicht einschlafen durfte. Ja, ich war eine verlorene Seele, die Bilurge spürten das.

Langsam setzte ich mich auf, mein Körper schmerzte noch immer. Doch die Sirenen wurden immer lauter, gleich würde jemand bei Jack sein. Und dann würde man einen Täter suchen. Wenn es so weit war, wollte ich weg sein, in meinem Zuhause, mit gewaschener Kleidung und einem heißen Bad.
Die Sirenen heulten in meinen Ohren, so unangenehm, dass ich sie mir zuhielt. Da ich die Brosche nicht loslassen wollte, drückte ich sie gegen meinen Kopf. Sie war

gleichzeitig warm und kalt, leicht und schwer. Ich verstand es nicht. Eigentlich *wollte* ich sie loslassen, aber ich konnte nicht. Der glatte Stein drückte gegen mein Ohr und es kam mir vor, als würde ich eine leise Stimme flüstern hören, jedoch in einer Sprache, die ich nicht verstand. Ich musste die Brosche heimbringen, in Sicherheit.

Gerade war mir alles zu viel, das Licht, die Geräusche, der Geruch nach Gras und die Sommerhitze, die so typisch für den Monat Blood war. Ich schwitzte und gleichzeitig zitterte ich, wollte aufspringen und losrennen und mich gleichzeitig zusammenrollen und nie wieder aufstehen. Meine Muskeln verkrampften sich, obwohl sie sich anfühlten, als könnten sie jeden Moment zerfließen und mein ganzer Körper würde in der Wiese versickern wie Wasser. Ich nahm tausende verschiedene Geräusche war, vom Summen einer Biene bis zum Heulen der Sirenen, muntere Gespräche und sogar das Plätschern des Wassers, ich hörte alles so differenziert und doch wurde es zu einem einzigen surrenden Teppich, der sich über meine Ohren legte und meinen Kopf zum Pochen brachte. Mein Schädel wirkte zu klein für mein Gehirn, es drückte und tat weh, und es wollte einfach nicht aufhören.

Irgendwie schaffte ich es trotzdem, mein Messer einzustecken und aufzustehen. Ob ich es nach Hause schaffte, wusste ich nicht. Das letzte, was ich sah, war Dunkelheit.

Kapitel 14 - Jack

Es roch nach Desinfektionsmittel. Das war das Erste, was ich wahrnahm. Der letzte Geruch war Rauch gewesen, Feuer, brennender Stoff und kokelnde Haut. Dann hatte ich das Bewusstsein verloren.

Und jetzt kroch mir dieser sterile Geruch in die Nase, dieses stechende Desinfektionsmittel. Ich wollte die Augen öffnen, mich des Ortes vergewissern, wo ich zu sein vermutete, doch meine Lider schienen zusammen zu kleben. Generell fand ich es furchtbar anstrengend, überhaupt zu atmen und zu riechen. Dabei wusste ich nicht mal mehr, was passiert war, ich konnte mich in dem Moment nur an den Geruch von Feuer erinnern. War ich verbrannt? Ich hatte mir doch noch nie am Feuer wehgetan. Ich konnte es doch kontrollieren, oder nicht?

Durch die wirren Gedanken in meinem Kopf drängten sich jetzt langsam Stimmen. Es klang, als würde sich ein Mann mit einer Frau unterhalten, doch ich konnte die Stimmen niemandem zuordnen.

„Ist er in den letzten Stunden schon mal aufgewacht?", fragte die Frau. Ihr Ton war geschäftig, doch es klang etwas mit, was ich zu erkennen versuchte.

„Nein", antwortete der Mann. Er klang besorgter, vielleicht war er ein Teil meiner Familie. Ich hatte doch eine Familie, oder?

„Ich kann nicht glauben, dass er in seinem eigenen Feuer fast verbrannt worden sein soll. Er spielt nicht mit den Elementen zuhause. Zumindest nicht mehr."

„Er war schon immer unüberlegt mit seinen Kräften“,
sagte die Frau zynisch. „Vielleicht hat er sich aufgeregt
und dabei den Brand ausgelöst.“
„Aber er hatte auch Schnitte, das haben Sie selbst gesagt!
Er ist geschnitten worden, an mehreren Stellen.“
„Es ist einiges explodiert. Er könnte von Trümmern getroffen worden sein.“
„Warum wollen Sie es aussehen lassen wie einen Unfall?
Jack ist doch kein dummer, explosiver Tollpatsch! Er ist
intelligent und berühmt und hat viele Feinde! Jemand
könnte ihn angegriffen haben! Vielleicht wollte ihn jemand umbringen!“, rief der Mann aufgebracht. Er
machte sich anscheinend wirklich Sorgen um mich. Und
er hielt mich für intelligent. Ich wollte, dass er weiter gut
über mich redete. Doch dann antwortete die zynische
Frau.
„Beruhigen Sie sich, Mr. Winter. Ich will ihm nichts un-
terstellen. Aber bis er nicht aufgewacht ist, können wir
nichts Genaues sagen.“
„Und wenn er nicht aufwacht?“
Aber ich war doch wach. Wenn ich die Augen öffnete,
könnte ich ihn vielleicht beruhigen. Ich hatte sogar das
dringende Bedürfnis, den Mann, der sich so Sorgen um
mich machte, zu beruhigen.
Langsam blinzelte ich. Die Dunkelheit um mich wurde
durch ein kaltes Licht ersetzt, das von der Decke auf
mich hinab schien. Doch ehe ich mich daran gewöhnt
hatte, schob sich ein Schatten in mein Blickfeld. Das Gesicht eines jungen Mannes, dessen wilde blonde Haare in
sein Gesicht hingen. Der Anhänger seiner silbernen Kette
baumelte vor meinem Gesicht. Es war eine Kugel, die

leise klirrte, wie eine schöne, runde Glocke. Winzige Ornamente waren in das Silber eingearbeitet.

Die blauen Augen des Mannes funkelten mich besorgt, aber auch erleichtert an.

„Jack, du lebst. Ich hatte Angst, dass du nicht mehr aufwachst, Mann! Weißt du, was ich empfunden habe, als ich von unserer abgebrannten Küche gehört habe, und dass du mit Verbrennungen im Krankenhaus liegst? Zum Glück bin ich als dein Notfallkontakt eingetragen und wurde direkt her bestellt, als du eingeliefert wurdest. Sonst wäre ich erst Stunden später nach Hause in dieses Chaos gekommen und -."

„Daniel", unterbrach ich ihn heiser. Mein Mitbewohner verstummte und spielte verlegen an seiner Kette. *Kling. Kling.* Es brachte mich zum Lächeln, doch das Lächeln tat scheiße weh, also ließ ich es bleiben. Langsam schob sich ein anderes Gesicht in mein Blickfeld, es war Cleo. Ihre dunklen Haare waren zurückgebunden, ihre Augen waren schwarz von Augenringen umrandet und ihr Blick bedachte mich kritisch. Statt eines schönen Kleides trug sie heute einen weißen Arztkittel über einer türkis-blauen Pfleger-Uniform. An dem Kittel blitzte ihr Namensschild – Cleo Rodriquez.

„Cleo… Es tut mir leid, ich hab eine Dummheit begangen… Deine Brosche, ich hätte sie dir direkt zurückbringen sollen, als du sie verloren hattest, aber ich konnte doch nicht wissen… ich war wütend auf dich und du wolltest ja alles alleine machen… und dann hat sie sie mir gestohlen und jetzt ist sie super stark und deine Brosche ist weg…" Ich holte röchelnd Luft. Meine Lunge fühlte sich schrecklich an. Alles in mir brannte, als wäre das

Feuer noch nicht erloschen, als würde es in mir noch alles auffressen.

„Beruhig dich, Jackson. Du hast einige Verletzungen und eine Rauchvergiftung, du solltest ruhig bleiben. Aber, wer ist *sie*?"

„Shadow", antwortete ich heiser. „Eine Superschurkin. Verwandelt sich in Schatten, macht alles dunkel."

Cleo sah verwirrt aus. „Shadow. Den Namen hab ich noch nie gehört."

„Sie war auf der Gala! Sie hat alle vergiftet… Sie hat sich Claire genannt."

Cleo schien immer noch verwirrt, doch jetzt wirkte sie auch düster.

„Weißt du, wo sie momentan ist, Jack? Kennst du einen Wohnort, oder zumindest den Nachnamen?"

Betreten schüttelte ich den Kopf. Eigentlich wusste ich gar nichts über diese Frau. Ich wusste nur, dass sie verrückt war und mich hatte umbringen wollen.

Cleo drehte sich weg, offenbar war sie wütend.

„Diese Brosche hat mein Vater mir gegeben. Ich sollte sie beschützen und damit Gutes tun! Und dann kommst du, klaust sie mir und verlierst sie kurz danach an eine Superschurkin? Wenn du nicht gegrillt hier angekommen wärst, hätte ich mich gefragt, ob du nicht vielleicht auch einer der Bösen bist."

Bevor ich darauf reagieren konnte, sagen konnte, dass ich weder ein Böser noch ein Dieb war, schaltete Daniel sich ein. Er klang ungewohnt aufgebracht, von seiner sonst fröhlichen Art merkte ich wenig.

„Jack ist kein Bösewicht! Er kämpft für das Gute, im Namen des Königshauses!“

„Jack… Du stehst im Dienst des Königs?“

Normalerweise wäre das ja etwas zum Angeben gewesen, doch ich fühlte mich nicht danach. Eher fühlte ich mich wie ein Versager. Doch ich antwortete ihr.

„Ja. Nach meiner Ausbildung zum Detective wurde irgendwann ein Mitglied des Königshauses auf mich aufmerksam, Prinz Adam. Naja, als die Königin starb, hat man mir die Ermittlungen übertragen. Wahrscheinlich war Shadow auch die Mörderin, so nebenbei.“

Cleo und Daniel starrten mich wegen dieses Faktes vollkommen geschockt an. Es dauerte eine Weile, bis Cleo wieder das Wort ergriff.

„Eine solche Person darf nicht in Besitz dieser Brosche sein. Wir müssen sie wieder kriegen. Um jeden Preis.“

„Was ist das denn für eine Brosche?“, fragte Daniel, der nicht mehr so ganz mitzukommen schien.

„Meine Brosche ist ein magisches Artefakt. Es verstärkt die Kräfte seines Trägers. Wenn diese Shadow es ohne die Brosche schon geschafft hat, unbemerkt ins Königshaus zu gelangen, wertvolle Schätze zu stehlen, eine gut beschützte Königin zu ermorden und hunderte Menschen zu vergiften, will ich mir nicht vorstellen, was sie mit der Brosche macht.“ Cleo schaute während ihrer Erklärung besorgt aus dem Fenster. Vielleicht stellte sie sich Flumes City bereits in Ruinen liegend vor. Ich malte mir aus, dass nie wieder das Licht der Sonne in diese Stadt gelangen würde, wenn Shadow ihre komischen Schatten überall ausbreiten würde. Dann fragte ich mich, wie ihre

Kräfte überhaupt funktionierten. Aber ich kam zu keiner Antwort.

„Wann kann ich wieder nach Hause?", fragte ich jetzt Cleo. Ich mochte es nicht, so hilflos hier zu liegen, auch wenn ich Schmerzen hatte. Meine Wange tat bei jedem Wort weh, genauso wie meine Brust, doch das war mir egal.

„Vielleicht bist du bis morgen wieder fit genug. Aber die Schnitte und Verbrennungen sind echt unschön. Wärst du kein Elementarmagier, wärst du bei so einem Brand bestimmt gestorben."

„Wäre ich kein Elementarmagier, hätte es gar nicht erst gebrannt", murmelte ich. Daniel legte mitfühlend die Hand auf meine Schulter.

„Du hast gegen diese Frau gekämpft. Du hast zwar nicht gewonnen, aber beim nächsten Mal wirst du ihr ordentlich einheizen. Und die Küche ist auch bald wieder wie neu. Naja… Wir bekommen von der Versicherung eine komplett neue Küche. Unsere Wohnung wird in dem Augenblick aufgeräumt. Morgen ist alles wieder schick." Er lächelte mich mit so einem Optimismus an, dass ich einfach zurück lächeln musste. Die Schmerzen zwangen mich schnell zum Aufhören. Dennoch gab Daniel mir das Gefühl, dass alles gut werden würde. Er schaffte es immer, dass es mir besser ging. Es gab wenige Leute, die so eine Freude und solches Glück ausstrahlten wie Daniel. Vielleicht war er deswegen so beliebt und erfolgreich. Ich wäre gern so beliebt wie er.

Cleo ging neben meinem Bett auf und ab und klopfte dabei auf ihr Klemmbrett.

„Wir müssen diese Schurkin finden und aufhalten. Egal, was sie vorhat, sie ist eine Mörderin und muss ins H-S-G.“

H-S-G, damit meinte Cleo das Hochsicherheitsgefängnis inmitten der Wüste Adras', das eigens für Besondere gebaut wurde. Dieses Gefängnis war so gut geschützt, dass es bis jetzt erst ein Gefangener dort hinaus geschafft hatte. Es wird gesagt, dieser Besondere hatte eine Gabe, die vorher nicht bekannt gewesen war, aber ich wusste nicht mehr, was für eine Gabe das gewesen war. Doch seitdem sind die Sicherheitsmaßnahmen verstärkt worden. Besondere werden bei ihrer Ankunft gescannt, um alle Fähigkeiten aufzudecken, und anschließend werden sie individuell eingeschlossen. Ich war einmal dort gewesen, während meiner Ausbildung. Es war kein Ort, den ich ein weiteres Mal aufsuchen wollte. Aber er ist perfekt für dreckige Mörder wie Shadow.

„Cleo, kannst du was für meine Wunden tun? Ich muss so schnell wie möglich hier raus“, fragte ich die Ärztin und erntete ein Augenrollen von ihr.
„Ich creme sie dir nochmal ein. Der Rest ist schon gemacht. Ich kann nicht sagen, wie lange es zum Heilen braucht.“ Damit ging sie raus. Ich drehte meinen Kopf zu Daniel.
„Wenn sie wusste, wo ich wohne, wird sie auch wissen, dass du mein Mitbewohner bist. Sei bitte vorsichtig. Wer weiß, was sie als nächstes plant.“
Daniel nickte ernst.

„Hey, ich habe ein breites soziales Netzwerk. Wenn du mir sagst, wie diese Frau aussah, kann ich mich nach ihr umhören.“

„Sie…“ Ich stockte. Wie hatte sie ausgesehen? Warum fiel es mir nicht ein? Ich hatte sie doch gesehen, hatte sie gemustert. Ich wusste noch, dass sie attraktiv war, aber sonst?

„Ich glaube, ihre Haare waren dunkel. Und sie hatte blasse Haut. Aber… Ehm…“

„Du musst doch noch was wissen? Ihre Augenfarbe vielleicht, wie groß sie war, ob sie besondere Merkmale hatte.“

Ich strengte mich an, doch ich kam auf kein Ergebnis. Ich wusste nichts mehr über ihr Aussehen. Das musste an meiner Rauchvergiftung liegen. Es war einfach weg. Daniel musterte mich eingehend, bevor ein leichtes Lächeln über sein Gesicht huschte, ein Lächeln, das mich aufmuntern sollte.

„Schon gut. Vielleicht fällt dir später noch was ein. Ich gehe mal wieder nach Hause, wenn es okay ist, ja? Ich muss nach den Handwerkern schauen, wer weiß was die alles anstellen. Ich lasse ungern fremde Leute allein im Penthouse. Aber sie sind auch nicht ganz alleine. Unsere Nachbarin Claudia passt etwas auf. Aber ich bin mir nie sicher, ob sie uns nun mag oder nicht…“

Ich musste lächeln. Er redete schon wieder ohne Unterbrechung. Also hatte er sich von dem Schock wohl langsam erholt.

„Geh schon. Ich komme ja bald wieder nach Hause.“ Mein Mitbewohner nickte und ging langsam zur Tür, bevor er sich nochmal zu mir umdrehte.

„Werd' schnell gesund. Und leg dich nicht allein mit ihr an, falls du sie irgendwann nochmal triffst. Bitte. Wir sehen uns morgen." Damit ging Daniel, ohne eine Antwort abzuwarten.

Mein Blick richtete sich langsam wieder zur Decke. Angestrengt starrte ich in das gleißende Licht, bis Punkte vor meinem Blickfeld zu tanzen anfingen.
Ich hatte mich dem Feuer immer verbunden gefühlt. Es war mein liebstes Element. Und jetzt wäre ich beinahe in den Flammen meines eigenen Feuers gestorben. Was sollte ich davon nur halten?
Als das Licht zu unangenehm wurde, drehte ich meinen Kopf weg und kniff die Augen zusammen. Die Punkte waren immer noch zu sehen, sie flimmerten und bewegten sich vor meinen Augen, bis sie sich zu einem riesigen Feuer auszubreiten schienen, das meine Augenlieder verschlang.

„Schläfst du?"
Ich öffnete die Augen. Cleo stand wieder vor mir, sie hielt eine Dose in der Hand.
„Was für 'ne dumme Frage. Wenn ich schlafen würde, könnte ich ja gar nicht antworten."
„Ach, sei still. Du reißt doch nur deine Wunden auf."
Cleo öffnete die Dose und begann, die Salbe darin auf meine Haut zu streichen, die daraufhin zu kribbeln anfing.
„Heilt es damit?", fragte ich die Ärztin. Sie arbeitete erstmal weiter, bevor sie mir antwortete.

„Ja, deine Haut heilt bereits. Wenn ich sie morgen nochmal einstreiche, solltest du gesund genug sein, um nach
Hause zu gehen.“

Cleo erklärte mir nicht, wie die Salbe funktionierte oder
warum es so schnell wirkte. Und eigentlich interessierte
es mich auch nicht. Hauptsache, ich war schnell wieder
auf den Beinen. Ich musste Shadow finden. So schnell
wie möglich.

Nach einer Weile war Cleo fertig und richtete sich auf.

„Ruh dich aus, Jackson. Dann heilst du schneller.“

„Okay… Warte. Geh noch nicht.“

Abwartend sah Cleo mich an, und auch wenn sie ungeduldig schien, blieb sie stehen.

„Ich brauche wirklich deine Hilfe. Ich dachte, ich würde
all diese Fälle allein schaffen können. Jetzt weiß ich, dass
sie zusammenhängen und wen ich schnappen muss…
Aber ich werde das nicht allein schaffen. Hilf mir, Shadow zu fangen.“

„Ich hab doch schon gesagt, dass ich dir helfen werde.
Du bist zwar ein Idiot, aber zusammen werden wir das
hinbekommen.“

Ich musste schmunzeln. Sie hatte Recht, ich war wohl ein
Idiot. Und zusammen würden wir es schaffen.

„Sag mal, Jackson… Zwischen dir und Daniel Winter,
läuft da was?“

Ich starrte sie an, verblüfft über die Frage.

„Was? Nein! Er ist ein Freund. Und mein Stylist, mehr
aber auch nicht. Warum denkst du sowas?“

„Ihr wohnt zusammen.“

„In einer Wohngemeinschaft! Stars leben oft mit Stylisten oder Haushaltshilfen zusammen."

„Er ist als dein Notfallkontakt eingetragen."

„Weil er mein bester Freund ist. Er sollte wissen, wenn was passiert ist."

„Und warum sind deine Eltern nicht als Notfallkontakt angegeben?"

„Sie müssen sich doch nicht unnötig Sorgen machen. Jetzt hör auf zu fragen, Cleo. Daniel ist ein toller Mann, aber ich stehe auf Frauen, das weißt du."

Cleo lachte, es war beinahe fröhlich, wäre sie nicht so erschöpft gewesen.

„Schon gut. Schlaf schön."

Sie verließ das Zimmer und ließ mich allein. Eine Weile schaute ich noch auf die Tür, bevor ich langsam die Augen schloss. Vor meinem inneren Auge spielten sich die Ereignisse ab des Kampfes ab. Ich sah die Brosche, umschlossen von einer Schattenhand, ich sah Feuer, das sich ausbreitete, Messer, die in der Dunkelheit aufblitzten, all das vermischte sich zu einem wirren Brei in meinem Kopf, bis ich irgendwann vor Erschöpfung in einen tiefen Schlaf versank.

Kapitel 15 - Shadow

Irgendwie hatte ich es nach Hause geschafft. Ich wusste nicht genau wie, aber hier lag ich, auf meinem Bett, in der nassen, blutbefleckten Kleidung, und ich hielt noch immer die Brosche fest in meiner Hand. Langsam setzte ich mich auf. Mir war noch immer schwindelig, aber ich würde es wohl ins Bad schaffen.

Dort angekommen legte ich die Brosche neben dem Waschbecken ab und wusch mir Hände und Gesicht, bevor ich meine Kleidung auszog und in die Waschmaschine stopfte. Während diese lief, ließ ich Wasser in meine Badewanne ein und schaute der Trommel beim Drehen zu. Schon bald waberte der schwere Duft des Badeöls durch den Raum. Lavendel und Trauben. Der Duft erinnerte mich an meine Eltern. Meine Mutter war oft mit mir auf die Lavendelfelder gefahren, um dort zu malen. Jedes Mal hatte ich einen Strauß Lavendel mitgenommen und mein Vater hatte diese getrocknet und Lavendelkissen genäht.

In den Monaten der tanzenden Blätter, wenn die Saison dafür war, gingen meine Eltern auf den Weinberg und sammelten dort Trauben ein. Nein… Sie hatten Trauben gesammelt. Jetzt lebten sie nicht mehr.

Ich ließ mich in das Wasser gleiten und versuchte, die Erinnerungen zu verdrängen. Der Tod meiner Eltern war sieben Jahre her. Ich hatte andere Sorgen als jetzt darüber nachzudenken. Ich wusste viel zu wenig über die Brosche, die nun in meinem Besitz war. Sie hatte meine

Kräfte verstärkt, hatte dem Raum um mich das Licht genommen und dafür meine eigene Energie verbraucht. Ich hatte zu schnell zu viel damit gewollt. Ich hätte genauso gut in der brennenden Wohnung das Bewusstsein verlieren können.

Die Brosche glitzerte im schwachen Licht der Kerzen. Kurz zögerte ich, dann griff ich über den Wannenrand hinüber zum Waschbecken und ergriff das schwarz verfärbte Schmuckstück, verfärbt, seitdem ich es benutzt hatte. Bis vor wenigen Tagen war mir nicht mal bewusst gewesen, dass es Artefakte gab, die die Kräfte und Fähigkeiten eines Besonderen verstärken konnten. Und jetzt besaß ich selbst eins davon, ohne die geringste Ahnung, wie ich optimal damit umgehen sollte. Aber noch weniger wusste ich, wo ich Informationen herbekommen sollte. Auf das Hörensagen der Unterwelt konnte man sich nicht verlassen. Ich wusste nie, ob etwas richtig war, erfunden oder übertrieben. Dass Jumper mit dem Recht gehabt hatte, was er mir erzählt hatte, war purer Zufall gewesen. Gauner reden viel, wenn sie viel getrunken haben. Und man kann davon ausgehen, dass in einem Pub, wo illegale Wetten abgeschlossen werden, viele Gauner viel trinken und viel erzählen.

Ich wollte meine Antworten lieber durch eine andere Quelle bekommen.

Mir stellte sich nur die Frage, wo Antworten sein könnten. Wer konnte über dieses Artefakt Bescheid wissen? Ist es das Einzige oder existieren noch mehr?

Ich sank tief ins Wasser ein, tauchte die Brosche mit mir unter Wasser, während ich darüber nachgrübelte. Das

Denken fiel mir schwer, doch der Duft des Lavendels klärte langsam meine Gedanken. Und plötzlich kam mir ein Ort in den Sinn, den ich lange nicht mehr besucht hatte. Vielleicht würde ich dort finden, was ich suchte. Am liebsten wollte ich sofort los, doch das warme Wasser tat mir so gut, dass ich gar nicht raus wollte. Lange blieb ich dort liegen, im Schein der Kerzen, während das Duftöl um mich herum zu wabern schien und meine Gedanken an die Lavendelfelder und Traubenhänge erfüllte, die ich so lange nicht mehr gesehen hatte. Seit Jahren schien ich mich in der Stadt zu verstecken. Ich versteckte mich in den Schatten der Stadt vor meiner Vergangenheit. Doch das musste endlich aufhören. Ich würde es nie zu etwas bringen, wenn ich mich weiter im Untergrund versteckte. Ich würde immer wieder vergessen werden. So nützlich das manchmal war, aber ich wollte nicht immer vergessen werden. Ich wollte etwas verändern. Ich wollte meine ewige Nacht. Irgendwann würde ich sie auch bekommen. Und dann hätte jeder Angst vor meiner Macht.

Es verblüffte mich, wie ich so entspannende Düfte einatmen konnte und dabei solche Gedanken haben könnte. Und dennoch stahl sich ein Lächeln auf meine Lippen. Ich wusste, dass ich mein Ziel irgendwann erreichen würde. Irgendwann.

Vor mir ragte das alte Gebäude der Bibliothek auf, kalt und weise behauptete sich die majestätische Fassade gegen die glatten, farblosen Neubauten um sie herum. Flumes City hatte eine der ältesten Bibliotheken des Landes, vielleicht ist sie sogar eine der größten von ganz Lazur, unserem Planeten. Sie erstreckt sich über drei überirdische Geschosse und über die Archive unter der Erde kann man nur munkeln. Diese Bibliothek hatte viele Kriege überstanden, Fehden zwischen den Königreichen, Eroberungskreuzzüge und selbst die unzähligen Kriege zwischen der Magie der Besonderen und der Waffengewalt der Sterblichen. Nichts würde diese Bibliothek erschüttern können, und das war wohl der Grund, warum ich mich als Jugendliche hier so wohl gefühlt hatte. Alles hatte sich verändern können, aber dieser Ort wäre immer da.

Langsam ging ich die Steintreppe hinauf, auf die imposante Doppeltür zu, welche mit verschnörkelten Schnitzereien verziert war. Sobald ich sie durchschritten hatte, schien ganz Lazur still zu stehen, die Geräusche der Außenwelt verstummten, als die Tür zufiel. Wände aus Bücherregalen erstreckten sich meterweit vor mir, neben mir, über mir. Ich schritt durch den Gang vor mir, der in die Mitte des Gebäudes führte, während die Schilder an den Regalen mir deren Inhalt schmackhaft machen wollten. *Fantasy, Sachbücher, Naturkunde, Wissenschaften.* Selbst die langweiligsten Oberthemen wollten mich zwischen ihre Regale locken, damit ich mich in der riesigen Auswahl an Büchern verlor. Mich jedoch trieb es weiter, zu der Wendeltreppe, die sich im Zentrum des Raumes hinauf zur zweiten Etage schlängelte. Ich folgte der Spirale bis ganz nach oben und spürte direkt, wie die Luft um mich herum knisterte. Die Abteilung der Besonderen, abgeschieden vom Rest im zweiten Obergeschoss, war nicht wie die restliche Bibliothek. Sie war zwar auch alt, und auch hier schienen die Bücher einen aus jeder Ecke zu rufen, doch das war bei Weitem nicht alles.

Auch wenn die trüben Milchglasfenster nur wenig Licht hindurch ließen, konnte man doch alles sehen. Kleine Lichter tanzten wie Glühwürmchen durch den Raum und erinnerten an Irrlichter, die einen immer tiefer in ihre Falle locken wollen. Bücher räumten sich selbst in die Regale zurück. Manchmal stießen dabei zwei Bücher gegeneinander und fingen an, sich gegenseitig zu zerfleddern. In Wänden und Regalen waren Muster eingraviert, ähnlich denen in der Eingangstür, alte Runen, die dir genauso viel mitteilten wie die Wörter in den Büchern.

Vage erinnerte ich mich an meinen ersten Besuch in diesen Gemäuern. An einem Schulausflug in der Grundschule brachte uns unsere Lehrerin hierhin. Ich kann mich kaum noch an die Schule, die Lehrerin oder die anderen Kinder erinnern, aber ich erinnerte mich an diesen Tag.

20 Kinder drängelten sich damals durch das Tor hindurch in die Bibliothek hinein. Staunend bewunderten sie die Größe des Gebäudes, aber kaum jemand achtete auf den Vortrag, den der alte Bibliothekar hielt. Es wurde lieber gespielt und getobt, alles musste erkundet werden. In dem Durcheinander der anderen Kinder stahl ich mich die Treppe hinauf, auf der Suche nach Ruhe. Vielleicht wurde ich auch da schon von dem Mysteriösen angezogen, was sich hier verbarg.

Erst Stunden später wurde ich von der Lehrerin gefunden. Ich vermute, sie war keine Besondere gewesen, denn im Gegensatz zu mir war sie der Abteilung mit Vorsicht und Zurückhaltung begegnet. Ich stattdessen hatte inmitten der lebendigen Bücher und der tanzenden Lichter gesessen und wollte gar nicht mehr gehen.

Auch heute fesselte mich dieser Anblick, aber ich war nicht der Atmosphäre wegen hier. Ich wollte Antworten. Und das bedeutete, dass ich mich durch sehr viel Lektüre würde kramen müssen. Ich blickte mich um, auf der Suche nach einer Beschriftung mit Namen „magische Gegenstände", doch Fehlanzeige. Es gab zu viele Bücher hier, und die meisten waren nicht beschriftet. Sie hatten höchstens einige Schnörkel auf dem Einband, aber nichts, was sich für mich als Schrift identifizieren ließ. Also musste ich jedes einzelne Buch herausziehen.
Das erste war ein großes, dickes Buch mit rotem Ledereinband. Auf der Vorderseite stand etwas geschrieben, was aber nicht wie flumesisch aussah. Ich strich über die Schrift und sie flimmerte, die Buchstaben verdrehten sich und bildeten langsam neue Wörter: Der ewige Krieg des roten Ozeans. Ich bezweifelte, dass ein Buch über den Krieg zwischen Eklera und Cjatorces mir weiterhelfen könnte, also legte ich es wieder zurück und holte ein anderes Buch heraus.
Das Buch handelte von magischen Tieren, und ich meinte mich zu erinnern, dass ich es bereits gelesen hatte. Dadurch wusste ich, dass die geflügelten Hunde Bilurge hießen und dass sie Beschützer waren, weswegen sie aus-

gerechnet jemanden wie mich beschützten hatte ich jedoch nicht erfahren. Eine verlorene Seele war ich zwar, aber niemand, in den man seine Hoffnung stecken sollte. Denn das tat ein Bilurg, wenn er jemanden beschützte, er hatte Hoffnung, dass diese Person es wert war, gerettet zu werden.

Auf jeden Fall half mir das Buch nicht bei meiner Frage, deswegen suchte ich mir ein anderes.

Einige vergebene Versuche später hielt ich eine Lektüre in der Hand, die ich ebenfalls bereits gelesen hatte. Darin ging es um die Geschichte der Voltin, der Gestaltwandler. Die meisten Voltin waren Menschen mit den Wesenszügen eines Tieres, deren Gestalt sie annehmen konnten. Aber auch ich zählte laut Definition als Voltin, da ich eine menschliche und eine Schattengestalt besaß. Es war ziemlich verwirrend gewesen, das als Jugendliche herauszufinden, besonders, da meine Fähigkeiten sich erst spät gezeigt hatten. Dadurch hatte ich erfahren, dass meine Mutter auch eine Voltin gewesen sein musste, da diese Fähigkeiten vererbt wurden. Ich hätte sie gerne gefragt, warum sie mir nichts erzählt hatte, hätte auch gerne herausgefunden, warum ihr die Sonne nichts ausgemacht hatte. Denn sie war bei jeder Gelegenheit draußen gewesen und hatte die Sonnenstrahlen genossen. Das hatte ich auch, als ich noch ein Kind war. Mittlerweile kam ich mir in der Sonne vor wie ein Vampir, auch wenn ich nicht sicher war, ob Vampire wirklich so existierten wie in den Büchern beschrieben. Ich legte das Buch frustriert zur Seite und versuchte, mich wieder auf meine Aufgabe zu fokussieren.

Irgendwann verlor ich das Zeitgefühl, während ich dort Buch für Buch durchblätterte, auf der Suche nach einem Hinweis, einem Bild oder zumindest einer passenden Beschreibung. Der Stapel neben mir wurde größer und größer, das wenige Licht von draußen wurde noch weniger, die Bücher, die durch den Raum flogen, wurden träge und langsamer, dafür wurden die kleinen Leuchtkugeln schneller und lebhafter. Sie tanzten durch den Raum, als würden sie eine rauschende Party feiern und ich meinte, die Musik wahrzunehmen, zu der sie tanzten, hoch und hell klingend, wie ein Windspiel in der Ferne. Ich legte ein weiteres Buch zur Seite und lauschte kurz den Klängen der Musik und beobachtete den Tanz, der immer mehr Sinn zu ergeben schien, je länger ich zusah. Sobald ich mich auf das Geschehen konzentrierte, wirkte auch die Musik lauter, lullte mich ein und ließ mich zu den Klängen mitwippen. Ich vergaß fast, weswegen ich hier war, denn diese Feier, die sich dort vor mir abspielte, war so erfüllt von natürlicher Freude, dass ich nichts anderes wollte als ein Teil davon zu sein. Doch ich schaffte es, meinen Blick loszureißen und mir ein neues Buch aus der Luft zu schnappen, welches schon langsam zu Boden gesegelt war. Ich blätterte durch die Seiten und seufzte, als ich merkte, dass es bloß von der Kolonialisierung der Besonderen handelte.

Ich rieb mir die Augen. Langsam bekam ich Kopfschmerzen, ich saß vermutlich schon seit Stunden hier und hatte seitdem nichts getrunken. Buchstaben tanzten bereits vor meinen Augen. Ich sollte heim gehen und ein anderes Mal wiederkommen, wenn ich ausgeruht war. Ich hatte mir nach dem Kampf gegen Jack kaum eine Pause gegönnt und mittlerweile spürte ich das.

Gerade, als ich aufstehen wollte, ließ sich ein kleines Licht auf meinem Knie nieder. Es flackerte und änderte seine Gestalt, bis es aussah wie eine kleine, goldene Fee mit Flügeln aus Licht. Die Fee sah mich neugierig an.

„Du willst schon gehen?", vernahm ich ihre leise, helle Stimme. Ein Kichern schwang darin mit. Ich konnte mich nicht daran erinnern, dass eines der Lichter sich schon einmal in eine Fee verwandelt hätte, während ich hier gewesen war.

„Ihr seid Feen? Ich dachte, ihr seid einfach nur schwebende Lichtkugeln", entgegnete ich bloß. Empört raschelte die Fee mit ihren Flügeln und blies mit einen Lufthauch ins Gesicht.

„Wir sind Lichtfeen, offensichtlich. Aber Gestalt annehmen können wir nur, wenn es dunkel ist und unser Licht stärker leuchtet." Sie hüpfte elegant wie eine Ballerina auf meine Hand und sah mich auffordernd an. Ich hob meine Hand, sodass sie auf Augenhöhe mit mir war.

„Du bist auch ein Kind der Nacht, oder? Komm, tanz mit uns!"

Ich schüttelte den Kopf. „Ich gehe jetzt heim. Vielleicht ein anderes Mal."

„Aber du hast doch etwas gesucht. Du willst gehen, obwohl du nichts gefunden hast?"

„Wenn ich nichts finde, kann ich es ja auch nicht mitnehmen, oder? Ich kann nicht die ganze Bibliothek an einem Tag durchsuchen."

Die Fee legte den Kopf schief, wobei ihre Haare wie ein golden glitzernder Teppich über ihre zarte Schulter fielen. Ihre Augen blitzten schelmisch.

„Ich kann dir bringen, wonach du suchst."

Ich sah das kleine Wesen an und wusste genau, dass die Sache einen Haken hatte.

„Und was willst du im Gegenzug?"

„Ich will nur, dass du mit uns tanzt, irgendwann. Das wirst du mir doch nicht ausschlagen, oder? Mit meiner Hilfe bist du viel schneller fertig."

Das Buch, was ich suchte, gegen einen Tanz? Es klang absurd, irgendwas konnte an diesem Deal nicht stimmen. Aber ich wollte eigentlich auch nicht mit leeren Händen hier weg und wenn sie mir helfen konnte, warum also nicht? Sie kannte sich vermutlich besser hier aus als ich, schließlich schien sie hier zu leben.

„Na schön, abgemacht. Ich suche ein Buch über magische Artefakte."

Die Fee kicherte und ließ ihre Flügel surren. Sie stieg in die Luft.

„Natürlich hast du da nichts gefunden, du suchst ja an der ganz falschen Ecke." Damit flog sie davon. Die restlichen Lichter tanzten in einem Kreis um mich herum und es wirkte, als würden sie über mich lachen. Beim nächsten Mal müsste ich vielleicht eine Fliegenklatsche mitbringen, wenn sie mich nerven sollten.

Es dauerte nicht lange, da kam die Lichterfee wieder und ließ etwas in meinen Schoß fallen.

„Halt dich an dein Versprechen, Kind der Nacht", flüsterte sie kichernd, schrumpfte wieder zu einer Lichtkugel zusammen und schloss sich ihren Schwestern an. Ich hob das Buch hoch.

Es war klein, aber dick, und unauffällig braun. Der Einband war weich, sah alt aus und fühlte sich neu an. Ich schlug es auf und blätterte durch eine Vielzahl an Zeichnungen und passenden Beschreibungen. Es war genau das, was ich suchte.

Kapitel 16 - Jack

„Glaubst du wirklich, dass das eine gute Idee ist?", fragte Daniel, während er mir einige Outfits zusammenstellte. Ich packte die Kleidung in meine Tasche.

„Ja, glaube ich. Ich muss dahin, Daniel, da gibt es keine Zweifel", antwortete ich ihm.

Vor einigen Tagen war ich aus dem Krankenhaus entlassen worden. Cleo hatte mir verklickert, dass ich meine Magie in der nächsten Zeit so wenig wie möglich benutzen sollte, um mich nicht zu überanstrengen. Und wenn nicht plötzlich etwas überaus gefährliches passierte, würde ich mich auch daran halten.

Doch nur einen Tag, nachdem ich wieder zuhause angekommen war, lag ein dringlicher Brief in unserem Briefkasten. Unterzeichnet vom Königshaus. Darin stand, dass ich in drei Tagen den Zug zum Schloss nehmen sollte. Und dieser Tag war heute.

Trotz Cleos Mahnungen schnallte ich meinen Gürtel um und überprüfte die Taschen. Ein Sack Erde, ein paar Blumensamen, ein Flachmann mit Flusswasser, ein Feuerzeug und eine Schachtel Streichhölzer befanden sich in den Beuteln. Das alles waren Hilfsmittel, um meine Magie einsetzen zu können, denn von nichts kommt schließlich nichts. Ich konnte keine Elemente kontrollieren, wenn die Elemente nicht vorhanden waren.

Ich zog meine Jacke drüber, eine schwarze Stoffjacke mit goldenen Knöpfen, die für die heißen Tage während der malenden Sonne vermutlich bereits viel zu warm war.

Doch sie passte perfekt zu den Lackschuhen mit den goldenen Schnallen und ich konnte ja wirklich nicht in Shorts und Muscle-Shirt beim Adel erscheinen.

Daniel musterte mich, in seinem Blick lag Besorgnis. „Sie werden Verständnis haben, wenn du doch nicht kommst. Du bist immer noch verletzt, Jack!" Er zupfte an den Riemen meiner Tasche herum.
„Mir geht es gut. Und ich kann eine Einladung des Königs nicht ausschlagen. Das ist wichtig. Vertrau mir da einfach mal." Ich nahm die Tasche und hing sie mir über die Schulter.
„In ein paar Tagen bin ich wieder zurück."
Als ich mein Schlafzimmer verließ, folgte Daniel mir. Auf dem Weg zur Tür versuchte ich, die neue Küche zu ignorieren, welche schmerzliche Erinnerungen an die letzte Woche weckte. Die Monteure hatten schnell gearbeitet, doch der Glanz der cremefarbenen Fronten und der hölzernen Arbeitsplatten überdeckte die Ereignisse nur geringfügig.
Ich verdrängte die Gedanken und verabschiedete mich von Daniel, bevor ich den Aufzug hinab nahm.
Auf der Straße stieg ich in ein weißes Taxi. Die Fahrerin brachte mich durch die überfüllten Straßen, an den vielen Hochhäusern und durch die Einkaufsmeilen bis zu dem großen Hauptbahnhof von Flumes City. Es war warm, wie ich erwartet hatte, hier am Bahnhof noch wärmer als im schattigen Skyfall-Park. Die Sonne drückte sengend auf die windstille Luft. Schnell betrat ich das klimatisierte Bahnhofsgebäude.

Drinnen drängten sich Menschen aus ganz Lazur, Normalos und Besondere, die aus allen Bezirken stammten, aus verschiedensten Städten, mit dem unterschiedlichsten Aussehen. Ich sah eine Gruppe, alle blond, mit fast weißer Haut, die sich an der Touristikinfo zusammendrängten. Sie erinnerten mich an Jeremy, entweder sie kamen aus der Eisregion Bechar oder aus dem Norden Zuwens. An ihnen kamen zwei Besondere vorbei, blaue Runen umrahmten ihre dunklen, wachsamen Augen. Eine Familie machte mit ihren Kindern einen weiten Bogen um die Besonderen, bevor sie weiter in einer mir fremden Sprache schnatterten.

Durch all diese Leute drängte ich mich hindurch, mein Ziel fest im Blick: Gleis 1. Das einzige Gleis, das es würdig war, den direkten Anschluss zum königlichen Bahnhof darzustellen.

Gleis 1 sah nicht sonderlich Besonders aus. Der größte Unterschied zu den restlichen Bahnsteigen war vermutlich, dass er um einiges sauberer war. Er war auch leerer als der restliche Bahnhof.

Ach, und nirgendwo sonst hielt ein schwarz glänzender Schnellzug mit golden umrandeten Fenstern und Türen, auf dem mit goldener Schrift „Royal Express“ stand.

Während ich auf den Zug zuging, staunte ich darüber, wie sauber er war. Er sah aus wie neu, noch nie gefahren, und als würde sich kein Staubkörnchen in seine Nähe trauen.

Und mein Outfit passte perfekt zu dem Design des „Royal Express“. Ich würde einen wahnsinnig guten Eindruck machen.

Als ich auf die Zugtüren zuging, stellte sich mir eine uniformierte Person entgegen, eine Frau, deren braune
Haare zu einem strengen Dutt zurückgebunden waren.
Ihre Uniform war grau, der Saum und die Knöpfe rot.
Eine Schaffnerin, nahm ich an. Ich hielt ihr meine Einladung hin. Sie nahm das Siegel unterhalb des Briefes genau in den Blick, bevor sie mich passieren ließ.
Endlich gelangte ich in den Zug.
Auch innen war alles sauber, luxuriös und auf royale Art
abgehoben. Ledersessel dienten als Sitze, jeder besaß einen eigenen Tisch inklusive Glashalterungen, Stromversorgung und einem kleinen Bildschirm wie in der
1.Klasse eines Langstrecken-Flugzeuges.

Nur wenige andere Passagiere saßen in dem Zug, ich
nahm an, dass es größtenteils Mitarbeiter des Schlosses
waren oder Bewohner, die in umliegenden Landsitzen
oder auf den königlichen Höfen wohnten und eine Sonderberechtigung für diesen Zug hatten. Die Royals hatten
ein eigenes Abteil.
Ich setzte mich so weit wie möglich von anderen Mitfahrern weg auf einen der Sessel. Wie aus dem Nichts erschien ein Kellner und bot mir ein Getränk an. Ich genehmigte mir einen Weißwein und zappte durch die Programme, die mir auf dem Bildschirm angezeigt wurden.
Doch als der Zug sich nach einer Weile in Bewegung
setzte, glitt mein Blick aus dem Fenster hinaus in die
Ferne. Ich beobachtete, wie Flumes City kleiner wurde,
sobald wir die Brücke überquert hatten. Aus dem Großstadttrubel wurden kleine Vororte, Häuser mit großen
Gärten, die allmählich weiten Lavendelfeldern wichen.

Weiter hinten erkannte ich die Weinhänge, die an einem
der vielen Flüsse wuchsen. Wir passierten eine Seenplatte,
die von kleinen Bächlein gespeist wurde und an der sich
Familien und Jugendliche tummelten, um ein kühles Bad
zu genießen. Aber auch die Seen wurden immer kleiner,
die flachen Ebenen wurden hügeliger, weit entfernt stiegen sie zu Bergen an, deren Spitzen in den Wolken verschwanden. Wälder wuchsen auf den Hügeln, das satte
Grün der Blätter schien teilweise braun verbrannt durch
die Sonne. Ein weiterer Fluss schlängelte sich an den Hügeln vorbei auf die Schienen zu, floss einige Zeit lang neben uns entlang, bevor wir ihn mithilfe einer Brücke
überquerten. Immer wieder tauchte zwischen der Natur
auch ein Dorf oder eine kleinere Stadt auf, Weiden und
Bauernhöfe wechselten sich mit den Wäldern und dem
Wasser ab. Irgendwann drehte ich mich herum, um in
Fahrtrichtung zu blicken, und auf einmal kam mein Ziel
ins Sichtfeld. Weit vor uns, noch schemenhaft, ragte das
Schloss in den klaren blauen Himmel.

Der Zug hielt am prachtvollen Bahnhof. Ich stieg gemeinsam mit den wenigen anderen Fahrgästen aus und
betrat direkt grauen Marmor, der im satten Licht glitzerte.
Dieser Bahnhof wirkte, als könnte man vom Boden essen, so wie er glänzte.
An den Ausgängen standen Wachmänner, die jeden Fahr-
gast nach ihren Personalien und ihrem Anreisegrund fragten. Ich stellte mich in die Schlange, die am Ausgang
Richtung Schloss standen. Die Personen vor mir wurden
viel gründlicher befragt als jene, die zu den umliegenden
Bauernhöfen wollten, sodass es hier deutlich langsamer

vorwärts ging. Doch nach ein paar Minuten stand ich vor der uniformierten Wache.

„Name und Anliegen", forderte der Wachmann monoton.

„Detective Jackson Storm." Ich straffte die Schultern und machte mich etwas größer.

„Ich habe eine Audienz beim König."

Ich hielt dem Mann meine Einladung unter die Nase. Er musterte diese, ließ seinen Blick dann forschend über meinen Körper wandern, bevor er mich passieren ließ.

Ich trat durch das Tor und entdeckte sofort eine Kutsche, die auf mich wartete. Ich stieg zu den drei bereits sitzenden Passagieren und augenblicklich setzte sich die Kutsche in Bewegung.

Auf der kurzen Fahrt fand ich heraus, dass die beiden Frauen mir gegenüber zum Personal gehörten und heute aus ihrem Urlaub zurückkehrten. Die eine, brünett und zierlich, war ein Dienstmädchen, die rothaarige, etwas ältere Dame arbeitete als Köchin. Aufgeregt unterhielten sie sich miteinander und mit mir, wobei ich kaum zu Wort kam. Ich erwähnte nur kurz, dass ich Detective war und der König mich auf den Mord an seiner Frau angesetzt hatte.

Der Mann neben mir schwieg stattdessen komplett. Im Augenwinkel sah ich, dass er das größer werdende Schloss betrachtete, während er seine Tasche fest an seine Brust drückte. Als die Kutsche vor dem Schlosstor hielt, war er der erste, der ausstieg. Ich folgte ihm, doch als der Gentleman, der ich war, hielt ich den Damen die Hand hin, um ihnen beim Aussteigen zu helfen. Sie bedankten sich kichernd mit einem Knicks und eilten mit ihrem Gepäck zum Dienstboteneingang. Ich hingegen steuerte auf den Haupteingang zu, welcher aufschwang, sobald ich näher kam.

Beim Eintreten kam ein Butler auf mich zu, der sich knapp verbeugte.

„Mr. Storm, schön, dass Sie es geschafft haben. Es wurde bereits ein Gästezimmer für Sie vorbereitet. Sie können sich frisch machen, bevor Ihre Audienz bei Ihrer Majestät beginnt."

Er drehte sich um und lief zügigen Schrittes den Gang entlang. Ich beeilte mich, hinter ihm herzukommen. Dabei fielen mir die vielen Gemälde ins Auge, die ich bereits bei meinem letzten Besuch entdeckt hatte. Ich hatte bisher nie die Zeit gehabt, sie näher zu betrachten.

Der Butler blieb nach einer Weile stehen und öffnete die Tür zu einem Gästezimmer. Ich trat ein, der Anblick war nichts neues, aber es war dennoch erstaunlich, welch einen Luxus Gäste im Schloss zur Verfügung gestellt bekamen. Ich wusste, würde ich mich einmal in dieses flauschige Bett legen, käme ich nicht wieder hinaus. Die Versuchung war groß, dort drin zu versinken.

Außerdem fiel mir auf, wie angenehm kühl der Raum war. Mir fiel ein, dass bei meinem letzten Besuch unzählige Feuer in den vielen Kaminen gebrannt hatten aufgrund der klirrenden Kälte. Es schien mir Äonen her, seitdem ich hier gewesen war, tatsächlich war es erst ein halbes Jahr. Im Molin, dem Monat der Stille, wurde die Königin im Zuge eines Raubes umgebracht, und das vermutlich von der Schurkin Shadow.

Von Claire…

Ich stellte meine Tasche auf dem kleinen Schreibtisch ab
und wühlte darin nach meinem Kosmetiktäschchen, mit
dem ich das Bad betrat. Der Butler war schon längst verschwunden, er hatte mir nicht mal gesagt, wann der König mich erwartete. Daher beschloss ich, nach dem
Frischmachen das Schloss zu erkunden. Es hatte schließlich niemand gesagt, dass ich das nicht durfte.
Als ich mich nicht mehr so verschwitzt fühlte und mein
Outfit auch wieder saß, machte ich mich also auf den
Weg zu den Gemälden, an denen ich zuvor nur vorbei
geeilt war. Die meisten davon waren Porträts von königlichen Familienangehörigen. Ich kam vorbei an König
Darmin, der vor über hundert Jahren geherrscht hatte,
zumindest laut der Bildunterschrift, und an einem Gemälde, das seine Kinder in jungen Jahren darstellte. Etwas
weiter kamen dann die Porträts der ausgewachsenen Ver-
sionen, darunter das Herrschergemälde der ältesten
Tochter Leonore. Es ging immer so weiter, Generation
für Generation, an einem neuen Wandabschnitt waren
dann andere, ältere Generationen, manchmal sah ich
Porträts von bedeutenden Persönlichkeiten, oder von
Treffen mit anderen Herrschern, alle kunstvoll gezeichnet
und oftmals sehr lebensecht.
Mein Weg führte mich schließlich in eine offene Halle,
die aufgebaut war wie ein Museum. Ich entdeckte Rüs-
tungen, die vor hunderten von Jahren in Kriegen getragen wurden, alte Kleidung des Adels, sorgsam in Vitrinen
vor dem Einstauben geschützt, unzählige Waffen, die

verschlossen waren, und auch hier befanden sich Gemälde. Eines von ihnen war mit einem schwarzen Tuch verhangen. Blumen und Kerzen standen auf einer Art Altar davor. Das Porträt von Königin Emilie. Es war Brauch unter den Adeligen, ein Jahr um eine geliebte Person zu trauern und deren Gemälde zu verhängen, um schließlich am Todestag den Vorhang abzuhängen und das Trauerjahr mit einem Fest zu Ehren des Verstorbenen zu beenden. Mir fiel der Gedanke schwer, den Tod einer geliebten Person zu feiern.

Noch schwerer fiel mir der Gedanke, dass ich tatsächlich eine geliebte Person verlieren könnte. Der Verlust von Jeremy oder Daniel oder der meiner Familie wäre hart zu verkraften.

Um diesem Gedankenstrudel zu entkommen, riss ich mich von dem Anblick los und schaute mir die restliche Halle an. Dabei entdeckte ich plötzlich ein wirklich interessantes Porträt.

Es zeigte einen großen, breitschultrigen Mann mit einem langen, grauen Bart. In seinen grauen Locken saß eine schwarz glänzende Krone, verziert mit blauen Lazurit-Steinen. Auch die Kleidung dieses Königs war schwarz, es war eine enganliegende Kampfuniform, darüber trug er einen königlichen Mantel in dem Blau der Edelsteine.

Das Interessanteste an ihm war aber das Zepter, das er in der Hand hielt. Es war ein langer, schwarzer Stab, an seinem unteren Ende eine silberne Abrundung, am oberen Ende schmiegten sich zwei sich überkreuzende Ringe an das Holz, einer aus Gold, der andere aus Silber. Und obendrauf glänzte ein Stein in den unterschiedlichsten

Farben, es war ein Strudel aus Energie, der in diesem
Edelstein schlummerte. Ich konnte die Energie durch das
Gemälde hindurch spüren, es schien an mir zu ziehen
und machte mich benommen.
Mir war sofort klar, dass ich diesen Edelstein kannte. Es
gab für mich gar keinen Zweifel. Allerdings hatte ich ihn
bisher nur einfarbig gesehen. Einmal war der Stein golden
gewesen, das zweite Mal nachtschwarz. Beide Male in der
Hand von mächtigen Frauen, durch den Besitz noch
mächtiger geworden.
Dieser Stein auf dem Zepter war der gleiche wie von
Cleos Brosche.

„König Tupou. Er regierte vor rund 2000 Jahren wäh-
rend einem der schlimmsten Kriege in Lazurs Ge-
schichte.“
Erschrocken drehte ich mich um, als ich plötzlich eine
Stimme hörte, die Hand bereits an meinem Gürtel, um
mich bewaffnen zu können. Dann erfüllte mich eine
Woge der Beruhigung, als ich Prinz Adam erkannte. Ich
neigte den Kopf vor ihm.
„Eure Hoheit“, sprach ich ihn an, woraufhin der blonde
Mann amüsiert schmunzelte.
„Hallo, Jack. Ich habe dir doch schon gesagt, dass du
mich einfach Adam nennen sollst.“
Ich lächelte ein wenig. Natürlich wusste ich, dass ich ihn
mit Adam ansprechen konnte — ich wollte es bloß nochmal hören.
Der Prinz wandte seinen Blick dem Gemälde zu. Ich betrachtete ihn kurz von der Seite. Adam trug eine dunkelblaue Militärs-Uniform, zwei Reihen silberner Knöpfe

hielten die Jacke zusammen und ein Orden auf der Brust
bestätigte ihn als königliches Familienmitglied. Seine
blauen Augen, die so tief wirkten wie kleine Seen, musterten den König an der Wand.

„Sein Name bedeutet „Der Kämpfende“, was meiner
Meinung nach ziemlich passend ist. Er war der letzte einer Reihe sehr mächtiger Könige. Leider setzte er diese
Macht nicht für gute Zwecke ein.“ Setzte Adam seine Erzählung fort. Ich richtete meinen Blick zurück auf das
Gemälde.
„Das Zepter… Kein Regent sonst hat solch ein Zepter in
der Hand. Weißt du mehr darüber?“, fragte ich nach,
neugierig darüber, wie viel der junge Prinz wusste.
„Es existiert nicht mehr. Laut den Legenden wurde das
Zepter von König zu König weiter gereicht. Es hatte eine
enorme magische Kraft, durch die jeder Besondere zum
mächtigsten Wesen des Universums werden konnte…
Die Beschreibung finde ich ehrlich gesagt übertrieben,
aber ich glaube daran, dass die Fähigkeiten eines Besonderen wirklich verstärkt werden konnten. Tupou war ein
Elementarmagier, wie du. Man sagt, durch die Macht des
Zepters war ihm ganz Lazur untertan, jeder Berg, jeder
Stein, jeder Fluss, jedes Meer. Vulkane am anderen Ende
der Welt brachen aus, wenn er blinzelte. Ganze Städte
wurden überflutet und Menschen verschwanden in der
Erde. Mit dieser Macht wollte er jedes einzelne Königreich unterjochen, er wollte der Herrscher von ganz Lazur werden. Hätten die restlichen Königreiche sich nicht
zusammengeschlossen und das Zepter zerstört, wäre es
vielleicht nicht nur bei dieser Welt geblieben.“

Adams Erzählungen faszinierten mich. Ein Elementarmagier mit solch einer Macht… Ich ertappte mich dabei,
wie ich mich als König Tupou vorstellte. Ein junger, gut-
aussehender, mächtiger Herrscher, einem Gott gleich…
Ich schüttelte den Gedanken ab.

„Das Zepter ist also zerstört?", hakte ich nach. „Also, es
existiert nichts mehr davon?"

„Nein, so ist das nicht. Es ist eher auseinander genommen worden. In drei Teile gespalten, die alleine nicht
ganz so mächtig sind. Sie wurden an Hüter verteilt, die
sich untereinander nicht kennen. Seit Zwei Dekaden wurden sie sicher aufbewahrt." Der Blick des nur wenig Jüngeren wanderte zu mir.

„Bis jetzt zumindest."

Ich merkte, wie schlechtes Gewissen in mir hoch kam.
Cleo hatte einen Teil dieses mächtigen Zepters bewacht
und ich hatte ihn mir einfach genommen und an eine Superschurkin verloren. Andererseits hätte sie auch wirklich
besser drauf aufpassen können. Wie hatte es sein können,
dass sich die Brosche einfach von ihrem Kleid gelöst
hatte?

Mein Gefühlsdurcheinander wich auf einmal einer zuver-
sichtlichen Ruhe. Ich würde eine Lösung für dieses Problem finden, da brachte es jetzt nichts, Schuldzuweisungen
zu machen. Ich atmete tief ein und bemerkte Adams
selbstzufriedenen Blick.

„Hör auf, an meinen Gefühlen rumzuspielen", brummte
ich.

Ich hatte wohl noch nicht erwähnt, dass Adam ebenfalls ein Besonderer war. Und seine Fähigkeit war das Erkennen und Manipulieren von Emotionen. Soweit ich wusste, konnte er das Manipulieren nur bei einer Person gleichzeitig, und seine eigene Gefühlslage spielte eine gewisse Rolle beim Erfolg, doch er war recht geschickt darin. Ich dachte unwillkürlich darüber nach, wie die Brosche sich auf seine Kräfte auswirken würde. Oder was er mit dem ganzen Zepter bewerkstelligen könnte. Doch bevor ich mir das näher vorstellen konnte, zuckte Adam schmunzelnd die Schultern und sagte:

„Komm. Mein Vater wird dich sicher schon erwarten.“

Kapitel 17 - Shadow

Im Schatten eines Gebäudes beobachtete ich den Eingang des St. Georges. Es war ein hektisches Aus und Ein von Krankenschwestern, Rettungssanitätern und Patienten, nur selten war ein Arzt zu sehen. Manche wirkten auf mich wie Medizinstudenten, die mit der vielen Arbeit absolut überfordert waren, andere schienen Hausärzte oder pensionierte Ärzte zu sein, die die Hektik gar nicht mehr gewohnt waren. Auf der Gala waren viele der besten Ärzte gestorben, nur wenige waren an diesem Tag nicht dort gewesen oder hatten ihrem Schicksal gerade so entgehen können.

Eine von ihnen verließ soeben das Krankenhaus. Ich erkannte sie, wusste, dass ich sie kurz mit Jack auf der Gala gesehen hatte.

Ich sah in das Buch, das ich aus der Bibliothek mitgenommen hatte. Dort war ein Bild eines bunten Steins, und darunter stand: *Der Omni-Kristall verstärkt jede Fähigkeit eines Besonderen um ein Vielfaches. Bei Benutzung nimmt er die Farbe der Magie an, die verwendet wird.*

Ich hatte wenig Zweifel, dass besagter Kristall die Brosche in meinem Besitz war. Und ich hatte gesehen, dass sie an dem Kleid dieser Ärztin befestigt gewesen war, bevor sie hinuntergefallen und Jack sie sich genommen hatte. Bevor ich sie mir dann von ihm genommen hatte. Aber woher hatte sie, Cleo Rodriquez, diesen Omni-Kristall? Und wie viel wusste sie darüber?

Ich folgte Cleo durch die Nacht auf ihrem Weg nachhause, während ich über den Inhalt des Buches nachdachte. Ich hatte dort von einer Legende gelesen, einem Zepter, das zerbrochen war. Der Standort der anderen Bruchstücke war nicht bekannt, aber die Brosche, der Omni-Kristall, war die Spitze dieses Zepters, der die Kräfte eines jeden Besonderen verstärken könnte.
Ich wollte wissen, ob Cleo mehr wusste, ob sie den Standort der anderen Teile kannte, mehr über das Zepter wusste, und vor allem wollte ich wissen, wie groß die Bedrohung war, die von ihr ausging.

Cleo bog in eine Seitenstraße ab, und ich folgte ihr in die spärlich beleuchtete Gasse, kam dabei etwas näher, um sie nicht zu verlieren. Ein Hubschrauber flog über uns hinweg. Der Blick der Ärztin glitt nachdenklich nach oben, folgte dem Hubschrauber, der zum Krankenhaus flog, mit ihren müden Augen. Ich wäre fast gegen sie gelaufen, weil ich nicht bemerkt hatte, wie sie stehen geblieben war. Schnell glitt ich wieder in den Schatten zurück, erst dann fiel mir wieder ein, dass ich als Schatten einfach durch sie hindurch geglitten wäre. Ich hatte in den letzten Tagen zu viel gelesen, die vielen Wörter hatten mich zermürbt.
Als Cleo dann weiter ging, folgte ich ihr vorsichtiger, aufmerksamer. Sie bog in eine weitere Seitenstraße ab. Ich ging ihr nach, hier war es noch spärlicher beleuchtet. Nach einigen Schritten fiel mir auf, dass wir uns in einer Sackgasse befanden. Ich sah mich um, fragte mich, wo die Ärztin wohnte, und bemerkte, dass sich keine Ein-

gänge in dieser Gasse befanden. Und während ich das realisierte, vernahm ich ein ohrenbetäubendes Krachen hinter mir.

Erschrocken drehte ich mich zu dem Lärm. Staub stieg von der Stelle auf, wo nun statt dem Ausgang die Überreste einer Feuertreppe lagen. Und während ich die Trümmer verwundert anschaute, erfasste mich von hinten ein heller Lichtstrahl. Hektisch wich ich in den Schatten zurück, wobei ich mich wieder zu Cleo umdrehte. Neben Cleo schwebte eine Taschenlampe, und in ihrer Hand hielt sie glänzende Wurfsterne.

„Du bist dann wohl Shadow. Ich bin nicht erfreut." Der Lichtstrahl folgte meiner Position, geblendet vom Licht sah ich den Wurfstern erst in letzter Sekunde, bevor ich mich in die Schatten rettete. Meine Hand wanderte wie von selbst zu der Brosche und ich nutzte ihre Macht. Sofort breitete sich eine das Licht verschluckende Dunkelheit um Cleo und mich aus.

Als Cleo feststellte, dass die Taschenlampe wirkungslos wurde, ließ sie diese auf den Boden fallen und drehte ihren Kopf in der Dunkelheit.

Im Gegensatz zu Cleo konnte ich selbstverständlich noch immer alles sehen, die Konturen der Gebäude und von ihr waren schärfer als bei Licht. Allerdings nahm ich alles nur noch schwarz-weiß wahr. Ich stellte mir meinen Sehsinn immer wie den einer Katze vor, die ihre Beute im Gebüsch erspäht. Sie musste nicht wissen, welche Fellfarbe die Maus hat, die sie töten wird. Es reichte ihr, zu wissen, wo diese Maus ist.

Ich zog mein Messer aus seinem Holster, versuchte gar nicht erst, meine Schattengestalt aufrecht zu erhalten, näherte mich ihr also still, während die Besondere vor mir sich orientierungslos hin und her bewegte. Ein Luftzug ließ ihren dünnen Mantel flattern.

Noch wusste ich nicht, was ich nun tun wollte, ob ich Informationen aus ihr heraus foltern sollte oder sie direkt umbringen sollte, um die Bedrohung auszulöschen, da zischte auf einmal ein zweiter Wurfstern dicht an mir vorbei. Cleo wandte sich mir direkt zu, der dritte Wurfstern schwebte über ihrer Hand. Die andere Hand hatte sie ausgestreckt, sie machte eine ruckartige Bewegung und beinahe zu spät realisierte ich, dass sie ihre Wurfsterne zurückholte. Ich hechtete weg, sodass die Wurfsterne mich verfehlten, und rollte mich ab, bevor ich wieder aufsprang und auf Cleo zurannte, das Messer zum Zustechen bereit.

Ich zielte direkt auf ihr Herz. Anfänger würden es vermutlich verfehlen, doch wenn man wie ich schon viele Leute getötet hat, weiß man, wohin man zielen muss. Meine Schritte waren geräuschlos, die Dunkelheit ummantelte mich schützend. Ich erreichte die Besondere und wollte zustoßen, als ich plötzlich an ihr vorbei stolperte und gerade so mein Hinfallen verhindern konnte. Verwirrt drehte ich mich um und erkannte, dass Cleo mir ein Bein gestellt hatte. Aber woher hatte sie gewusst, dass ich auf sie zugekommen war? Sie konnte doch nichts sehen!

„Ergib dich, Shadow, dann werde ich dich nicht verletzen müssen. Komm freiwillig mit ins H-S-G. Widerstand ist zwecklos“, forderte Cleo mich auf, während sie sich erneut zu mir umdrehte. Die Wurfsterne drehten sich über ihrer Hand in der Luft.

„Hat das ernsthaft schon mal funktioniert?“, fragte ich mich. Erst an Cleos Schnauben erkannte ich, dass ich wohl laut gesprochen hatte. Schnell wechselte ich meine Position, in der Hoffnung, sie irritieren zu können.

„Ich werde Gewalt einsetzen, wenn du dich nicht ergibst. Letzte Chance.“

Scheiß auf letzte Chance. Ich könnte abhauen, ohne dass sie es überhaupt bemerken würde. Aber ich wollte nicht abhauen. Ich wollte dieser Bitch zeigen, dass ich ihr überlegen war.

Allerdings konnte ich Fernkampfwaffen schlecht mit einem Messer kontern. Da Cleo aus irgendeinem Grund meine Angriffe voraussehen konnte, brauchte ich vielleicht eine andere Waffe.

Also kramte ich schnell in meinen Taschen nach etwas effektiverem.

Allerdings bemerkte ich, dass ich ziemlich unvorbereitet war, dafür, dass ich von vorneherein auf einen Kampf aus gewesen war. Und zusätzlich ließ meine Konzentration nach. Im Hintergrund flackerte eine Straßenlampe schwach auf, deren Licht ich durch die Finsternis jedoch schnell wieder erstickte. Zugleich fand ich meine Pistole, ich fragte mich ehrlich gesagt, wie es mir gelang, sie immer so tief in einer Tasche zu vergraben, dass ich sie nie griffbereit hatte. Ich hatte schließlich auch mein Messer immer griffbereit. Ich hatte glaube ich nie reflektiert, warum das Messer meine Lieblingswaffe war, und jetzt war auch nicht gerade der richtige Zeitpunkt dazu.

Ich entsicherte die Waffe, zielte direkt auf die Ärztin und schoss. Die Kugel flog direkt auf Cleos Kopf zu, sollte sich bestenfalls direkt durch das Auge in ihr Hirn bohren, oder zumindest die Schädelwand zertrümmern. Doch sie traf nicht.
Cleo Rodriquez war ausgewichen. Das Projektil bohrte sich wirkungslos in die Hauswand hinter ihr.
Das konnte doch nicht sein! Hatte ich etwa so schlecht gezielt? Cleo konnte gar nicht ausgewichen sein. Dafür war die Kugel viel zu schnell. Und Cleos Fähigkeit war Telekinese, keine Superschnelligkeit. Was verdammt nochmal übersah ich gerade?

„Dann ergibst du dich wohl nicht freiwillig. Du hast es so gewollt." Cleos Stimme klang gelangweilt, was mich wütend machte. Es klang, als würde sie mich als Gegner nicht ernst nehmen, und das war lächerlich. Sie sollte Angst vor mir haben, ich kämpfte regelmäßig, und meine Verliererquote ist verschwindend klein. Definitiv würde ich nicht gegen eine Ärztin verlieren!
Ich schoss erneut, doch auch diesmal traf ich nicht, die Kugel schien nicht gerade zu fliegen… Ach verdammt. Jetzt wurde es mir klar. Cleo lenkte die Kugeln mit ihrer Telekinese ab. Zur Pistole zu greifen war also noch wirkungsloser als den Nahkampf zu probieren.
Diese Frau raubte mir gerade wirklich den letzten Nerv.

Ich wollte gerade ein weiteres Mal meine Taktik überdenken, da bemerkte ich eine winzige Handbewegung. Und im nächsten Moment schossen alle drei Wurfsterne gleichzeitig auf mich zu.

Dem ersten wich ich aus, und ich duckte mich unter dem zweiten hinweg, doch die beiden hatten mich nur in die Wurfbahn des dritten gescheucht, der sich in meinen Arm bohrte. Überrascht stolperte ich zurück. Die Pistole fiel mir aus der Hand.

Ich wurde in Kämpfen nicht verletzt. Das passierte nicht. Ich… Ich war ein Schatten, ich konnte gar nicht getroffen werden!

Mit einem ekelhaften Geräusch bewegte sich der Wurfstern in meinem Arm, vergrößerte die Wunde, Blut trat aus. Ich konnte kaum reagieren, da riss die Waffe sich aus meinem Fleisch heraus und flog zu ihrer Besitzerin zurück.

Langsam trat ich den Rückzug an, während Blut meinen Ellenbogen hinunter tropfte. Doch die Wurfsterne verfolgten mich, sie zwangen mich dazu, meine Schattengestalt anzunehmen. Sobald ich das jedoch tat, schrumpfte die Dunkelheit, eine Straßenlampe begann bereits wieder zu flackern. Meine Energie schien rapide zu sinken, mein Denkvermögen setzte aus. Meine Schattengestalt war schwer zu halten und ich wurde kurzzeitig wieder menschlich. Genau in diesem Moment schnitt ein Wurfstern mein Bein entlang. Es war nicht so tief wie die Wunde in meinem Arm, tat dafür aber umso mehr weh. Das wars, dachte ich. Ich hatte zu schnell zu viel gewollt und musste jetzt den Preis dafür zahlen.

166

Doch plötzlich nahm ich aus dem Augenwinkel einen Bilurg wahr, es schien der gleiche zu sein, der mich im Park vorm Einschlafen gehindert hatte. Wurde ich jetzt aktiv von diesem Wesen verfolgt?
Der Bilurg tat nicht viel, sah mich bloß an, bevor er wieder wegflog. Doch im gleichen Moment sprang eine dunkle Gestalt vom Dach in die Gasse.

Die Gestalt war groß und in einen dunklen Mantel umhüllt, ich hielt sie für einen Mann.
Er landete hinter Cleo, und bevor sie sich vollständig zu ihm umgedreht hatte, legte er bereits eine Hand auf ihre Schulter. Die Wurfsterne fielen klirrend zu Boden.
Der Mann sah über Cleo hinweg zu mir, er lächelte verschmitzt. Was als nächstes passierte, wusste ich nicht mehr. Ich bat einfach nur die Schatten, mich von hier fortzubringen.

Kapitel 18 - Jack

Ich folgte Adam in den Thronsaal hinein, erwartete, dass ich dem König angekündigt wurde und er auf seinem Thron sitzen und mich erwarten würde.
Aber wir platzten mitten in eine Diskussion.

„Ich möchte aber keinen Tanzunterricht mehr nehmen! Es macht mir keinen Spaß und ich kann es auch nicht, ich werde es nie können!", rief Prinzessin Madeleine, die älteste Tochter des Königs. Ich schätzte sie auf höchstens 14.
„Das stimmt, sie kann es wirklich nicht", warf ihr älterer Bruder, Prinz Nicolas, mit einem Schmunzeln ein.
„Halt du dich daraus, Ziegengesicht!", keifte Madeleine den Prinzen an.
„Achtet auf Eure Ausdrucksweise, Prinzessin", mischte sich nun ein Berater ein, vielleicht war das der Tanzlehrer.
„Eure Majestät, jedes adelige Kind sollte im Tanzen fähig sein, es ziemt sich nicht, einfach…-"
Fuhr der Berater fort, wurde aber von der Prinzessin unterbrochen.
„Ich scheiß auf dieses Gerede. Ich will machen, was mir Spaß macht, und nicht in diese ‚brave Prinzessinnen'-Form gepresst werden! Das kannst du knicken!" Madeleine hatte anscheinend ein verdammt großes Problem mit Tanzunterricht.

„Schätzchen." Nun sprach der König. Seine Stimme klang gebrochen vor Trauer und Besorgnis.

„Deine Mutter würde sich wünschen, dass du weiterhin Tanzunterricht nimmst. Tu es bitte ihr zuliebe. Sie hat das Tanzen so geliebt."

Madeleines rebellische Haltung schwankte. Anscheinend war sie nicht mehr fähig, ihre Argumente vorzubringen, denn sie drehte sich bloß um und stapfte hinaus, ihr Tanzlehrer folgte ihr.

Dann erst schien König Akihitu Adam und mich zu bemerken.

„Jackson, tritt näher."

Ich trat vor den König und verneigte mich.

„Eure Majestät, es ist mir eine Ehre."

Der König machte eine Handbewegung, dass ich mich wieder aufrichten konnte, bevor er selbst aufstand.

„Setzen wir uns an den Tisch. Wir haben viel zu besprechen."

Er ging zu einem runden Holztisch, an dem dunkel gepolsterte Stühle standen. Ich setzte mich dem König gegenüber, Adam nahm neben seinem Vater Platz. Abwartend schaute ich Akihitu an.

„Die letzten Tage ist viel in Flumes City passiert, wurde mir zugetragen", begann er.

Ich nickte langsam.

„Nun, es ist eine Schurkin auf den Plan getreten, die für einige Desaster verantwortlich war. Ein paar Morde, der Anschlag auf die Bank, der Massenmord im Krankenhaus… Um direkt auf den Punkt zu kommen, Eure Majestät, ich gehe davon aus, dass diese Schurkin den Tod Eurer Frau, der Königin, zu verschulden hat."

Der König sah mich schweigend an, er schwieg so lange, dass ich nervös weiter erzählte.

„Zumindest wird sie im Besitz der Kronjuwelen sein. Ich habe bei der Leiche eines Kleinkriminellen einen der Diamanten gefunden und ihn untersuchen lassen, dadurch kann ich mit Sicherheit sagen, dass er von den Kronjuwelen stammte, allerdings hat diese Frau ihn in der Bank gestohlen, weswegen ich mir sicher bin, dass sie die Bank ausgeraubt hat, sonst hätte sie keinen Grund gehabt, sich dort unten zu verstecken. Sie nennt sich selbst Shadow, ihr wahrer Name ist vermutlich Claire, aber das könnte auch ein Deckname gewesen sein. Sie ist im Besitz eines Artefaktes, mit dem sie die Schatten kontrolliert. Durch sie wurde ich verletzt und lag bis vor Kurzem im Krankenhaus…“

Der König schwieg immer noch, dafür aber antwortete Adam.

„Weißt du mehr über diese Frau? Wo sie wohnt, kannst du ihr Aussehen beschreiben?“

Ich versuchte angestrengt, zum wiederholten Mal, mich an Shadows Aussehen zu erinnern. Aber alles, was ich sah, waren schemenhafte Umrisse, das Bild der Schattenfrau, mit den wogenden Haaren und dem kurvigen Körper. Mittlerweile konnte ich nicht mal mehr sagen, welche Hautfarbe sie hatte, weil ich nur den Schatten vor Augen hatte.

„Sie…hat schwarze Haare… Lang und wellig, glaube ich… und… ihre Augen, sie waren auch schwarz… Und sie hatte schöne Kurven…“

Ich zupfte an den Manschettenknöpfen meiner Jacke herum und ärgerte mich innerlich darüber, dass mir mehr nicht einfiel.

„Ich habe ihre Schattengestalt vor Augen, es ist so schemenhaft… Ich kann sie nicht beschreiben, es tut mir leid.“

„Keine Sorge, Jack. Wenn sie in eurer Stadt so präsent ist, dann wird sie wiederkommen. Wir können dir Unterstützung an die Seite stellen, um sie zu fassen.“ Adam lächelte mich beruhigend an und ein Teil der Besorgnis und Unsicherheit fiel von mir ab.

Währenddessen war der König aufgestanden und ging nun langsam hin und her, die Hände hinter dem Rücken zusammengelegt.

„Ein halbes Jahr ist nun vergangen, seit meine geliebte Emilie von uns ging. Seitdem bin ich für all das verantwortlich, was sie immer mit Leichtigkeit zu handeln schien. Gesetze, Bedürfnisse der Bürger, Staatstreffen, und zusätzlich sechs Kinder.“

Ich war mir nicht ganz sicher, warum er mir das jetzt erzählte, doch ich unterbrach ihn nicht, während er seinen Monolog fortführte.

„Für mich ist die Vorstellung unerträglich, dass sie ohne ihre Mutter aufwachsen. Emilie wird nie die ersten Schritte der kleinen Soraya erleben, hat ihre ersten Worte nie gehört. Sie wird nie wieder ein Reitturnier von Nicolas miterleben, wir werden nicht mehr gemeinsam tanzen… den Zwillingen keine Geschichten mehr vorlesen…“

Der König klang so melancholisch. Schon bei unserer ersten Begegnung hatte er sehr liebevoll und schmerzerfüllt von Emilie erzählt. Er war noch weit davon entfernt, über ihren Tod hinweg zu kommen.

Graue Strähnen schimmerten in seinem braunen Haar.
Vor einem halben Jahr hatte er die noch nicht gehabt.
Trauer und Stress mussten ihm sehr zusetzen.

Adam stand nun ebenfalls auf, er hielt seinen Vater sanft
fest und umarmte ihn tröstend. Akihitu lehnte sich erschöpft an seinen Sohn. Wie sie so nebeneinander standen, wirkte Adam sehr viel größer und fast schon reifer
als sein vielleicht doppelt so alter Vater.
Ich wandte den Blick ab, da es mir unangenehm war, die
beiden Adeligen bei so einem emotionalen Moment zu
beobachten. Dabei fiel mir auf, dass wir von der Ecke beobachtet wurden.
Anders als Madeleine hatte Nicolas den Saal nicht verlassen. Er saß in einem Sessel in der Ecke neben dem
Thronpodest. Die Füße baumelten über der Armlehne,
sein Blick war unbewegt auf Akihitu und Adam gerichtet,
er hatte die Arme vor der Brust verschränkt. Ich konnte
seine Gedanken nicht einschätzen, die Emotionen fehlten
in seiner Miene.
Ich wusste ja, dass die Familie einen Trauerfall zu bekla-
gen hatte. Aber das änderte nichts an meinem Unwohl-
sein. Ehrlich, normal liebe ich die Interaktion mit Menschen, ich wurde wahnsinnig gerne vergöttert und gehe
sehr selbstbewusst mit anderen um, aber die Königsfami-
lie war ein ganz anderes Level.
Ich fühlte mich ein wenig bedeutungslos in diesem großen Schloss, im großen Thronsaal, neben dem König,
dem das alles gehörte, und dem Prinzen, dem dies irgendwann gehören würde. Den Zweitältesten mit seinem
durchdringenden Blick konnte ich nicht einschätzen. Die

Wachen an den Ausgängen erfüllten regungslos ihre
Pflicht.

Ich hätte Daniel mitnehmen sollen. Wo er war, herrschte
Fröhlichkeit. Es gibt wenige Situationen, in denen er
nicht fröhlich war. Die Szene im Krankenhaus war eine
der wenigen Ausnahmen gewesen, in denen er besorgt
oder aufgebracht war. Er hätte die Stimmung bestimmt
auflockern können.
Da ich kein Fan von der Stille war, räusperte ich mich.
„Ich habe Freunde in Flumes City, die Augen und Ohren
nach Shadow offen halten. Einen befreundeten Juwelier
habe ich darum gebeten, jedes Schmuckstück, was er erhält, eingehend zu untersuchen, falls die Kronjuwelen dabei sind. Und die wahre Besitzerin des Artefaktes wird einiges daran setzen, um ihre Brosche zurück zu bekommen.“
Während dem Reden stand ich auf, weil es mir blöd vorkam, als Einziger zu sitzen.
„Leider habe ich ansonsten Nichts, was ich Euch mittei-
len könnte. Ich kann Euch schwer versprechen, dass ich
Shadow sehr bald fassen werde. Oder sonst jemand sie
erwischt. Aber ich werde Nachforschungen anstellen und
alles mir Mögliche tun, damit sie nicht mehr frei herum-
läuft.“

König Akihitu löste sich von seinem Sohn und richtete
seinen Blick auf mich.
„Das weiß ich zu schätzen. Ich vertraue in deine Fähigkeiten als Detective, Jackson. Und du musst wirklich

nicht so förmlich zu mir sein. Als ein Freund von meinem Sohn gehörst du fast schon zur Familie." Er lächelte, auch wenn sein Lächeln nicht seine Augen erreichte.
Ich war etwas verwundert über die Aussage. Hatte Adam mich als einen Freund bezeichnet? War es eine Interpretation von Akihitu? Zumindest widersprach Adam der Behauptung nicht, und ich nickte bloß höflich.
Der König sprach weiter.
„Du bist von der Reise bestimmt erschöpft. Zögere nicht, die Diener um alles zu bitten, was du benötigst. Zudem würde ich mich freuen, dich morgen beim Frühstück begrüßen zu dürfen."
Ich neigte den Kopf.
„Dieses Angebot nehme ich gerne an."
Adam lächelte mir zu.
„Also, wenn du Lust hast, dann komm doch gleich zu meinen Gemächern. Wir können gemeinsam essen und eine Kleinigkeit trinken."
„Das klingt großartig. Ich komme sehr gerne."
„Wunderbar. Dann sehen wir uns in einer halben Stunde? Falls du dich verläufst, kannst du jederzeit nach dem Weg fragen."
„Das werde ich." Ich lächelte Adam zu und verneigte mich vor dem König, bevor ich hinausging. Dabei kam ich an dem Platz vorbei, an dem zuvor Nicolas gesessen hatte. Doch der junge Prinz war nicht mehr da.
Ohne mir weiter Gedanken darüber zu machen, machte ich mich auf den Weg zu meinem Zimmer. Vor der Verabredung mit Adam sollte ich mich dringend umziehen.

Kapitel 19 - Shadow

Ich erwachte in der Dunkelheit. Ehrlich gesagt war das auch nicht verwunderlich, wenn ich schattenreiste, kam ich äußerst selten an hellen Orten heraus. Naja, eigentlich nie. Sonst würde es wohl nicht schattenreisen heißen. Über mir glaubte ich, eine gewölbte Steindecke zu erkennen. Meine Sicht war noch leicht verschwommen, in meinen Ohren rauschte das Blut und mein Körper war bleischwer. Am liebsten hätte ich die Augen geschlossen und wäre in einen tiefen Schlaf gefallen, aber eine kleine Stimme in mir hielt mich davon ab. Etwas stimmte nicht. Allerdings wusste ich nicht, was es war. Mein Gehirn fühlte sich an wie mit Watte gefüllt. Ich wusste nicht, was passiert war, bevor ich durch die Schatten hergelangt war. Ich wusste auch nicht, wo ich war, aber langsam merkte ich die Kälte, die von dem harten Untergrund ausging. Vielleicht war ich in einem Tunnel oder einer Höhle. Das würde die Kälte und die Steine erklären.

Langsam fiel mir nun auch ein, was geschehen war. Ich war in einen Kampf mit Cleo Rodriquez geraten und war verletzt worden.

Wie aufs Stichwort fuhr der Schmerz von meinem Arm durch den gesamten Körper. Zischend presste ich meine Hand auf die Wunde. Ich fasste direkt in das warme, glitschige Blut. Ich war mir nicht sicher, was der Wurfstern alles getroffen hatte, doch wenn niemand diese Wunde behandeln würde, wenn die Schatten die Heilung nicht beschleunigten, dann hätte ich ganz große Probleme.

An einer Wurfstern-Wunde zu sterben stand nicht auf meiner Top-5-Liste der Todesarten.

Mühsam schaffte ich es, mich aufzusetzen. Ich musste zu einem Arzt, ich kannte eine kleine private Klinik, in der man mir helfen würde, eine Arztpraxis, die hauptsächlich jene behandelte, die in Straßenkämpfen verletzt wurden, die sich um Obdachlose und Waise ohne Geld kümmerten.

Doch als erstes musste ich erstmal aus diesem Tunnel raus.

Meine ersten Aufstehversuche missglückten. Der Kampf hatte alle Energie aus mir hinaus gesaugt, meine Beine waren taub. Ich fühlte mich, als würde mein Körper jede Wahrnehmung auf den Schmerz im Arm lenken und hätte alle restlichen Funktionen auf Stand-by gesetzt.

Ich hatte Cleo unterschätzt. Oder vielleicht hatte ich auch meine eigenen Fähigkeiten überschätzt. Hatte die Kraft der Brosche überschätzt.

Die Brosche…

Ich tastete meinen Körper nach der Brosche ab. Panik ergriff mich, als ich sie nicht fand, überall auf meiner Kleidung hinterließ ich Blutspuren, doch dann sah ich sie neben mir auf dem Boden liegen. Erleichtert umfasste ich sie. Der Stein war kalt und matt. Ihm fehlte die Wärme, wenn er benutzt wurde, aber ich hatte nicht die Kraft dazu, auch wenn es mir danach verlangte, seine verstärkende Wirkung einzusetzen. Stattdessen steckte ich ihn mir in die Tasche und fuhr mit meinen Aufstehversuchen fort.

Auf einmal erklangen Schritte, die schnell näher kamen. Alarmiert ergriff ich mein Messer. Nachdem ich die Pistole und das andere Messer hatte fallen lassen, war dies meine einzige Waffe gegen Bedrohungen. Und jetzt gerade könnte alles eine Bedrohung für mich darstellen.
Die Hand, in der ich das Messer hielt, zitterte. Ich hatte kaum Kraft, sie hoch zu halten. In diesem Zustand fühlte ich mich so erbärmlich, ich schämte mich für mich selbst. Wie konnte der Kampf mir so viel Kraft geraubt haben? Das war lächerlich. Ich war eine gute Kämpferin, ausdauernd, stark. Und wenn jeden Moment ein Feind auftauchen würde, dann würde ich gegen ihn kämpfen. Und siegen. Ich verliere keine Kämpfe. Das wird sich in diesem dunklen Tunnel nicht ändern.

Von einem plötzlichen Adrenalinschub erfüllt, schaffte ich es auf die Beine, bevor der Verursacher der Schritte in meinem Sichtfeld erschien.
Das Licht einer Taschenlampe streifte mich, dann entdeckte ich die Umrisse eines großen Mannes, der die Taschenlampe hielt. Ein langer Mantel umspielte seinen Körper und eine schwarze Maske verdeckte seine Augen. Mein Gehirn wagte eine vage Verknüpfung zu der Gestalt, die beim Kampf Cleo abgelenkt hatte. War er derjenige, der vom Dach gesprungen war und Cleos Kräfte deaktiviert hatte?

Der Mann warf mir ein verschmitztes Lächeln zu.
„Schön, du bist nicht tot. Du sahst echt erledigt aus eben, ich hatte schon Sorge, dir würde eine kleine Fleischwunde

den Garaus machen." Er hob seine Hand, in der er einen
Koffer hielt.
„Also, dann lass uns die Wunde mal versorgen."
Ich starrte den Unbekannten kurz an, bevor die Antwort
aus mir herausplatzte.
„Spinnst du, was soll das Gequatsche? Ich kenne dich ja
nicht mal. Wer bist du, und warum hast du dich in mei-
nen Kampf eingemischt?"
Für meine Reaktion erntete ich ein breites Grinsen. Der
Mann verbeugte sich spöttisch vor mir.
„Mylady, mein Name ist Karim Lascar. Ich bin wahrlich
erfreut über Eure Gesellschaft."
„Lass das", fauchte ich. Dieses Getue war ja wohl mal sowas von ätzend!
Ich konnte mich kaum weiter aufregen, da merkte ich,
dass der Adrenalinkick wohl nachließ und Schwindel einsetzte. Benommen lehnte ich mich gegen die kalte Stein-
wand.
Karim reagierte sofort. Er stellte den Koffer auf den Boden, klappte ihn auf und reichte mir eine Wasserflasche,
die ich wortlos entgegennahm und aus ihr trank. Währenddessen holte er Verbandzeug und Desinfektionsmittel aus dem Koffer sowie eine dünne Decke.
Misstrauisch beobachtete ich, wie er aufstand und mir die
Decke umlegte. Dabei fasste er mich an, bewegte mich
leicht, um die Decke zu drapieren, und seltsamerweise
ließ ich es zu.
Als er sich still der Versorgung meines Armes widmete,
betrachtete ich ihn näher. Er überragte mich um fast zwei
Köpfe. Seine schwarzen Haare schien er mithilfe der
Maske zurückgebunden zu haben. Dunkelbraune Augen

glitzerten zwischen der Maske hervor. Leichte Bartstoppeln bedeckten sein Gesicht und seine Haut war gebräunt wie bei einem Seefahrer.

„Karim… Bist du Pirat?", fragte ich langsam. Warum ich das fragte, wusste ich auch nicht genau.

Karim lachte leise.

„Mhm. Könnte man wohl so sagen. Ich bin Schmuggler, Händler. Und im Piratenvolk geboren, aber schon etwas länger hier in Flumes City."

Ein Schmuggler? Was er wohl schmuggelte? Vielleicht Drogen oder Waffen. An sich interessierte es mich auch nicht, warum sollte es auch?

„Du hast mir noch nicht gesagt, warum du mir geholfen hast."

Karim verband zuerst meinen Arm, bevor er mir antwortete.

„Ich helfe gerne schönen Frauen in Nöten."

„Noch so eine Aussage und ich schneid' dir die Eier ab", zischte ich. „Was ist der wahre Grund?"

„Oh, du hast wirklich das Temperament, von dem alle erzählen. Na schön, ich bin an dir interessiert, Shadow. Und bevor du überrascht reagierst: Natürlich weiß ich, wer du bist. Im Untergrund spricht man viel über die rücksichtslos mordende Diebin, die mit den Schatten verschmilzt."

Ich versuchte, mir nicht anmerken zu lassen, wie überrascht ich darüber war, stattdessen setzte ich mich langsam wieder, diesmal auf die Decke, die die Kälte des Steins abhielt. Seltsamerweise bezweifelte ich, dass dieser

hilfsbereite Schmuggler eine Gefahr für mich darstellen
könnte.
„Warum bist du an mir interessiert? Wenn du meinen Ruf
kennst, solltest du da nicht lieber vorsichtig sein?"
Karim fing schallend an zu lachen, worauf ich ihn verär-
gert anblickte. Was bildete er sich eigentlich ein, mich
jetzt auszulachen?!
Noch immer lachend setzte er sich mir gegenüber, wobei
sein langer Mantel ihm als Untergrund diente.
„Nun, man könnte sagen, dass ich die Gefahr liebe.
Wenn man als Besonderer unter Piraten geboren wird,
darf man keine Angst haben."
„Stimmt ja, die Piraten sind Normalos…" murmelte ich.
„Wie kommt es dann, dass du ein Besonderer bist? Hast
du Cleos Fähigkeiten gestohlen?"

„Ich nehme an, dass mein Vater aus dem Meervolk
stammte, aber meine Mutter spricht nicht über ihn. Piraten und Meervolk stehen auf keinem guten Fuß zueinander. Als Kapitänin würde sie eine solche Affäre nie öffentlich machen, das würde ihrem Ruf schaden. Wie auch
immer, meine Fähigkeit besteht darin, mir die Fähigkeiten
anderer Besonderer zu, sagen wir, borgen. Wenn ich einen Besonderen berühre, erhalte ich seine Kräfte, allerdings nur für wenige Minuten. Dann fährt diese Kraft
wieder in ihren Besitzer zurück. Mittlerweile kann die
kleine Ärztin wieder Sachen schweben lassen, wie es ihr
gefällt."
Karim sprach so offen mit mir, als würde er mich seit
Ewigkeiten kennen. Was er mir erzählte, klang so ehrlich
und unbekümmert, dass ich ihn beinahe mehr über sein

Leben gefragt hätte. Doch dann überwog der Ärger über Cleo.

„Ich hätte sie umgebracht", brummte ich. Dass Cleo noch lebte, könnte mir große Probleme einhandeln. Sie war stark, unerwartet stark. Und solange ich noch nicht mit der Brosche umgehen konnte, hatte ich nur wenig Chancen gegen sie, befürchtete ich.

Karim schmunzelte, warum auch immer das jetzt amüsant gewesen war.

„Im Gegensatz zu dir habe ich da wohl meine Vorbehalte. Vermutlich bin ich deswegen eher als Händler denn als Pirat geeignet. Ich… Erachte jedes Leben als wertvoll, egal, wessen Leben."

„Hast du etwa Moralprobleme wegen dem, was du schmuggelst? Das sehe ich bei Waffenhändlern öfter. Tun so, als wären sie Engel, weil sie ihre eigene Ware ja niemals benutzen würden. Sie können ja nichts für das, was mit ihrer Ware gemacht wird", sagte ich abfällig.

„Warum denkst du, dass ich Waffen schmuggle?" Karims Grinsen machte mich so aggressiv, dass ich ihm am liebsten eine reingehauen hätte. Doch ich beherrschte mich. Seinem Retter sollte man kein blaues Auge verpassen.

„Können auch Drogen sein, oder Menschen. Die Gewissensbisse sind doch immer da."

„Was ich schmuggle, ist doch gar nicht relevant. Ich will über dich reden. Warum du beispielweise in einen Kampf mit einer Hüterin verwickelt wurdest. Oder über dieses hübsche Artefakt in deiner Tasche."

Ich kniff die Augen zusammen.

„Ich weiß nicht, wovon du sprichst, und werde auch nicht mit dir darüber reden", lautete meine Antwort.

Karim lächelte nur, und aus seiner Tasche zog er plötzlich ein Buch hervor. Das Buch aus der Bibliothek. Hatte
ich es verloren?
„Sowas spricht sich schnell herum. Würde nicht jeder
gern im Besitz eines Artefaktes sein? Und dann noch ein
Buch, in dem so viele aufgelistet stehen, sowas sollte
nicht einfach rumliegen.“

Ich riss dem Schmuggler das Buch aus der Hand, allerdings instinktiv mit dem verletzten Arm. Schmerzerfüllt
zischend ließ ich das Buch zu Boden fallen. Dabei öffnete
sich das kleine Büchlein und entblößte seine Seiten.
Sie waren vollkommen leer.

Kapitel 20 - Jack

In T-Shirt und kurzer Hose machte ich mich auf den Weg zu Adams Gemächern. Ich hatte eine Wache nach dem Weg gefragt, dennoch befürchtete ich, dass ich mich verlaufen könnte. Und auch wenn es angenehm kühl im Schlossinneren war und ich mich zuvor frisch gepudert hatte, stand mir der Schweiß auf der Stirn. Der Monat Blood war selbst für mich mit meiner Affinität zum Feuer unerträglich heiß. Und er hatte gerade erst angefangen, wie würden dann die weiteren Wochen werden?

Nach etwas Sucherei erreichte ich den königlichen Flügel. Die Wache, die im Flur stand, ließ mich ohne Fragen passieren.

Ich kam an den verschiedenen Zimmern vorbei, und ich war überrascht darüber, dass überall die Namen der Prinzen und Prinzessinnen standen.

Ich kam vorbei an dem Zimmer der Zwillinge Luca und Simon, deren Namen quer über der Tür prangten, gegenüber davon stand in roten Holzbuchstaben ‚Madeleine‘, neben ihrem Zimmer lag das der kleinen Soraya, rosa Geschnörkel zierte ihre Tür. Als ich weiterging, kam ich an Nicolas‘ Zimmer vorbei, sein Name war unauffällig schwarz in die Tür eingebrannt.

Am Ende des Flures, etwas entfernt von den Zimmern seiner Geschwister und noch bevor es zu den Gemächern des Königs ging, kam dann Adams Zimmer. Ein einzelnes, großes A stach von der dunkelbraunen Tür hervor. Ich klopfte an. Es dauerte nicht lange, da öffnete der Prinz mir mit einem Lächeln auf den Lippen die Tür. Auch er hatte sich bequemer angezogen, doch allein das hochwertige Material seiner Samthose und das violette Oberteil machten seine adelige Abstammung erkennbar.

„Jack, du bist überraschend pünktlich. Komm herein. Möchtest du Champagner?"
„Gerne, Danke", antwortete ich und trat ein. Adam schloss die Tür, ging zu einer kleinen Bar und schenkte zwei Gläser ein.
Ich setzte mich auf eines der mit dunkelrotem Samt überzogenen Sofas. Adam setzte sich zu mir und reichte mir ein Glas. Dankend nahm ich es und stieß mit ihm an, bevor ich einen Schluck trank. Angenehm kribbelnd rann das Getränk meinen Hals hinunter und erfüllte meinen Körper mit Wärme.
Überrascht bemerkte ich, dass ich beim Genießen die Augen geschlossen hatte. Als ich sie wieder öffnete, ruhte Adams Blick auf mir. Ich erwiderte seinen Blick und war irgendwie verlegen.
„Das ist guter Champagner", murmelte ich bloß. Adam grinste.
„Es ist der Beste, den du jemals trinken wirst."
„Direkt geliefert von der königlichen Winzerei, nehme ich an?"
„Natürlich. Nirgendwo sonst wird Alkohol noch mit so viel Handarbeit und unter den besten Voraussetzungen

hergestellt wie in den Brauereien, Brennereien und Winzereien der königlichen Familie." Er nahm einen kleinen Schluck. „Vor allem, da Flumes auch noch die hochwertigsten Weinreben von ganz Lazur besitzt."

„Dass besonders der flumesische Wein ein Exportschlager ist, ist ja wahrlich kein Geheimnis."

Ich drehte mein Glas in der Hand und merkte auf einmal, dass mein Magen knurrte. Seit heute Morgen hatte ich nichts mehr gegessen, und das machte sich jetzt bemerkbar.

„Also… Wir wollten Essen aufs Zimmer bestellen?", fragte ich. Adam grinste wieder, es schien, als würde er dieses Grinsen heute Abend nicht ablegen.

„Es ist bereits auf dem Weg. Ich habe eine kleine Auswahl beordert. Dann können wir währenddessen eine Runde Billard spielen, oder Karten."

„Ich bin für alles offen." Oh man, ich konnte gar kein Billard spielen. Ich würde mich hoffnungslos vor dem Prinzen blamieren!

Ich sah mich ein wenig um. Adams Gemächer waren wirklich riesig. Wir saßen unter einem gigantischen Fenster, durch das ich die Berge in der Ferne erblicken konnte. Weite Schlossgärten und ein kleiner See, auf dem Schwäne schwammen, erstreckten sich um das Schloss herum. An einer der Wände befanden sich hohe Bücherregale, daneben in der Ecke stand der Kamin, ein Bärenfell lag davor sowie ein Sessel mit einem kleinen Tisch. Auf der anderen Seite stand ein weißer, golden verzierter Flügel, daneben führte eine Tür vermutlich in Adams

Schlafzimmer. Neben der Tür, die zum Flur führte, hingen etliche Jagdtrophäen, Medaillen und Urkunden. Schräg unter dem Fenster stand ein Schreibtisch, darüber hing eine Weltkarte. Die Bar stand zentral im Raum, unweit der Sofas, auf denen wir gerade saßen. Und dort stand auch der Billardtisch.

Was Adam noch hier stehen hatte, war alles zu viel, um es aufzuzählen, dennoch wirkte der Raum nicht überladen... Schließlich war er riesig. Und das sagte ich, der in einem Penthouse wohnte.

„Du hast einige Jagdtrophäen“, sprach ich die dutzenden Geweihe und ausgestopften Kleintiere an Adams Wand an.

„Ja, ich gehe gerne auf die Jagd. Ich bin schon mit zu Treibjagden gekommen, da war ich ungefähr so alt wie Madeleinc jetzt. Sie und Nicolas teilen dieses Interesse allerdings nicht.“

Adam blickte nachdenklich an die Wand, als ob ihm die Erlebnisse alle wieder einfallen würden, bei denen er diese Trophäen erhalten hatte.

„Es ist ein sehr spezielles Hobby“, meinte ich. „Nicht jeder kommt damit klar, andere Lebewesen sterben zu sehen.“

„Was soll ich sagen. Als Offizier einer Armee darf ich nicht zimperlich sein. Und dass mir die Jagd gefällt, wird sich durch keine Moralpredigt jemals ändern.“ Adam schenkte sich nach und hielt dann mit fragendem Blick die Flasche hoch. Ich hielt ihm mein Glas hin und er füllte es.

„Ehrlich gesagt hätte ich mit einem Diener gerechnet, der dir pausenlos dein Glas nachfüllt", wechselte ich das Thema. Adam brach in Gelächter aus.

„Ich bin schon selbst in der Lage, mir ein Glas einzuschütten. Ehrlich, manchmal ist mir etwas Einsamkeit – oder Zweisamkeit – lieber, als dass eine unbeteiligte Tratschtante in der Ecke steht und hinterher das ganze Personal über mich tuschelt."

„Was sollten sie denn über dich tuscheln? Dass du ein Alkoholiker bist?" Ich grinste schelmisch und Adam grinste zurück.

„Zum Beispiel. Was die Leute nunmal so reden."

In dem Moment klopfte es an der Tür.

„Herein!", rief Adam und lehnte sich vor. Hinein kam ein Bediensteter mit einem Wägelchen, auf dem verschiedene silberne, mit Hauben abgedeckte Tabletts lagen. Der Diener verbeugte sich vor Adam, stellte die Tabletts auf den Tisch und stellte Teller mit in Servietten gewickeltem Besteck vor uns hin, bevor er die Hauben hochhob und mit diesen auf dem Wägelchen wieder hinausging.

Auf den Tabletts lag eine Vielzahl unterschiedlicher Delikatessen. Hummer auf Salat, Meeresfrüchte, Caprese, Kaviar, Trüffel, Bratkartoffeln, Braten, verschiedene Soßen und eine Auswahl an Desserts in kleinen Gläschen.

„Adam… Wie viel sollen wir denn essen?", fragte ich erstaunt, während ich die Gerichte begutachtete. Adam nahm sich bereits einige Muscheln auf den Teller.

„Ach, das bekommen wir schon hin. Jetzt nimm dir doch was, du hast doch gejammert, du hättest Hunger."

Dagegen hatte ich nichts einzuwenden. Ich packte mir so viel wie möglich auf den Teller und genoss das hervorragende Abendessen. Der Koch musste ein wahres Genie sein, denn selbst die Bratkartoffeln schmeckten besser als alles, was mir bisher untergekommen war. Mir war nicht bewusst gewesen, dass Kartoffeln und Speck so köstlich schmecken konnten.

Adam hatte recht gehabt. Am Ende hatten wir alles bis auf ein paar Desserts, die wir später noch verdrücken wollten, aufgegessen. Selbst als ich keinen Hunger mehr gehabt hatte, hatte ich einfach weiter gegessen, weil ich nicht genug bekommen konnte. Und währenddessen hatten wir so viel getrunken, dass die zweite Flasche beinahe auch schon leer war. Ich lehnte mich erschöpft zurück, eine Hand auf dem Bauch.

„Prinz müsste man sein. Ich habe noch nie so gut gegessen.“

„Na, vielleicht kriegst du ja noch eine adelige Partnerin ab, wer weiß“, lachte Adam. „Dann wirst du jeden Tag bekocht.“

„Ehrlich gesagt kocht bei uns auch meistens Daniel. Er meint, ich würde immer alles anbrennen lassen.“

„Naja, was soll man von einem Feuermagier auch anderes erwarten.“ Der Prinz zwinkerte mir zu und leerte sein Glas.

„So, jetzt, da wir eine Basis haben, wie wäre es dann mit etwas Härterem?“, fragte er, ging zur Bar und holte den Kräuterlikör und zwei kristallene Schnapsgläser heraus.

„Du willst mich wohl abfüllen. Ich darf zum Frühstück mit deinem Vater nicht aussehen, als hätte mich ein Zug

überrollt, denk daran." Ich lachte und nahm dennoch das Schnapsglas an. Wir stießen an und exten den in der Kehle brennenden Likör gleichzeitig. Adam füllte direkt wieder nach. Ihn schienen meine halbherzigen Proteste wenig zu interessieren.
Nach dem zweiten Glas betrachtete Adam mich und ich erwiderte seinen Blick fragend.

„Als wir uns zum ersten Mal begegnet sind", begann er, „da hattest du giftgrüne Haare."
„Ja, du hast Recht. Ich hab sie eigentlich immer bunt."
„Jetzt sind sie braun. Ich glaube, bunt steht dir besser. Es sagt mehr über dich aus."
„Findest du?" Ich dachte kurz darüber nach. „Ja, ich fühle mich auch wohler, wenn sie bunt sind."
„Ich könnte sie dir färben", schlug Adam vor und stand begeistert auf.
„Echt jetzt? Aber dafür bräuchten wir Farbe, Blondierung, und kannst du überhaupt Haare färben?"
„Na, wird nicht schwieriger sein als zu malen, oder? Und das kann ich. Haarfarbe hab ich tatsächlich auch. Komm mit." Er zog mich auf die Füße und zog mich zu der Tür neben dem Flügel. Diese führte durch Adams Schlafzimmer, aber ich konnte mich kaum umsehen, da hatten wir bereits die nächste Tür in sein Badezimmer passiert.
Es war ähnlich groß wie meines, die Toilette war diskret von Badewanne und Dusche abgetrennt. Adam schob mich zum Waschbecken und drückte mich auf einen Hocker, der bereits dort stand, was mich dezent verwun-

derte. Auch die Utensilien zum Färben standen schon bereit, als ob Adam schon zuvor den Plan gefasst hatte, mir eine Typveränderung zu verpassen.

„Kann es sein, dass du den Abend schon durchgeplant hast?", fragte ich mit hochgezogener Braue.

Adam grinste leicht.

„Ich muss es etwas ausnutzen, wenn ich mal Spaß haben kann. Und mit dir kann man das doch besonders gut, oder nicht?"

Ein wenig geschmeichelt antwortete ich: „Ja, klar kann man. Also, welche Farbe hast du denn parat?"

Adam legte mir ein Handtuch um die Schultern, dann hielt er mir die Farbe hin. Es war ein intensives Blau, wie wenn man an einer tiefen Stelle in einem Fluss oder See hinunterblickt oder wie die Farbe des Himmels, wenn an der einen Seite die Sonne unterging und auf der anderen Seite bereits die Sterne emporstiegen.

Dass mir diese Beschreibungen einfielen, konnte nur am Alkohol liegen.

Adam begann direkt mit dem Färben. Während der Einwirkzeiten holte er immer wieder neuen Alkohol nach und ich merkte, wie mir die Kontrolle über meinen Körper langsam entglitt. Alles, was Adam sagte und machte, war so lustig, ich konnte nicht mal sagen, wieso. Doch während er sprach, klang er so fröhlich und sein Lachen war geradezu ansteckend, dass ich einfach mitlachen musste.

Und ich verlor jegliches Zeitgefühl.

Irgendwann war Adam fertig und ich durfte in den Spiegel schauen.

Nachdem ich die letzten drei Wochen braune Haare
hatte, war das blau jetzt irgendwie ungewohnt, aber andererseits war ich froh darüber, dass sie endlich wieder bunt
waren.

Das Blau passte tatsächlich sehr gut zu mir. Da meine
Haare nicht gestylt waren, hingen mir ein paar wenige
Strähnen ins Gesicht, es wirkte wild, anders, und ich
mochte es.

„Also, ich finde es schön, wirklich. Ich hatte nicht erwartet, dass das Ergebnis gut wird, ich meine, du bist ein
Prinz und so, normalerweise lasse ich nur Daniel an
meine Haare. Aber ernsthaft, ich bin zu einer Audienz bei
deinem Vater eingeladen und du hast schon vorher geplant, dass du mir die Haare färben willst? Findest du das
nicht schräg?"

Wir gingen gemeinsam in sein Zimmer zurück. Erst, als
wir auf der Couch saßen und Adam neuen Champagner
eingeschenkt hatte, antwortete er.

„Es ist schwer, als Prinz ein normales Leben zu führen.
Als ich dich kennenlernte, da hast du irgendwie alles ver-
körpert, was ich nicht habe. Freiheit, Unabhängigkeit,
Spaß. Du bist so bunt, hast keine Verpflichtungen. Ich
hatte gehofft, mich mit dir einfach auch mal so zu fühlen.
Wenn ich mir die Haare färben würde oder auch nur lockere Kleidung in der Öffentlichkeit tragen würde, ich
würde direkt angeprangert werden. Aber so kann ich
heute trotzdem locker sein, Spaß haben, Haare färben.
Mit dir eben."

Ich war mir nicht sicher, ob ich all seine Beweggründe,
ob ich seine Worte verstanden hatte, doch ich nickte nur.

Ihm setzte das förmliche Leben zu, soviel hatte ich verstanden.
Adam zog mich von der Couch hoch.
„Genug geredet. Ich hab noch viel vor heute Nacht", kündigte er grinsend an.

Kapitel 21 - Shadow

Stirnrunzelnd betrachtete ich das leere Buch, blätterte durch die Seiten. Jeder einzelne Eintrag war weg. Das Buch, das mir die Identität der Brosche verraten hatte, was ich in der Hand hielt, es war nun nichts weiter als ein Notizbuch, dessen Seiten noch gefüllt werden wollten. War es vielleicht eine Kopie? Nicht das echte Artefakt-Buch?

Ich sah auf, in Karims schokoladenbraune Unschuldsaugen.

„Was ist das? Willst du mich hereinlegen?"

„Natürlich nicht. Ich habe es oben in der Gasse gefunden. Als ich es öffnete, waren die Seiten noch voll beschriftet. Und auf einmal verblassten sie." Gemütlich packte Karim eine Tafel Schokolade aus, wo auch immer er sie plötzlich hergeholt hatte, brach ein Stück ab und aß es. Er brach ein zweites Stück ab und hielt es mir hin. Ich ignorierte sein Angebot.

„Ich habe noch gar nicht alles gelesen! Die unzähligen Artefakte, ihre Fähigkeiten…"

„Ich weiß nicht, warum alles verschwunden ist. Aber ich kann dir vielleicht mehr über die Brosche erzählen."

Natürlich packte mich die Neugier. Aber Karim machte mich auch richtig wütend. Ich wollte mich mit diesem hübschen, vertrauenserweckenden Piraten gar nicht unterhalten. Ich wollte in die kleine Arztpraxis, dass sie meine Wunde ordentlich versorgten, und dann ins Bett.

Auch wenn ich ungern nachts schlief, aber ich war so
müde. Ich könnte zwei Tage am Stück schlafen.

„Ich will zu einem Arzt", murmelte ich und stand wacke-
lig auf. Sofort stand Karim neben mir und hielt mich fest.
Murrend ließ ich zu, dass er mich den Tunnel entlang
führte.

„Du willst aber hoffentlich nicht zu Ärztin Telepathie,
oder?", fragte er scherzhaft. Ich verdrehte die Augen.

„Selbstverständlich nicht. Ich will zu einer privaten Klinik. Der einzigen Klinik, die sich um solche wie uns küm-
mert, nehme ich an."

„Ach, die." Karim nickte, als wüsste er genau, was ich
meinte. „Die am Kloster."

„Ehm… Ja. Die meine ich." Verwirrt sah ich zu ihm hinüber. Er schaute zurück.

„Wie du schon sagtest. Die Nonnen und Mönche dort
sind die einzigen, die sich um uns kümmern. Um solche,
die verloren scheinen."

Ich schwieg eine Weile. Unsere Schritte hallten durch den
Gang. Wir kamen an Erkern vorbei, in denen sich Knochen stapelten. Wir waren in den Katakomben von Flumes City. Hier waren die Knochen unzähliger Opfer von
Kriegen und Epidemien verscharrt worden. Man hätte
kein einziges Skelett zusammensetzen können. Die Menschen, Normalos wie Besondere, waren zu bedeutungslo-
sem Abfall geworden. Und zu heutigen Zeiten war dies
tatsächlich eine Touristenattraktion. Da sollte einer mal
die Menschheit verstehen.

„Bist du schon viel gereist, Karim?", fragte ich, als mir die
Stille unerträglich wurde. Mein Begleiter überlegte kurz.

„Wenn ich so darüber denke, war ich bereits in den meisten Königreichen, ja. Und reise regelmäßig über den grünen Ozean, schmuggle viel aus Kanastar oder aus
Norima. Im roten Ozean bin ich nicht so gern. Da muss
man Angst um seine Schiffe haben wegen dem Krieg
zwischen Cjatorces und Eklera. Also, am ehesten findet
man mich hier, in Lobana oder auf dem Meer.“
„Hat Lobana wirklich so schöne Sandstrände, wie alle behaupten?“, fragte ich langsam. Ich war noch nie im Nachbarland Lobana gewesen. Und das Meer hatte ich auch
nur auf Bildern gesehen. Aber das sagte ich nicht. Das
hatte ihn nicht zu interessieren.
„Ja, die schönsten Strände weit und breit. Der Sand glit-
zert weiß in der Sonne und im Mondlicht leuchten die
Wellen in blauem Licht. Wenn die Menschen bloß nicht
alles zumüllen würden…“
Karim runzelte die Stirn, kurz wirkte er wütend. Dann
führte er mich um eine Kurve und der Ausdruck war verschwunden.

„Warum möchtest du mehr über Reiseziele erfahren als
über die Artefakte?“, fragte Karim, wieder mit einem verschmitzten Lächeln auf den Lippen. Ich würde ihm wirklich noch in die Fresse hauen deswegen.
„Ich will gerade einfach nicht über dieses Thema reden.
Ich habe der Brosche mehr Macht zugesprochen, als sie
besitzt und wahrscheinlich ist das alles nichts weiter als
Zeitverschwendung. Bring mich jetzt einfach zu der Praxis.“
„Woher weißt du, dass ich dich nicht woanders hinbrin-
gen werde?“

„Wohin denn, in dein supergeheimes Piratenversteck?
Um immer wieder meine Kräfte abzuzapfen und selbst
zu benutzen?", fragte ich, betont sarkastisch.
„Zum Beispiel." Karim lachte. „Du bist wirklich amüsant,
Shadow."
Ich verdrehte bloß die Augen. Warum ließ ich mir so viel
von einem Typen gefallen? Doch nicht, weil er mir geholfen hatte. Was war es, weswegen ich ihm einfach so vertraute?

Schweigend gab ich mich meinen Gedanken hin, in denen ich mir Karim beim Reisen vorstellte, langsam veränderten sie sich und ich dachte an den Kampf gegen Cleo
zurück, an alles, was ich hätte anders machen können.
Und plötzlich stand nicht mehr Cleo vor mir, sondern
Jack. Ich sah ihn mit seinen feuerroten Haarspitzen und
der roten Lederjacke, auf der sein Name stand. So, wie
ich ihn in der Bank gesehen hatte, vor wenigen Wochen,
als er dort gestanden hatte, die Lage analysierend, und mit
dem Diamanten gespielt hatte, wegen dem er mir auf die
Spur gekommen war. Warum dachte ich jetzt daran? Warum dachte ich an *ihn*?!
Ich musste wohl wirklich erschöpft sein, bei den wirren
Gedanken. Ich versuchte, mich auf etwas anderes zu konzentrieren, auf den Weg, auf die Steine, auf unser Ziel, sogar auf Karim, aber mein müdes Hirn zeigte mir immer
wieder Bilder des Ermittlers. Es wirkte so real, als würde
er direkt vor mir stehen und mich aus seinen grauen Augen mustern. Oder hatte er rote Augen? Plötzlich flackerte ein Feuer auf, es verschlang seine Pupillen, loderte
wild und leidenschaftlich.

Ich blinzelte und das Bild von Jack verschwand. Karim war vor einer Treppe stehen geblieben und schaute mich an.

„Alles in Ordnung?", fragte er.

„Natürlich nicht!", motzte ich ihn an. „Sonst müsste ich nicht behandelt werden."

„Das meinte ich nicht." Er sah mich weiter an, aber ich gab keine Antwort mehr. Klar wusste ich, dass er was anderes meinte. Aber ich würde ihm jetzt nicht erzählen, dass ich Visionen von dem Mann hatte, den ich fast umgebracht hätte, der gegen mich ermittelte und mich hinter Gittern sehen wollte.

Irgendwann wand Karim den Blick ab und sah die Treppe hinauf.

„Da oben ist eine Tür, die direkt ins Kloster führt. Kannst du Treppen laufen?"

„Na, verlernt hab ich es nicht plötzlich."

Karim lachte leise, er stellte seine Tasche ab und griff mit seiner freien Hand an seinen Zopf. Mit einem einzigen Handgriff löste er den Knoten und die Maske löste sich. Seine schwarzen Haare fielen ihm auf die Schultern und umrahmten sein Gesicht wie eine Mähne. Er wirkte plötzlich wie ein anderer Mensch, viel wilder, aber gleichzeitig auch offener und ehrlicher. Ich merkte, dass ich mich in dem Anblick verlor und wand den Blick ab. Karim stopfte die Maske in eine Jackentasche und hob die Tasche wieder auf.

„Ich will ja nicht direkt auffallen, wenn wir den werten Ordensmitgliedern begegnen", meinte er verschmitzt lächelnd und stieg die Treppen hinauf. Ich ließ mich von ihm mitschleppen.

Oben öffnete er die Tür, die knarzte, als wäre sie lange nicht mehr geöffnet worden. Schummriges Licht fiel in den Tunnel, aber es war schon zu hell, sodass ich die Augen zusammenkniff. Karim lotste mich in das Kloster hinein. Ich gewöhnte mich nur langsam an das Licht der Kerzen.

Als ich die Augen wieder öffnete, stellte ich fest, dass wir in einem leeren, fensterlosen Gang standen. Altmodische Wandlichter flackerten und wiesen den Weg. Ich blickte zu Karim, der zielstrebig den Weg zur Praxis einschlug. Nun gab es für mich keine Zweifel mehr, dass der Schmuggler mich zum Kloster geführt hatte. Der Baustil des alten Gebäudes war unverkennbar, die hohen, gewölbten Decken, der aus verschiedenen Steinarten zusammenschusterte Steinboden, der kalt wirkte, aber eine eigenartige Wärme ausstrahlte.

Irgendwann kamen wir in einen Gang mit großen Rundbogenfenstern, durch die ich in die düstere Nacht blicken konnte. Umrisse von Bäumen rauschten im Wind. Unsere Schritte hallten von den Wänden wider und durchbrachen die nächtliche Stille. Genauer gesagt hörte man Karims Schritte. Ich lief schleppend, aber gewohnt lautlos neben ihm her. Es dauerte gefühlte Ewigkeiten, bis wir endlich den Krankenflügel erreichten. Karim stieß die große Doppeltür auf und schob mich hinein.

Drinnen war nur die vordere Ecke schwach beleuchtet. Eine Nonne stand an einem Medizinschrank und schaute verwundert auf, als sie uns hörte. Sie schloss den Schrank und kam zu uns. Ein erkennendes Lächeln breitete sich auf ihrem Gesicht aus, als sie mich erblickte.

„Claire? Bist du es wirklich?" Bevor ich antworten konnte, verdüsterte sich ihr Blick besorgt.

„Was ist passiert? Bist du krank? Nein, du wurdest verletzt. Komm, setz dich."

„Schwester Lori-Anne. Ich hätte nicht mit dir hier gerechnet." Ich setzte mich auf eine Liege, den verletzten Arm an mich gedrückt. Lori-Anne verstand ohne weitere Fragen und suchte Sachen für eine Behandlung zusammen.

„Claire?", fragte Karim. Ich schaute genervt zu ihm hoch. Er hatte sich neben das Bett gestellt.

„Ja, ob du es glaubst oder nicht, aber meine Eltern haben mich nicht angesehen und gedacht: Oh, dieses Kind nennen wir jetzt Shadow. Ich wurde erstaunlicherweise auf den Namen Claire June getauft."

„Sogar ein Doppelname. Gefällt mir. Und du und die Nonne, ihr kennt euch also?"

„Ich bin nunmal nicht zum ersten Mal hier. Auch… Wenn es ein paar Jahre her ist."

Kurz versank ich in meinen Erinnerungen. Meine Erinnerungen an das Waisenhaus und an die vielen Male, weswegen ich behandelt werden musste, wegen Schlägereien oder wagemutigen Ausflügen.

„Ich war hier im Waisenhaus, nachdem meine Eltern starben. Nicht lange, aber ich bin danach dennoch ein paar Mal hier gewesen. Damals war Lori-Anne noch in der Ausbildung. Aber du scheinst deine Prüfung als Heilerin wohl bestanden zu haben?"

Lori-Anne kam mit ihren Utensilien zu mir zurück. Sie entfernte die improvisierte Binde von Karim und säuberte die Wunde, während sie antwortete.

„Du kannst mich Lori nennen, Claire. Und ja, seit drei
Jahren arbeite ich nun als vollwertige Heilerin. Möchtest
du mir sagen, wie es zu dieser Verletzung kam?“
Ich zögerte kurz, dann schüttelte ich den Kopf. Lori ak-
zeptierte meine Entscheidung schweigend. Hier zu sitzen
gab mir das Gefühl, wieder der rebellische Teenager von
damals zu sein, von Trauer und Wut zerfressen, immer
auf der Suche nach Ablenkung und Adrenalinkicks. Es
hatte Monate gebraucht, bis die Ruhe der Nonnen auf
mich übergegangen war. Zu einem guten Menschen hatten sie mich allerdings nie machen können.

Ich betrachtete die Heilerin vor mir näher. Sie hatte sich
seit unserer letzten Begegnung kaum verändert. Ihre hellbraunen Haare waren zu einem strengen Dutt gebunden,
um den ein nachtblaues Band gewickelt war. Sie trug die
dunkelblaue Robe der Heilerinnen, die mit glitzernden
Sternen bestickt war und von einem silbernen Gürtel
festgehalten wurde. Ihre Haut wirkte unfassbar glatt und
zart, sie strahlte eine natürliche Schönheit aus, dass es fast
in den Augen brannte. Aber nicht übertrieben, denn eigentlich bemerkte man ihre Schönheit kaum, wenn man
sich nicht auf sie konzentrierte.
Es fiel mir mittlerweile sehr schwer, meine Gedanken zu-
sammenzuhalten. Ständig schweiften sie ab, Erinnerungen vermischten sich mit Fantasien und den aktuellen
Geschehnissen.
Lori war schnell fertig mit dem Behandeln meiner Wunde.
Als Nächstes hielt sie mir Tabletten und ein Glas Wasser
hin. Ich schluckte sie ohne zu zögern und legte mich in das
Krankenbett, noch immer mit Karims Decke und in voller

Bekleidung. Das Bett wirkte ungewöhnlich weich auf mich. Es dauerte nicht lange und ich war fest eingeschlafen.

Kapitel 22 - Jack

„Ich hab wieder gewonnen", kündigte Adam an und warf seine Karten auf den Tisch.

Das Spiel, was wir spielten, hieß ‚Royal Cut' oder so ähnlich und es ging darum, unter allen Karten ein Königspaar zu sammeln. Ich hatte das Spielprinzip noch nicht so ganz verstanden. Das war wohl auch der Grund, warum Adam mich so über den Tisch zog. Es gab seltsame Sonderregeln, in denen man Karten tauschen musste, wenn man mehrmals die gleiche Zahl hatte, durfte man die als Bezahlungsmittel für eine andere Karte einsetzen und es gab noch ganz viele Möglichkeiten, wie man das Ziel erreichen konnte. Ich checkte sie nur nicht.

Stirnrunzelnd betrachtete ich Adams Karten und fragte mich, ob er nicht vielleicht sogar schummelte.

„Lass uns was anderes spielen. Das da gefällt mir nicht."

„Du klingst wie Simon, wenn er ein Spiel nicht versteht." Adam grinste mich selbstzufrieden an.

„Ich verstehe das Spiel ja auch nicht!", brummte ich und lehnte mich zurück, während Adam die Karten wegpackte.

„Na, wenn du lieber was anderes spielen willst, haben wir auch noch Billard. Da drückst du dich schon die ganze Zeit vor."

„Ich drücke mich nicht davor. Aber ich kann es nicht. Ich hab noch nie Billard gespielt."

„Ein Grund mehr, es zu lernen." Der Prinz stand auf und ging zum Billardtisch hinüber. „Jetzt komm schon. Ich bring es dir bei."

Seufzend stand ich auf und folgte ihm. Adam drückte mir einen dieser Stöcke in die Hand. Dann redete er erstmal etwas davon, dass man die weiße Kugel anstoßen musste, mit der man dann die anderen Kugeln treffen soll, um sie in den Löchern zu versenken. Aber ich durfte wohl nur eine Farbe versenken, also entweder die ganz farbigen oder die mit einem Streifen. Und die schwarze Acht durfte erst zum Schluss rein.

Für mich waren das bereits viel zu viele Informationen. Aber ich nickte und sah Adam bei seinem ersten Zug oder Stoß oder wie auch immer zu. Dann versuchte ich, es nachzumachen. Doch ich verstand nicht, wie ich den Stock, Adam nannte ihn Queue, halten sollte. Ich rutschte ab und verfehlte die weiße Kugel.

„Du musst das Ende des Queues zwischen deine Finger legen, schau." Adam machte mir die Haltung vor. Ich ahmte ihn so gut es ging nach, aber auch dann traf ich die Kugel nicht richtig. Ich streifte sie an der Seite und sie rollte ein paar Zentimeter zum Rand.

„Warte, ich zeig es dir." Der Prinz stellte sich hinter mich. Direkt hinter mich, ohne Abstand zu halten. Er legte seine Arme um mich und seine Hände auf meine, korrigierte meine Haltung, bis ich den Queue richtig hielt. Sein Atem streifte mein Ohr.

In einem Anflug von Panik stieß ich Adam von mir und wirbelte zu ihm herum.

„Was sollte das?", fragte ich ihn wütender als ich wollte. Diese Nähe war mir gerade einfach zu viel geworden.

„Ich wollte dir nur zeigen, wie du ihn halten musst…
Verzeih, ich hätte um Erlaubnis fragen sollen." Adam
strich sich eine blonde Locke hinters Ohr. „Aber das war
nicht… Also, es sollte eigentlich nicht…"
„Das war gerade absolut schräg. Sowas macht man doch
nicht!"
„Aber ich wollte dir doch nur… Glaubst du, dass das
eine Anmache werden sollte?", fragte mein Gegenüber
stirnrunzelnd. Ich sah ihn verwirrt an. Glaubte ich das?
Also irgendwie schon. Genauer betrachtet war der gesamte Abend eine Anmache gewesen. Das schicke Essen,
der ganze Alkohol, die Schmeicheleien. Ich konnte den
Abend mit keiner Situation vergleichen, wie wenn ich mit
Jeremy oder Daniel Abende verbracht hatte. Allerdings
konnte ich den Abend auch mit keinem jener vergleichen,
die ich mit einer Frau verbracht hatte, da keine von denen
mich jemals zu einem Date eingeladen hätte, das so um-
fassend gewesen war. Oder mich überhaupt zu irgendwas
eingeladen.
„Ich weiß nicht, was ich glaube oder denke. Vielleicht
habe ich einfach zu viel Alkohol getrunken. Ich sollte
vielleicht einfach ins Bett gehen."
Ich legte den komischen Stock weg und wandte mich zur
Tür.
„Na schön… Dann wünsche ich dir eine gute Nacht,
Jack", rief Adam mir nach.
„Gute Nacht", murmelte ich und ging hinaus, zurück zu
meinem Zimmer.
Die Nacht war vermutlich einfach zu lang gewesen. Der
Prinz hatte mich bestimmt nicht angemacht. Ich steigerte
mich da in etwas rein. Und selbst wenn hätte es mir

schmeicheln sollen. Er hat mir auch sehr geschmeichelt heute. Es war die plötzliche Nähe gewesen, die mir zugesetzt hatte.

Das letzte Mal, dass mir jemand nahe gekommen war, war mit Shadow gewesen. Die Schurkin, die ich für die Investorin Claire gehalten hatte. Ich hatte mir schon eine heiße Nacht mit ihr vorgestellt, und das ziemlich detailreich…

Eine Nacht mit einer skrupellosen Mörderin.

Ich schüttelte den Kopf. Entwickelte ich jetzt wegen ihr Angst vor Nähe? Ich war sicher nicht vor Adam zurück gezuckt, weil er ein Mann war. Nein, das war es nicht. Ich fand ihn ja auch sympathisch, und attraktiv und er war ein guter Kerl, auch wenn ich jetzt nicht unbedingt schwul war.

Auf jeden Fall sollte ich wirklich ins Bett. Ich konnte ja nicht mehr vernünftig denken.

Ich betrat mein Zimmer, ging direkt ins Bad und machte mich bettfertig. Als ich mich im Schlafzimmer umzog, bemerkte ich, dass mein Handy leuchtete. Ich setzte mich aufs Bett und schaltete es an. Mehrere Nachrichten und verpasste Anrufe ploppten auf, die meisten von Cleo. Warum hatte sie so verzweifelt versucht, mich zu erreichen?

Ich ging die Nachrichten durch.

Jack, melde dich.

Es ist wichtig.

Wo bist du, verdammt?

Es geht um Shadow.

Jetzt antworte doch endlich!

Die weiteren Nachrichten waren alle recht ähnlich. Was war mit Shadow? Was war passiert, warum war Cleo so außer sich?

Ich wollte sie zurückrufen, als ich auf die Uhr schaute. Es war schon früh morgens. Die Sonne würde in einer Stunde aufgehen. Cleos Anrufe waren mehrere Stunden her. So lange war ich bei Adam gewesen?

Wenn Cleo etwas zugestoßen war, sollte ich sofort zurück. Eilig zog ich mich um und warf meine Sachen in den Rucksack, bevor ich das Zimmer verließ und durch die vielen Gänge das Schloss zu verlassen versuchte, als ich plötzlich gegen eine Person rannte und zurück stolperte. Die Kapuze meines Gegenübers fiel zurück und entblößte kurze, dunkelblonde Haare und stechend grüne Augen. Prinz Nicolas starrte mich verblüfft an. Ich starrte verblüfft zurück.

„Was machst du denn hier?", fragten wir beide gleichzeitig.

„Das geht dich ja mal gar nichts an", antwortete der Prinz trotzig und verschränkte die Arme vor der Brust.

„Na, dich geht es auch nichts an", erwiderte ich. Das schien Nicolas stutzig zu machen. Er musterte mich schweigend und entdeckte meine Tasche.

„Du gehst? Aber Dad – also, ehm, der König erwartet dich zum Frühstück."

„Ich muss. Es gibt einen Notfall. Eine Freundin braucht mich."

„Achso." Nicolas zupfte an seinem Pulli herum. „Also, du wirst niemandem erzählen, dass wir uns hier mitten in der Nacht begegnet sind, oder?"

„Warum? Weil du raus geschlichen bist und niemand es wissen soll?“

Der Teenager zuckte hilflos mit den Schultern.

„Weißt du, wie streng die Regeln hier sind? Ich darf nirgendwo ohne Begleitung hin. Ich muss überall mindestens eine Wache mitnehmen. Ich kann nicht in Ruhe ausreiten oder einfach mal jemanden treffen!“ Er seufzte.

„Es fällt schwer, Freunde oder Dates zu haben, wenn jedes Mal jemand daneben steht.“

Auf einmal hatte ich ein ganz anderes Bild von Nicolas. Zuvor erschien er emotionslos, vielleicht etwas zynisch. Jetzt wirkte er wie ein Jugendlicher, der sich gefangen fühlte, der allem beraubt wurde, was ich in seinem Alter vollkommen normal gefunden hatte.

„Ich verstehe dich. Von mir erfährt niemand was. Aber jetzt muss ich wirklich zurück nach Flumes City.“

„Aber mit dem Zug kommst du jetzt nicht zurück. Der nächste fährt erst in vielleicht zwei Stunden.“

Ich ließ die Schultern hängen. Wie sollte ich denn jetzt in die Stadt kommen? Ich war doch eh schon viel zu spät!

Nicolas legte den Kopf schief und dachte kurz nach.

„Aber du kannst einen Wagen bekommen. Folg mir.“

Der Prinz drehte sich um und lief den Gang hinab. Ich folgte ihm bis zu einer Tür. Als wir die durchquerten, standen wir in einer Art Garage. Mehrere Autos standen hier auf Parkplätzen, von großen Limousinen bis zu kleinen Golfwagen war alles dabei. Nicolas schnappte sich einen Schlüssel und ging zielstrebig auf einen kleinen, schwarzen Sportwagen zu, den er aufschloss. Die Lichter des Autos gingen an.

„Das ist eines von Adams Autos. Kann verdammt schnell werden. Du kannst doch Auto fahren?“

„Ja, klar. Danke. Aber wird Adam den nicht vermissen? Ich hab ihn eben schon stehen lassen und will nicht, dass er jetzt noch wütend auf mich wird… Und vielleicht sollte ich gar nicht fahren. Ich hab einiges getrunken.“

Nicolas brummte leise, dann schien ihm etwas einzufallen.

„Ich sag einem Chauffeur Bescheid, dass du dringend in die Stadt musst. Der kann das Auto einfach zurück bringen. Warte hier.“

Der Prinz raste davon. Ich setzte mich auf den Beifahrersitz des Wagens, verwirrt über die Hilfsbereitschaft des jungen Mannes. Mein erster Eindruck von ihm schien grundlegend falsch gewesen zu sein. Vielleicht war sein durchdringender Blick Eifersucht gewesen? Eifersucht auf die Bindung zwischen seinem Vater und seinem älteren Bruder. Oder war es Trauer in seinem Blick gewesen? Ich konnte mich nicht mehr gut genug daran erinnern, um es einzuschätzen. Es war jetzt auch egal, solange Nicolas mir jetzt half.

Ich wartete einige Minuten, als irgendwann ein Mann in schwarzer Kleidung auf mich zukam.

„Mr. Storm. Prinz Nicolas wies mich an, Sie nach Flumes City zu geleiten. Mein Name ist Ruthen.“

Ich nickte ihm zu. „Danke. Tut mir leid, dass Sie dafür aus dem Schlaf gerissen wurden.“

„Ich war nicht mehr am Schlafen. Nicht nur Sie und der Prinz sind zu solchen Zeiten wach.“

Ruthen setzte sich ans Steuer und machte den Motor an. Ich schloss die Tür und schnallte mich an, als der Fahrer bereits aus der Garage und in die Nacht hinausraste.

Kapitel 23 - Shadow

Ich stellte mir einen erholsamen Schlaf eigentlich traum-
los vor. Wenn ich tagsüber schlief, hatte ich selten
Träume. Aber in der Nacht flog wohl irgendein Schurke
durch die Stadt und verteilte gratis Albträume. Und bei
mir war er heute wirklich großzügig.
Die Träume brachten einiges aus der Vergangenheit wieder hervor. Besonders Erinnerungen an meine Eltern. An
die Nachricht von ihrem Tod. Wie mich ein Mann vom
Jugendamt hier in das Waisenhaus gebracht hat. Meine
Auseinandersetzungen mit anderen Jugendlichen, meine
Probleme mit der Polizei. Ich träumte sogar von meinem
ersten Mord, als ich einem fiesen, fetten Jugendlichen
mein Messer in die Brust gerammt hatte, weil er mich
ausrauben wollte.
Danach hatte es kein Zurück mehr für mich gegeben. Ich
hatte festgestellt, wie viel Genugtuung mir der Tod Anderer verschaffte. Dass es mir sogar gefiel, wenn Menschen
durch meine Hand starben. Warum hatte ich dann Jack
am Leben gelassen?
Und natürlich dachte ich jetzt wieder an ihn. Nicht mal
im Schlaf ließ er mich in Ruhe. Verdammt seien dieser
selbstsichere Blick, das hübsche Gesicht und dieser attraktive Körper.
Nein, ich fand ihn nicht attraktiv. Mein Gehirn arbeitete
gegen mich. Das ist alles.

Ich kämpfte gegen den Schlaf an, als ich realisierte, wie ich in diesen Träumen gefangen war. Langsam nahm ich Geräusche um mich wahr – es waren Stimmen.

„Sie hat schon wieder etwas Farbe bekommen. Sie war gestern um einiges blasser“, sagte Karim.

„Sie wird schon wieder. Sie hat schon weitaus schlimmeres überstanden“, erwiderte eine Frauenstimme. Sie klang älter als die von Lori-Anne, aber auch diese kam mir sehr bekannt vor.

„Sagt mal, warum helft ihr hier Leuten wie uns?“, fragte Karim die ältere Dame.

„Ich fürchte, du musst mir näher erläutern, wen du mit ‚Leuten wie euch‘ meinst, junger Mann.“ An ihrem Tonfall hörte man, dass sie genau wusste, was Karim meinte. Sie wollte bloß, dass er es aussprach.

„Naja, uns halt… Verbrecher. Schurken, Besondere, die einen anderen Weg eingeschlagen haben.“

„Wir vom Sternenorden lassen niemanden im Stich. Wir helfen jedem, der Hilfe benötigt, das ist unser erster Grundsatz. Bei uns ist jeder Mensch und jeder Gesegnete willkommen und wir verurteilen niemanden. Denn wir wissen, wenn jemand keine Liebe erhält, wird er nur schwer den Weg des Sternenwanderers einschlagen können. Also schenken wir jedem unsere Liebe und Geborgenheit in diesen Hallen.“

Mittlerweile hatte ich die Stimme endlich erkannt. Etwas ähnliches hatte sie mir auch schon mal gesagt, vor vielen Jahren. Ich öffnete die Augen und drehte den Kopf zu der Frau.

„Madame Malika?“, sagte ich leise, mein Mund fühlte sich ganz trocken an.

„Claire, meine Liebe. Du bist also doch wach. Komm, trink etwas.“

Langsam setzte ich mich auf und nahm das Glas Wasser, das ich auch direkt leertrank. Dann wandte ich meinen Blick wieder der alten Frau zu.

Schwester Malika sah aus wie in meinen Erinnerungen. Ihre langen, grauen Haare fielen ihr über die Schultern. Kleine Fältchen umspielten ihre Augen und ihren Mund. Sie trug wie Lori eine mit Sternen bestickte Robe, dazu aber einen goldenen Gürtel, die Farbe der Ältesten.

Die Frau schaute mich mit ihren gütigen Augen an und ich bekam das plötzliche Bedürfnis, mich ihr mitzuteilen, ihr von meinen Erlebnissen zu erzählen, obwohl sie nicht mal danach gefragt hatte.

„Malika, ich habe Mist gebaut“, gestand ich und kam mir dabei vor, wie ein Kind, das seinen Eltern erzählt, dass es einen Teller oder Omas Lieblingsvase zerstört hat.

„Was ist passiert, Claire?“ Malika setzte sich an mein Bett. Ich zog die Beine an und erst jetzt bemerkte ich, dass ich ganz andere Kleidung trug. Ich sah an mir runter und realisierte die weiße Baumwollkleidung, die mein schwarzes Outfit ersetzt hatte. Direkt ergriff mich Panik und ich sah mich nach der Brosche um, die in meiner Jackentasche gewesen war.

„Deine Sachen sind alle hier, Liebes.“ Malika deutete auf eine Ecke, wo meine Sachen lagen, offenbar frisch gewaschen. Die Brosche lag auf meinem Oberteil. Ich entspannte mich ein wenig und lehnte mich zurück.

„Geht es vielleicht um dieses Schmuckstück?“, fragte die Ordensälteste. Ich nickte langsam, schaffte es aber nicht, mehr zu sagen. Das brauchte ich auch gar nicht, denn Malika schlussfolgerte von selbst.

„Kann es sein, dass diese Brosche dort nicht dir gehört? Und gestern Nacht wollte der Besitzer sie sich wieder holen.“

„Die Brosche ist ein Artefakt. Sie verstärkt die Fähigkeiten jedes Besonderen. Ich wollte herausfinden, wie viel Cleo darüber weiß und bin ihr gefolgt. Sie hat mich entdeckt und wollte mich ins Gefängnis bringen.“ Ich seufzte leise. Malika sah mich weiterhin so gütig und ohne Verärgerung an, dass es irgendwie unangenehm wurde. Ich wandte den Blick ab.

„Und dann ist dir dieser junge Mann hier zu Hilfe gekommen?“, fragte sie und sah zu Karim.

„Ja, auch wenn ich immer noch nicht verstehe, wieso.“ Auch ich sah jetzt zu Karim. Dieser zuckte mit den Schultern.

„Ich wollte dir helfen, weil du zu interessant bist, um zu sterben. Ich muss doch keinen expliziten Grund dafür haben“, sagte er und lächelte mich kokett an.

„Ich würde dir ja glauben, wenn du ein Ordensmitglied wärst. Aber du bist wie ich. Und ich habe noch nie jemandem geholfen, ohne etwas dafür verlangt oder gewollt zu haben.“

„Auch Piraten können ihre guten Seiten haben. Und nur weil ich ein Schmuggler bin, bin ich nicht sofort ein schlechter Mensch, Shadow.“ Karim strich sich eine Strähne hinters Ohr, und diese Geste fand ich so unerwartet attraktiv, dass ich ihn länger anstarrte als gewollt.

„Kein Mensch ist schlecht. Ich nehme in euch beiden das Potential wahr, Großes zu erreichen. Ihr werdet euren Weg noch finden, das spüre ich, so wahr mir der Sternenwanderer meine gute Einschätzungsgabe verliehen hat", sprach Malika.

Ihre Worte versetzten mir einen Stich. Sie hatte mir schon so oft gesagt, dass ich meinen Weg noch finden würde, Großes erreichen, die Welt zum Guten verbessern würde. Aber ich war nicht gut. Ich war keine Heldin, ich würde auch nie eine sein. Dafür gefiel es mir zu gut, die Böse zu sein, eine Diebin, eine Mörderin, eine Superschurkin. Da würde Malika mit ihrem Sternenorden und diesem blöden Sternenwanderer, von dem ich nicht mal wusste, ob er existierte, auch nichts ändern können.

Ich stand auf und merkte, dass es mir schon um einiges besser ging als gestern Nacht. Wortlos nahm ich meinen Stapel an Kleidung und ging ins angrenzende Badezimmer, um mich umzuziehen. Meine Jacke und die Hose waren geflickt worden, was zwar furchtbar nett war, aber einfach zu viel des Guten. Ich hielt es nicht aus, länger hierzubleiben. Ich mochte diesen Ort, aber gleichzeitig versetzte es mir tausende Stiche, hier zu sein. Malikas gütiger Blick, Loris Fürsorge, die Erinnerungen an meine Teenagerzeit, all das war mir zu viel, einfach zu viel…

Ich spritzte mir Unmengen an Wasser ins Gesicht, versuchte, wieder klar im Kopf zu werden. Mich aufs Wesentliche zu konzentrieren. Auf Geld, auf Schmuck, und vor allem auf die Brosche und die fehlenden Teile des Artefaktes. Das sollte jetzt mein Ziel sein. Mich im Hintergrund zu halten und herauszufinden, wo die letzten Teile

214

waren. Damit ich sie zusammenbauen und eine Finsternis erschaffen könnte, die den ganzen Planeten einnimmt.

Ich zog meine Sachen an, die nun nach Vanille und Beeren rochen, und steckte die Brosche in meine Innentasche, wo sie hoffentlich in Sicherheit war. Dann versuchte ich, meine Haare in Ordnung zu bekommen, doch die Locken waren hoffnungslos ineinander verknotet. Also band ich sie mir einfach provisorisch zu einem Zopf zurück und hoffte, dass ich nicht zu zerzaust wirkte. Das Einzige, was jetzt noch fehlte, war mein Messer.
Ich ging in den Krankensaal zurück.
„Malika, wo ist mein Messer?", fragte ich die Ordensschwester. Malika sah mich stirnrunzelnd an.
„Ach Claire. Es fällt mir leider sehr schwer, deine Faszination für Waffen zu verstehen. Ich weiß nicht, weswegen du die Not siehst, ein Messer bei dir zu tragen."
„Aus verschiedenen Gründen, und das beantwortet nicht meine Frage." Ich sah sie ungeduldig an. Karim war es jedoch, der antwortete.
„Sie sind sicher im Schrank eingeschlossen. Wir bekommen unsere Waffen wieder, wenn wir gehen."
„Gut, das ist jetzt. Ich möchte gehen." Ich ging auf den Schrank zu.
Malika seufzte. „Das finde ich wirklich schade. Ich hätte mich gefreut, wenn du noch länger geblieben wärst, Claire." Dennoch schloss sie den Schrank auf und gab uns unsere Sachen. Ich steckte mein Messer ins Holster und beobachtete, wie Karim seine Waffen herausholte. Auch er besaß ein Messer, dazu hatte er einen Revolver und, was mir wohl unter seinem Mantel nicht aufgefallen

war, ein Schwert dabei. Irgendwie machte ihn das nur noch piratiger. Und attraktiver. Dass er so heiß war, war mir gestern nicht aufgefallen. Nicht so intensiv. Mich erfüllte das plötzliche Bedürfnis, durch seine Haare zu streichen…

Shadow, jetzt reiß dich zusammen!

Ich straffte die Schultern und wandte mich wieder Malika zu.

„Also… Bis irgendwann mal wieder.“

„Ich werde unser Wiedersehen mit Freuden erwarten. Und auch du bist eingeladen, uns jederzeit zu besuchen, Karim. Vielleicht, wenn du mal wieder über den Sternenwanderer sprechen willst oder deine Sorgen loswerden möchtest.“

„Ich werde es mir merken, wenn ich mal wieder in der Stadt bin. Danke für die Gastfreundschaft.“ Karim lächelte Malika an, dann ging er hinaus.

Ich folgte ihm, sah nur noch kurz zu Malika zurück. Irgendwie war ich traurig, dass ich Lori nicht nochmal gesehen hatte, aber vielleicht war das auch gut so. Ich wurde zu gefühlsduselig, wenn ich hier war.

Gemeinsam mit Karim verließ ich das Kloster und trat auf die Straße. Die Sonne schien hell und blendend auf uns hinab. Ich wich zischend in den Schatten des Gebäudes zurück. Die Art der Mittagssonne störte mich extrem. Sie brannte auf der Haut, gnadenlos und schadenfroh. Während für die meisten die Sonne ein Grund zur Freude war, war sie für mich das komplette Gegenteil.

216

Karim drehte sich zu mir um, zog seinen Mantel aus und hielt ihn über mich, sodass ein kleiner Schatten auf mir ruhte.

„Komm, ich begleite dich nach Hause", bot er an und machte eine Kopfbewegung die Straße hinab. Kurz zögerte ich. Wollte ich wirklich, dass er wusste, wo ich wohnte? Wie groß war das Risiko?

Doch mein Instinkt vertraute ihm zu sehr, um das Angebot abzulehnen. Also nickte ich leicht und setzte mich in Bewegung. Karim lief dicht neben mir, den Mantel hielt er als Sonnenschutz hoch. Sein Langschwert schlug rhythmisch gegen sein linkes Bein, gut sichtbar für jeden Passanten. Wir waren nicht gerade unauffällig. Wie lange würde es dauern, bis jemand wegen uns die Polizei rief? Die mögliche Aufmerksamkeit machte mir Sorgen, daher griff ich nach Karims Arm. Unbewusst vergrößerte ich die Schatten um mich, weitete einen Schleier aus Dunkelheit auf Karim aus, meine Gestalt verschwamm und mit meiner auch Karims, den ich weiter festhielt. Überrascht blickte er mich an, während seine Züge schemenhaft wurden. Langsam wurde er zu einer Silhouette, zu seinem eigenen Schatten. Ich zog ihn mit mir in die Schatten eines Gebäudes, nutzte die Dunkelheit und setzte uns ein Ziel: Meine Wohnung.

Nur einen Augenblick später standen wir in meinem Wohnzimmer und nahmen feste Gestalt an. Schummrig setzte ich mich auf das Sofa, der Raum schien sich um mich zu drehen. Karim sank verwirrt neben mich, die Jacke im Schoß.

„Wow… War das eine Schattenreise?"

„Ja… Ich hab' noch nie jemanden mitgenommen. Ich wusste nicht, dass ich das kann.“

„Vielleicht kannst du das wegen der Brosche?“

„Aber ich habe sie gar nicht berührt…“ Ich holte die Brosche aus der Tasche. Der Kristall leuchtete leicht, dann verlosch das Licht. Nun war der Stein matt schwarz, aber immer noch warm. Hatte ich seine Kraft ohne Berührung eingesetzt? Aber zuvor hatte er nur auf Handberührungen reagiert. Warum reagierte er jetzt anders?

„Ich habe von Artefakten gehört, die ihren Besitzer mit der Zeit vereinnahmen, wenn sie den Gegenstand zu häufig in zu kurzer Zeit verwenden. Oder anfangen, auf die Emotionen ihres Besitzers zu reagieren. Sei bitte vorsichtig, Shadow. Wäre schade, wenn ich dich umsonst gerettet hätte.“

Trotz dieser blöden Bemerkung am Schluss hörte ich auf ihn und legte die Brosche auf den Tisch, weg von mir. Es wurde mir jetzt erst richtig bewusst, dass ich gar nicht hatte schattenreisen wollen. Ich hatte Angst bekommen, dass wir gesehen würden, und die Schatten um mich hatten den Rest getan. Aber so oft hatte ich die Brosche nicht benutzt. Hatte ich sie vielleicht einfach zu lange bei mir getragen?

Der Gedanke, dass ein Objekt Macht über mich übernahm, bereitete mir Gänsehaut. Und dieser Vorfall zeigte, wie wenig ich eigentlich noch wusste.

„Naja, zumindest ging es so schneller“, meinte ich, stand auf und holte mir etwas zu trinken aus dem großen, schwarzen Kühlschrank. Kurz überlegte ich, ob ich Karim etwas anbieten sollte, doch da stand er schon auf.

„Da du ja wohlbehalten zuhause angekommen bist, sollte
ich jetzt gehen", sagte er und zog sich seinen Mantel an.
Wurde ihm denn nicht zu warm darin?

„Die ganze Zeit bleibst du bei mir und jetzt musst du so
plötzlich gehen?", fragte ich, vielleicht schnippischer als
geplant. Wollte ich denn, dass er hier blieb? Ich hatte
doch nicht etwa Gefallen an ihm gefunden?

Ich musste ehrlich zu mir sein. Ich fand ihn attraktiv. Ich
fand seine Art anziehend. Ich fand es irgendwie scharf,
dass er mich gerettet und umsorgt hatte. Und ich wollte
unbedingt wissen, wie er im Bett war.

Deswegen war es jetzt umso wichtiger, dass er ging.

Ich straffte die Schultern. „Du musst bestimmt wieder in
See stechen?", fragte ich ihn.

Karim grinste. „Ich muss wohl, ja. Irgendwie muss ich ja
meinen Lebensunterhalt verdienen." Er schwieg kurz,
dann sah er mich ernst an. „Du könntest mit mir kommen. Du möchtest doch gerne einmal ans Meer. Jetzt hättest du die Möglichkeit dazu. Komm mit mir."

Überrascht sah ich ihn an. Meinte er das ernst? Fragte er
mich gerade wirklich, ob ich mit ihm auf See stechen
wollte?

Ich schaute auf die Flasche Wasser in meiner Hand, entschied mich, erstmal etwas zu trinken, bevor ich antwortete.

Ich leerte fast die gesamte Flasche, während ich Karims
Blick auf mir spürte. Langsam sah ich ihn wieder an.

„Ja, ich würde gerne das Meer sehen. Aber nicht jetzt. Ich
muss erstmal einiges auf die Reihe bekommen, bevor ich

mich in Abenteuer mit Fremden wagen kann. Vielleicht, irgendwann. Es klingt tatsächlich toll. Es geht nur jetzt nicht.“

„Ich verstehe. Naja, das Angebot steht. Und wir werden uns wiedersehen.“ Der Pirat zwinkerte mir zu, dann ging er zur Tür. Dort angekommen drehte er sich nochmal um.

„Wenn du jemals etwas brauchst, wirst du Hilfe am Nebelpier finden. Bis bald, Shadow.“

Damit ging Karim hinaus. Leise fiel die Tür zu und eine drückende Stille breitete sich aus.

So plötzlich, wie dieser Mann in mein Leben getreten war, war er wieder weg. Und seit langem war mir ein Abschied nicht mehr so schwer gefallen.

Ich nutzte die Zeit, um mich erstmal gründlich zu duschen und mir etwas Bequemes anzuziehen. Dann setzte ich mich auf die Couch und machte einen Film an. An sonnigen Tagen war ich selten produktiv und gerade jetzt wollte ich die Zeit nutzen und einfach entspannen. Nur gingen mir die Bilder des sexy Piraten einfach nicht aus dem Kopf.

Hätte ich mitkommen sollen? Mit aufs Meer, zum Schmuggeln? Zusammen mit Karim?

Nein, ich hatte noch zu viel in dieser Stadt zu tun. Und wie Karim schon sagte, würden wir uns wiedersehen.

Man sieht sich immer zweimal im Leben. Mit diesem Gedanken konnte ich endlich ein wenig entspannen.

Kapitel 24 - Jack

Als Ruthen vor dem Wohnkomplex anhielt, in dem Cleo wohnte, fiel ich fast hinaus und übergab mich erstmal in einem Busch. Der Chauffeur stellte meine Tasche neben mir ab, schloss die Tür, stieg wieder ein und raste mit quietschenden Reifen davon. Dieser Mann fuhr wirklich wie ein Wahnsinniger.

Ich wischte mir den Mund ab, stand auf und schleppte mich mitsamt Tasche zur Eingangstür, wo ich Cleos Klingel betätigte. Es war bereits Morgen, von daher hoffte ich, sie nicht zu wecken. Kurze Zeit später surrte bereits die Freisprechanlage.

„Hallo?", fragte Cleo misstrauisch.

„Cleo, ich bin's. Jack." Kurzes Schweigen, dann ein Surren. Ich stieß die Tür auf und schaffte es irgendwie in den ersten Stock, wo sie vor der Wohnungstür wartete, die Arme vor der Brust verschränkt.

„Ich habe dich versucht zu erreichen. Stundenlang. Warum bist du nicht an dein Telefon gegangen?!" Sie klang wütend und gereizt, aber in ihren Augen lag Besorgnis und Verwirrung. Was war nur bei ihr vorgefallen?

„Ich war beim König. Er hatte ein Treffen mit mir verlangt", antwortete ich Cleo, während ich versuchte, nicht wieder zu kotzen. Der Geschmack vom letzten Mal lag mir noch auf der Zunge und machte es mir nicht gerade leichter, dem Würgereiz zu widerstehen.

„Du warst im Schloss?" Cleo kam auf mich zu, dann rümpfte sie die Nase.

„Du stinkst. Warum hast du nicht einfach zurück gerufen? Warum bist du jetzt hier?"

„Na danke. Ich dachte, dir wäre etwas zugestoßen und
ich wäre bereits zu spät! Ich wollte dir zu Hilfe kommen."

Jetzt kam ich mir dämlich vor. Wie hätte ich ihr in meinem Zustand helfen sollen? Was brachte es, dass ich so
überstürzt aufgebrochen war? Cleo ging es offensichtlich
gut und ich hatte durch meinen Aufbruch den König versetzt und Adam vielleicht verletzt. Tränen stiegen mir in
die Augen, ich befürchte, ich wurde emotional durch den
Restalkohol. Und mir wurde noch schlechter.

„Wo… Wo ist?", konnte ich nur noch herausbringen.
Doch Cleo hatte genug solcher Situationen erlebt, dass
sie wohl genau wusste, was ich wollte. Sie schob mich ins
Badezimmer und ich übergab mich in ihre Toiletten-
schüssel. Cleo verschwand und kam mit einem Glas Wasser zu mir zurück. Ich setzte mich erschöpft auf den Boden und trank einen Schluck.

„Du hast dir Sorgen um mich gemacht?", fragte Cleo
nach kurzem Schweigen.

„Klar habe ich das. Du hast mich so oft angerufen und
mir diese Nachrichten geschickt. Was war mit Shadow?
Hat sie dich angegriffen?"

Cleo knibbelte an ihren Fingernägeln herum, dann nickte
sie.

„Sie hat mich verfolgt, als ich von der Arbeit nach Hause
ging. Aber sie hatte eigentlich keine Chance gegen mich.
Ich war kurz davor, sie festzunehmen, da… kam ihr jemand zu Hilfe. Aber lass uns später darüber reden. Du
siehst aus, als bräuchtest du Schlaf. Und ich mach dich eh

viel lieber zur Schnecke, wenn du nicht so hundeelend aussiehst."

Cleo ließ mich auf ihrer Couch schlafen. Doch ich schlief unruhig, im Traum durchzuckten mich wild zusammengewürfelte Bilder von verschiedenen Personen, von Erlebnissen aus den letzten Tagen, Erinnerungen, aber auch Geschehnisse, die nie passiert sind. Doch als ich aufwachte, verblassten die Träume bereits und ließen nur Verwirrung zurück.

Ich stand auf und zog mir etwas anderes an, bevor ich mich nach Cleo umsah. Sie saß in ihrer kleinen Küche am Esstisch und schrieb etwas auf. Vor ihr ausgebreitet lag die ‚Flumes City News‘. Ich setzte mich auf den Stuhl ihr gegenüber. Cleo sah auf und legte den Block weg.

„Du bist also wach. Dann kannst du mir sicher ein paar Fragen beantworten. Was bitte hast du gemacht? Warum warst du so betrunken? Und bestreite es nicht, ich erkenne die Anzeichen, ich bin Ärztin. Apropos Ärztin… Hatte ich dir nicht gesagt, du sollst dich noch ausruhen? Ich habe dich erst vor zwei Tagen aus dem Krankenhaus entlassen! Und trotzdem bist du gestern erst einmal weggefahren? Und betrinkst dich? Du wärst fast gestorben, du Vollidiot, du hättest dich ausruhen sollen!"

„Ich weiß, Cleo. Aber ich hätte dem König nicht absagen können. Es war wichtig. Und danach hat Prinz Adam mich angesprochen und wollte was mit mir machen, und naja, das ist irgendwie ausgeartet…"

Cleo betrachtete mich. „Offensichtlich. Er hat dir doch nicht die Haare gefärbt, oder?"

„Naja. Doch, hat er. Und ich glaube, er hat sich an mich ran gemacht. Vielleicht dachte er, ich bin schwul? Und jetzt denkt er vermutlich eher, dass ich homophob bin, wegen meiner Reaktion… Fuck, ich muss mich entschuldigen." Ich fuhr mir durchs Gesicht.

„Also, dass dich jemand für schwul gehalten hat, glaub ich gern. In der Schule hielt dich auch jeder für schwul. Hättest du mich mit einem Kerl betrogen, wäre ich tatsächlich auch weniger nachtragend gewesen."

„Cleo, lass uns das Thema bitte für den Moment vergessen. Ich weiß selbst, dass ich ein Idiot war, und es tut mir leid. Können wir jetzt bitte darüber sprechen, weswegen du mich angerufen hast? Du sagtest… Shadow hatte Hilfe?"

Cleos Mine wechselte von vorwurfsvoll zu besorgt. Langsam nickte sie.

„Ich hätte sie besiegen können. Ich wollte sie gerade festnehmen, da kam jemand vom Dach gesprungen. Er war dunkel gekleidet, trug eine Maske… Er hat meine Schulter berührt, und plötzlich fühlte es sich an, als wären meine Kräfte blockiert. Ich konnte sie einfach nicht mehr benutzen… Nein, sie waren nicht nur blockiert. Sie waren weg. Er hat meine Kräfte aus mir herausgezogen. Meine Wurfsterne fielen herunter und Shadow verschwand. Ich wollte den Mann angreifen, doch er wich mir einfach aus und verschwand wieder. Einfach so, ganz plötzlich. Ich habe versucht, die beiden zu finden, aber erfolglos. Dafür kamen nach einiger Zeit meine Kräfte zurück zu mir. Aber dann war es zu spät."

Erstaunt hatte ich Cleo zugehört, bevor ich über ihre Geschichte nachdachte.

„Ein Besonderer, der temporär Kräfte stehlen kann? Und er hat dich nicht angegriffen? Er hat nur Shadow bei der Flucht geholfen und nichts anderes?“ Das passte für mich nicht zusammen. Wenn er ein Böser gewesen wäre, hätte er Cleo angegriffen oder direkt eliminiert. Als ein gesetzestreuer Bürger hätte er die Festnahme einer Mörderin nicht verhindert. Ob er ein Freund von Shadow war? Oder ein Söldner, der für ihre Sicherheit sorgen sollte? Ich teilte meine Gedanken mit Cleo.

„Ich glaube, Shadow war selbst überrascht über die Hilfe. Aber so genau kann ich es nicht sagen, ich habe nämlich nichts mehr gesehen ohne meine Super-Sehkraft. Ich hatte etwas Panik, dass er sie für Immer gestohlen hätte…“

„So einfach können einem Besonderen die Kräfte nicht gestohlen werden. Dafür müsstest du stark geschwächt in ein großes Gerät eingespannt werden, dass dir nach und nach alles entzieht, was dich zu einem Besonderen macht…“

„So ein Gerät gibt es? Woher weißt du das?“ Geschockt sah Cleo mich an. Ich dachte an meine Ausbildung zurück und schauderte.

„In Flumes gibt es so etwas nicht. Aber es gibt Gerüchte, dass die Länder Lobana und Kanastar solche Gerätschaften besitzen. Sie fangen Besondere, entziehen ihnen ihre Kräfte und versuchen dann, sie selbst anzuwenden. Ich war mal bei einer Fortbildung für Besondere, bei der uns sowas erzählt wurde, damals in der Ausbildung.“

„Dass Kanastar so etwas besitzt, würde mich nicht überraschen, aber Lobana? Das ist unser Nachbarland. Tausende Menschen machen da Urlaub, auch Besondere. Es wird immer gesagt, dass es dort sicher sei.“

„Eben weil so viele Besondere dort Urlaub machen, haben die Lobaner doch die perfekte Möglichkeit, hin und wieder einen Besonderen verschwinden zu lassen, um Experimente durchzuführen. Außerdem sind sie zwar offen gegenüber Urlaubern, lassen aber selten Besondere in ihrem Land wohnen. Ich denke, Lobana ist nicht zu unterschätzen. Bei den Kanastariern weißt du wenigstens, was Sache ist. Lobana ist zwielichtiger.“

„Das ist mir jetzt etwas zu viel Weltpolitik. Vergessen wir das und konzentrieren uns wieder auf unser Ziel. Wie finden wir Shadow?“

Ich dachte nach, dann kam mir eine Idee.

„Anstatt sie direkt zu suchen, sollten wir im Untergrund nachfragen.“ Ich grinste Cleo an. Sie starrte zurück.

„Im Untergrund? Das meinst du nicht ernst, oder?“

„Warum denn nicht? Wenn sie eine erfolgreiche Schurkin ist, dann wird man sie im Untergrund kennen. Wir verkleiden uns und schnüffeln ein bisschen herum. Wenn wir nicht zu auffällig fragen, bekommen wir sicher Antworten.“

„Du bist wirklich verrückt. Wir würden doch direkt auffliegen! Und dann sind wir umgeben von Dutzenden Schurken und Verbrechern, die kein großer Fan von Detectives wie dir sind.“

„Wir werden nicht direkt auffliegen. Weil Daniel uns nämlich einkleiden wird.“

Ich war absolut überzeugt von meiner Idee. Cleo eher weniger. Dennoch kam sie mit mir, als ich per U-Bahn nach Hause fuhr. Während der Fahrt starrte ich zwischendurch mein Handy an. Ich ärgerte mich, dass ich Adams Telefonnummer nicht hatte, wenn er überhaupt ein Handy besaß. Ich wollte mich gerne bei ihm entschuldigen, weil ich einfach so verschwunden war. Das müsste ich dann wohl über den guten alten Briefweg erledigen. An der Station angekommen ging es nur noch durch den Park bis zum Tower. Ich betrachtete das weiße Hochhaus, während wir darauf zugingen. Dabei stach mir auf einmal ein anderes Gebäude ins Auge. Ich drehte meinen Kopf und starrte hinüber zum Skyfall Black. Baulich war es genauso gestaltet wie das Skyfall White, in dem ich wohnte. Doch statt einer strahlend weißen Fassade war das Gebäude am anderen Ende des Parks pechschwarz. Der Skyfall-Fluss trennte die beiden Gebäude. Der Fluss hieß so, weil die Quelle dieses Flusses am höchsten Punkt des Landes entsprang. Er floss mitten durch die Stadt hindurch und hatte den beiden Hochhäusern an seinem Ufer ihre Namen gegeben.

Ich sah das Skyfall Black immer wieder. Es war nichts Besonderes. Warum also fiel es mir jetzt plötzlich so sehr auf?

Ich wurde aus meinen Gedanken gerissen, als wir das Skyfall White erreichten und mit dem Aufzug hinauf ins Penthouse fuhren. Als wir die Wohnung betraten, blieb ich überrascht vom Anblick stehen. Überall lagen Kleidungsstücke, Stofffetzen und Fäden. Daniels Nähmaschine stand auf dem Esszimmertisch, ein unfertiger

Mantel war darin eingespannt. Die Tür zu Daniels Schlafzimmer stand offen und man hörte es darin rascheln. Ich ging tiefer in die Wohnung hinein. Daniel war sonst nie so unordentlich. Was bitte machte er da?

Ehe ich nach ihm rufen konnte, kam Daniel bereits aus seinem Zimmer getänzelt, er trug einen Haufen dunkler Stoffe vor sich her, die er neben dem Tisch auf den Boden fallen ließ. Dann sah er auf und entdeckte uns, breit fing er an zu grinsen.

„Ihr braucht gar nichts sagen. Ich bin schon längst dran." Er kramte in einem Haufen seiner Unordnung herum und zog ein Maßband heraus. Dann schnappte er sich ohne Vorwarnung Cleos Hand und zog sie auf ein Podest, dass er in die Mitte des Raumes gehievt hatte, bevor er begann, sie auszumessen.

„Dir auch Hallo, Daniel", brummte ich ironisch und lehnte mich gegen die Sofalehne.

„Wir haben keine Zeit für sowas. Ihr müsst heute Abend im Scibbles sein, und bis dahin braucht ihr vernünftige Kleidung." Daniel sah mich nicht mal an, während er sprach. Er war zu fokussiert darauf, Cleo auszumessen, welche mich wiederum ratlos anstarrte.

„Ehm, Daniel? Warum müssen wir heute Abend im Scibbles sein? Was ist das überhaupt?", fragte Cleo vorsichtig.

„Ihr wollt doch in den Untergrund! Das Scibbles ist ein Treffpunkt für Diebe, Schmuggler und Rabauken. Genau der Treffpunkt, wo ihr heute Abend sein müsst."

„Ich habe dir doch noch gar nicht erzählt, was wir vorhaben...?", meinte ich verwirrt. Woher wusste Daniel das alles denn auf einmal?

„Genau wie du mir nicht erzählt hast, dass du dir von jemandem anderen die Haare hast färben lassen. Ich bin etwas beleidigt. Seinen Stylisten zu hintergehen ist ein Unding." Nun hatte Daniel Cleo bereits fertig bemessen und suchte Stoffe zusammen, die er auf dem Tisch ausbreitete. Mit Kreide fing er an, den Stoff zu bemalen. Ich wusste nie genau, was er eigentlich tat, wenn er etwas schneiderte, aber solange das Ergebnis gut aussah, musste ich den Prozess nicht verstehen.

Cleo stieg vom Podest hinunter. „Du weichst den Fragen aus, Daniel. Woher weißt du von unserem Plan und wo wir hinmüssen?"

„Ich war bei einem befreundeten Wahrsager. Durch Jack erfahre ich ja nie etwas. Er erzählt mir nicht, wie es ihm geht, wo er gerade ist, was er vorhat… Dann befrage ich halt schonmal den Wahrsager. Und der hat mir dann gezeigt, wo ihr hinmüsst, um eurem Ziel näher zu kommen. Natürlich ist der Erfolg nicht garantiert, weil die Zukunft nicht in Stein gemeißelt ist, das sagt er immer wieder. Aber dort ist es am wahrscheinlichsten, dass ihr Antworten findet. Und zwar heute Abend."

Cleo und ich sahen uns an. Dass Daniel einen Wahrsager als Freund hatte, war mir neu, vor allem da es wenige richtige Wahrsager gab und mehr Schwurbler ohne richtige Fähigkeiten. Aber Daniel klang überzeugt. Und einen Anhaltspunkt zu haben war gar nicht mal schlecht.

„Na gut", sagte ich zu Cleo. „Dann gehen wir heute Abend ins Scibbles."

Kapitel 25 - Shadow

Ich betrat das dämmrig beleuchtete Gebäude und direkt
schlug mir der dichte Zigarettenrauch entgegen, der unangenehm in meiner Nase brannte. Die Lampen an der
Decke flackerten schwach, das Licht kam kaum gegen
den Rauch an. An den runden Tischen unterhielten sich
lautstark die Gäste, während in den dunklen Ecken vermutlich zwielichtige Geschäfte abgewickelt wurden. Ich
bekam ein paar flüchtige Blicke zugeworfen, doch schnell
widmete sich jeder wieder seinen eigenen Angelegenhei-
ten. Ich schlängelte mich durch den engen Raum hindurch und hielt Ausschau nach einer bestimmten Person.
Kurz fragte ich mich, ob ich nicht auch Ausschau nach
Karim hielt, doch ich wusste ja, dass er heute Mittag seinen Rückweg angetreten hatte. Nun war bereits später
Abend, er war schon lange aus der Stadt raus. In Wahrheit suchte ich einen Mann, von dem ich mir Rat er-
hoffte. Ich wusste nämlich nicht mehr wirklich weiter.
Irgendwann fand ich, wen ich suchte. Er saß in einer
Ecke, eine Pfeife ruhte zwischen seinen Lippen, während
er in einer Zeitung las. Neben ihm stand eine Flasche
Bier. Die grauen Haare waren kürzer als bei unserer letzten Begegnung, so als hätte er sie zwischendurch abra-
siert. Nun standen nur kurze Stoppeln ab. Er sah erst auf,
als ich mich zu ihm setzte.

„Shadow? Das ist aber eine Überraschung", nuschelte er
an seiner Pfeife vorbei und faltete die Zeitung zusammen.
„Hallo, Tristan", erwiderte ich und beobachtete, wie er
seine Pfeife ausmachte und in seine Tasche steckte.

„Was machst du denn hier? Ich meine mich zu erinnern,
dass du das Scibbles beim letzten Mal als ‚Drecksladen‘
beschimpft hättest.“
„Ich halte dieses Loch auch immer noch für einen
Drecksladen. Aber wo sollte ich dich sonst finden, wenn
nicht hier?“
Tristan lachte auf. „Was ein pfiffiges Mädel. Und warum
hast du mich gesucht? Brauchste Rat von ´nem alten
Mann?“
„Ja, ich brauche tatsächlich deinen Rat. In letzter Zeit ist
einiges passiert.“
„Beispielsweise der Bankraub und das Attentat auf das
Krankenhaus?“
Überrascht sah ich Tristan an, fragte mich, wie viel er
wusste und was er dachte. „Woher weißt du…?“
„Ach, kleiner Schatten. Ich kenne dich. Ich weiß, wie du
vorgehst. Du bist ein offenes Buch für mich.“

Ich muss wohl erwähnen, dass Tristan mein Mentor war.
Nachdem ich zu einer Waisen wurde und einige Probleme bekam, hatte Tristan mich aufgefunden, als ich diesen einen Teenager erstochen hatte. Ich war vom Waisenhaus weggelaufen, in der Annahme, dass selbst diese gütigen Schwestern dort mich für diese Tat verurteilen und in
den Knast stecken würden. Also war ich mit einem bluti-
gen Messer durch Flumes‘ Gassen gerannt, bis er mich irgendwann gefunden hatte.

„Du hast viel Aufmerksamkeit auf dich gelenkt, Shadow.
Im Vergleich zu sonst warst du wirklich fahrlässig. Du
bist unnötige Risiken eingegangen.“

„Ich weiß, das mit der Bank war eine Schnapsidee. Ich geb's zu. Aber die Gefahr war zu hoch, dass wir uns in einer Wand materialisieren, und nachts sind zu viele Wachen da."

„Ich meine nicht nur das. Ich meine auch den Brand bei den Kinneys und den Massenmord bei der Spendengala." Ich zupfte an meinem Ärmel herum, wollte ihm keine Antwort darauf geben.

„Jetzt halt mir bitte keinen Vortrag, Tristan."

„Und wie ich dir 'nen Vortrag halten werde, kleiner Schatten. Du bist 'ne Meisterdiebin, keine Psychopathin. Und es gibt verdammt nochmal einen Unterschied zwischen Mord aus Selbsterhaltungsgründen und Mord oder Brandstiftung aus purer Freude an der Zerstörung." Tristan holte seine Pfeife wieder raus und zündete sie erneut an, bevor er einen tiefen Zug nahm. Ich fuhr mir mit der Hand durch die Haare.

„Vielleicht bin ich ja doch eine Psychopathin, das kannst du doch gar nicht beurteilen! Es macht irrsinnig viel Spaß, Häuser in Brand zu stecken, und das bei der Gala…" Ich hielt kurz inne. Er dachte, er wüsste alles. Sollte ich ihm die Wahrheit erzählen?

„… und nebenbei haben es diese ganzen reichen Säcke verdient, die sich nicht mal für die Gesundheit der Leute interessieren, die sind nur auf Profit und Publicity aus!" Wut stieg in mir hoch, während ich sprach. Dabei wusste ich nicht mal, worauf ich gerade wütend war. Auf die reichen Leute, auf Tristan oder vielleicht auf mich selbst? Was war nur los mit mir?

Tristan drehte seine Pfeife in den Händen, bevor er mich forschend ansah.

„Du bist in letzter Zeit anders als sonst. Aber das kann schwerlich an dem jungen Detective liegen, der dir auf der Schliche ist, oder?"

„Wie… Tristan, du verfolgst mich nicht etwa, oder?!"

„Quatsch, nur manchmal. Aber ich hab' in der Zeitung gelesen, dass er für die Ermittlungen deiner Taten verantwortlich ist. Und fast bei einem Wohnungsbrand ums Leben gekommen ist. Den angeblich er selbst verursacht haben soll." Tristan tippte auf eine Zeitung, die auf dem Tisch lag. Sie war bereits fünf Tage alt.

„Er hat den Brand ja auch selbst verursacht." Antwortete ich ausweichend. Ich hatte mir kaum Gedanken darüber gemacht, ob er es überlebt hatte. Aber sicherlich wäre sein Tod mir zu Ohren gekommen, also überraschte es mich wenig, dass er es aus dem Brand geschafft hatte. Hätte ich gewollt, dass er ganz sicher stirbt, wäre ich vermutlich auch gründlicher gewesen…

„So, du lässt den Mann am Leben, der dich gefangen nehmen will. Glaubst du, er wird dich in Ruhe lassen? Für ihn sieht es trotzdem so aus, als hättest du ihn umbringen wollen. Er wird jetzt noch eher versuchen, dich zu kriegen."

„Ach, deswegen ist er wahrscheinlich nicht mal hinter mir her. Ich weiß nicht genau, wie er alles kombiniert hat, für das er mich verantwortlich macht, aber es gibt etwas, dass ich ihm gestohlen habe. Was er zuvor jemand anderem gestohlen hat." Ich sah mich um. Ich fühlte mich beo-

bachtet, deswegen traute ich mich nicht, weiterzuspre-
chen. Tristan sah mich nur forschend an, ging aber nicht
näher darauf ein.

„Ich kann dir nur den Rat geben, ab jetzt unauffälliger zu
sein. Sonst bist du nämlich schnell von der erfolgreichs-
ten Meisterdiebin zur meistgesuchten Psychopathin auf-
gestiegen. Bleib bei dem, womit du am wenigsten Probleme bekommst, Mädel.“

„Schön, du hast ja recht. Ich bleibe unauffällig. Vielleicht
sollte ich wieder Aufträge annehmen, das habe ich lange
nicht mehr.“

Mit den Worten stand ich auf und besorgte mir und Tristan ein Bier. Ich war zwar eher der Weinliebhaber, aber
guten Wein konnte ich in dieser Spelunke nicht erwarten.
Einige Blicke folgten mir auf dem Weg, doch ich ignorierte
es. Ob es jetzt geifernde Blicke waren oder forschende, die
überlegten, ob ich leicht auszubeuten wäre, oder Blicke jener, die mich und meinen Ruf bereits kannten, es interessierte mich nicht. Ich wusste bloß, dass ich nicht lange hier
bleiben wollte. Es gab Bars und Clubs, in denen ich mich
lieber aufhielt. Außerdem beschlich mich ein ungutes Gefühl, das ich noch nicht zuordnen konnte. Es war wie ein
kleiner Stich in meinem Nacken. Ich drehte mich um, doch
ich konnte nichts entdecken, was dieses Gefühl in mir aus-
löste. Mit dem Bier in der Hand ging ich langsam zu Tristan zurück. Und nach diesem einen Bier würde ich
schnellstmöglich von diesem dreckigen Ort verschwinden
und das Stechen hoffentlich hier lassen.

Kapitel 26 - Jack

Daniel hatte uns angekleidet, als wären wir als zwielichtige Gestalten einem Abenteuerfilm entsprungen. Cleo
trug eine enge Hose, ein zerrissenes Oberteil und einen
langen, schwarzen Mantel, deren Kapuze ihre wild durch-
wuschelten Locken nur teilweise bedeckte. Ich war in ein
dunkles Grau gekleidet, trug ebenfalls einen langen Mantel und Daniel hatte mir so ein krasses Make-Up aufgelegt, dass ich mich selbst nicht mehr im Spiegel erkannte.
Ich sah zwar immer noch auf eine Art und Weise gut aus,
aber… Eben nicht mehr wie ich selbst.
Nachdem Daniel mit seinem Werk zufrieden war, nannte
er uns noch die Adresse des Pubs, zu dem wir seinem
mysteriösen Freund zufolge gehen sollten, und scheuchte
uns hinaus. Also schlichen Cleo und ich uns durch den
dunkler werdenden Abend in das Scibbles.

„Wir fragen niemanden direkt nach Shadow. Wir stellen
nicht zu viele Fragen und erzählen schon gar nicht etwas
über uns", wiederholte Cleo noch einmal die Regeln, die
wir zuvor festgelegt hatten. Ich nickte als Zeichen, dass
ich sie verstanden hatte.
„Wird schon gut gehen", meinte ich optimistisch und betrat die düstere Bar.
Eine dichte Rauchfolge schlug uns entgegen und ließ
mich husten. Cleo rümpfte die Nase.
„Rauchen in einem geschlossenen Raum. Wenn denen
bewusst wäre, was das für gesundheitliche Auswirkungen
hat…" Sie murmelte ein paar Nebenwirkungen vor sich

hin, während sie auf die Bar zuging. Ich sah mich etwas um, beobachtete die Leute, die laut Gespräche führten und ihre Getränke unnötig laut auf die Tische knallten. Der Boden war durch verschüttetes Bier verklebt und ich war froh, dass ich keine meiner guten Schuhe trug. Durch den Rauch und das dämmrige Licht konnte ich nicht den gesamten Pub überblicken. Zusätzlich gab es einige dunkle Nischen, verdeckt durch Balken oder seltsam platzierte Wände. Das Gebäude war sicherlich schon älter, kein moderner Architekt würde solche Wände oder Balken mehr bauen. Ich hatte das Gefühl, in der Zeit zurückgereist zu sein, als ich den Pub betreten hatte, und sah mich verstohlen nach jemandem um, der mit Zeitmagie herumspielte, aber mir war nicht bekannt, ob Zeitreisen überhaupt funktionierten. Zerstörte man nicht irgendwelche Zeitlinien, wenn man in der Zeit zurückreiste?

Glücklicherweise war ich ja ein Elementarmagier und kein Zeitreisender und musste mir deswegen über sowas keine Gedanken machen.

Cleo hatte bereits zwei Flaschen Bier bestellt, als ich mich zu ihr gesellte. Ich nahm eine Flasche und betrachtete das Etikett. Starkbier aus den Sümpfen? Das gab es selten hier in der Stadt. Ich erinnerte mich aber daran, dass ich mit meinem Dad mal in einer Bar auf dem Land war, wo dieses Bier verkauft wurde. Ich lehnte mich gegen die Bar, trank einen Schluck und sah mich um. Cleo lehnte sich zu mir.

„Bleib du hier. Ich gehe mal etwas herum." Bevor ich protestieren konnte, war Cleo auch schon verschwunden und ich stand alleine an der Bar, nur umgeben von einem mürrischen Barkeeper und verklebten Flächen.

Da ich nicht so recht wusste, was ich hier tun sollte, wandte ich mich an den Barkeeper, der gerade ein paar Gläser spülte. Immerhin die wurden hier sauber gemacht.

„Viel los heute, he?", fragte ich betont lässig. Der Barkeeper brummte nur. Ich versuchte es erneut.

„An wen wendet man sich hier denn, wenn man 'n Job braucht?"

Der Barkeeper musterte mich nur und kurz dachte ich, er würde mir nicht antworten. Doch dann zuckte er mit den Schultern.

„Kommt drauf an, was für'n Job. Willst'e kellnern, fragst'e mich. Willst'e bei 'nem Raub dabei sein, fragst'e die Rabauken da drüben." Er nickte in eine Ecke, wo ein paar Leute würfelten und lauthals miteinander kommunizierten. „Willst'e deinen Körper verkaufen, fragst'e …"

Er sah nur hinter mich, hob die Augenbrauen und ging ans andere Ende der Bar, ohne seinen Satz zu beenden.

„Mich", beendete dafür eine andere Stimme seinen Satz. Ich drehte mich überrascht um. Vor mir stand eine große, dünne Frau mit glatten, blonden Haaren, die ihr fast bis an den wohlgeformten Arsch reichten, welcher nur knapp von ihrem knallroten Cocktailkleid überdeckt wurde. Ihre Lippen waren genauso rot geschminkt und betonten ihre grünen Augen. Kokett lächelte sie mich an.

„Hallo, Fremder", sagte sie, ihre Stimme klang verführerisch, leicht rauchig. Es fiel mir jedoch schwer, mich auf ihr Gesicht zu konzentrieren, da sie so groß war, dass ihre Brüste fast direkt vor meinem Gesicht hingen.

„Ehm… Hallo", erwiderte ich nach einigen Sekunden Schweigen.

„Wie heißt du, Fremder?", fragte die Frau und legte einen Finger unter mein Kinn.

„Ja…eofrey", stotterte ich und verfluchte mich innerlich selbst. Ich musste die Fassung bewahren!

„Jaeofrey? Ungewöhnlicher Name. Ich habe dich noch nie hier gesehen, wo kommst du denn her?"

„Ach… Ich komm von hier und da." Ich zuckte mit den Schultern, versuchte, mich zu konzentrieren, um mich nicht zu verplappern. „Und wie heißt du, Hübsche?"

Die Frau schmunzelte. „Nenn mich June. Du willst also etwas Geld verdienen?", fragte sie, während sie mir noch ein Stück näher kam.

„Ach, hab' mich nur nach ein paar Möglichkeiten erkundigt. Ist jetzt nichts dringendes."

„Das ist aber schade. Ich hätte sicher gut was mit dir anfangen können." June seufzte und streichelte mir über die Wange. Still hoffte ich, dass mein Makeup nicht verwischte. Das wäre mega peinlich. Und könnte mich möglicherweise verraten. Daher versuchte ich, meinen Kopf zurückzuziehen, doch ich war bereits zwischen June und der Theke eingeklemmt. Ihre Brüste drückten gegen meine Schultern. Mein Penis drückte gegen meine Hose. Mir wurde langsam ziemlich warm in diesem Pub und ich drehte den Kopf zur Seite und trank einen Schluck Bier, um mich abzulenken.

„So, also… Bist du öfter hier?", fragte ich June.

„Ach, regelmäßig. Hier lässt sich gut Kundschaft finden."

„Achso?", war das Einzige, was ich herausbrachte.

„Kunden, oder neue Mitarbeiter… Sicher, dass du keinen Job brauchst?"

„Du hast mir bisher nicht mal erzählt, worum es geht. Und, äh, ich werde meinen Körper lieber nicht verkaufen."

„Wirklich schade. Naja, da lässt sich nichts machen." Langsam strich June von meiner Wange hinunter über meine Brust.

„Und wärst du denn an einer Dienstleistung interessiert?", hauchte sie sexy.

„Hä? Ich? An einer Dienstleistung?" Mein Gehirn schien auszusetzen. Ich wusste nicht, was sie von mir wollte, gleichzeitig wusste ich es ganz genau. Mein ganzer Körper reagierte darauf. June war eine Prostituierte, und sie bot mir gerade Sex an!

Während mein Körper das Angebot am liebsten annehmen würde, fing mein Gehirn langsam wieder an zu arbeiten. Ich hatte eine Mission hier, ich war undercover. Ich musste mich konzentrieren. Bevor ich etwas sehr Dummes tun konnte, schob ich die Frau bestimmt weg. „Nein, danke", brachte ich heraus und verschaffte mir Abstand zwischen ihr und mir. June verzog den Mund beleidigt.

„Mistkerl", seufzte sie zickig, warf ihre Haare zurück und verschwand. Als ich nun ausatmete, merkte ich erst, dass ich wohl den Atem angehalten hatte. Während diesem kurzen Gespräch hatte ich nicht nur diese Mission, sondern meine gesamte Ausbildung in Frage gestellt. Ich konnte mir kaum vorstellen, dass andere Agenten ebenfalls so erbärmlich auf einen Flirtversuch während einer

Undercover-Mission reagierten. Langsam realisierte ich jetzt, warum Junes Versuche mich überhaupt erst so durcheinander gemacht hatten: Shadow hatte bereits eine ähnliche Taktik bei mir versucht. Sie hatte mich am Tag der Gala verführt, um an Cleos Brosche zu kommen, die zu dem Zeitpunkt in meiner Tasche gewesen war.
Ich bestellte beim Barkeeper ein Glas Rum und kippte es in einem Zug weg. Ich durfte nicht zulassen, dass Frauen so eine starke Ausstrahlung auf mich verübten. Ich musste lernen, professionell zu bleiben. Ein erster Schritt war wohl gewesen, June eben abzuweisen, obwohl mein ganzer Körper „Fick mit mir!" geschrien hatte. Wenn ich jetzt noch Shadows Attraktivität aus meinem Gehirn verbannen könnte und sie nur als die gefährliche Person betrachten könnte, die sie war…

Meine Pläne wurden zunichte gemacht, als ich sie erblickte. Ich wusste direkt, dass sie es war, als sie in der Menge verschwand, mit zwei Bier in der Hand, während ihre schwarzen Locken wogten. Sie bewegte sich so geschmeidig zwischen den Leuten hindurch, schien beinahe mit den Schatten zu verschmelzen und stach gleichzeitig aus der Menge heraus, dass ich sie gar nicht übersehen konnte. Wie hypnotisiert folgte ich ihr, versuchte, sie nicht aus den Augen zu verlieren, während ich versuchte, mir zu merken, warum ich sie verfolgte. Shadow – gefährlich – Brosche zurückholen.
Diese Worte wiederholte ich in meinem Kopf, während ich Shadow verfolgte. Ich hielt neben einem Balken an und beobachtete, wie sie sich zu einem Mann setzte, der

aufgrund seiner Falten und Narben um einiges älter aussah als sie. Ob sie gerade ein Geschäft abwickelte? Doch ihre Haltung ihm gegenüber wirkte so familiär, dass ich überlegte, ob dieser Mann vielleicht sogar mit ihr verwandt sein könnte.

Ich versuchte, zu verstehen, was die beiden besprachen, doch dafür war es im Pub zu laut und ich stand zu weit weg. Dann jedoch sah ich Cleo auf der anderen Seite stehen, wie sie mit zusammengekniffenen Augen Shadow und den unbekannten Mann anstarrte. Ich überlegte kurz, wie ich ihre Aufmerksamkeit auf mich lenken könnte, doch ehe ich es mit einem Windstoß versuchen konnte, schob sich plötzlich eine große, dunkle Gestalt in mein Blickfeld. Verwirrt sah ich auf und starrte in das Gesicht eines sehr wütend aussehenden Rabauken.

„Du hast also meine Kleine beleidigt, he?“, knurrte er. Ich runzelte die Stirn und fragte mich, wen er meinte. Welche Kleine sollte ich beleidigt haben? Wer war der Typ?

Dann sah ich, dass hinter ihm June stand, die Arme vor ihren großen Brüsten verschränkt. Sie bedachte mich mit einem beleidigten Blick, die Augen zusammengekniffen, die Lippen gespitzt. Ich ging in Gedanken unser Gespräch durch und versuchte, herauszufinden, was ich falsch gemacht hatte. War sie beleidigt, weil ich sie abgewiesen hatte?

„He, Arschloch, ich rede mit dir“, sagte nun der große Mann vor mir. Ich sah wieder zu ihm hoch. Er war wirklich riesig, bestimmt zwei Meter groß. Und so muskulös, dass ich mich im Vergleich sehr klein fühlte. Ich streckte mich und straffte die Schultern, um wenigstens etwas dominanter zu wirken.

„Ich will aber nicht mit dir reden", antwortete ich lässig und versuchte, an ihm vorbeizukommen. Auf einmal zischte seine Faust dicht an meinem Gesicht vorbei und krachte in die Wand. Putz bröckelte hinab. Düster sah der Mann mich an.

„Ich mag es nicht, wenn meine Braut beleidigt wird."
„Hör mal, ich hab niemanden beleidigt, klar?" Ich probierte, auf der anderen Seite wegzukommen. Diesmal raste die Faust auf mein Gesicht zu. Ich schaffte geradeso, meinen Arm dazwischen zu schieben und seinen Schlag abzuleiten. Ich ignorierte den Schmerz, der kurz aufflammte, und setzte direkt zu einem Gegenschlag an. Ich trat dem Kerl gegen das Schienbein. Er grunzte überrascht und beugte sich leicht nach vorne. In dem Moment ließ ich meine Faust auf seine Nase krachen. Der Typ stolperte einen Schritt zurück und fasste sich an die Nase. Ich sprang vor, packte seinen Arm und drehte ihn ihm auf dem Rücken, sodass er sich nach vorne beugen musste und fixiert war. Kurz lächelte ich zufrieden, froh darüber, dass die Selbstverteidigungstricks funktionierten. Doch mein Lächeln gefror, als der Mann seinen Kopf drehte und mich mit stechendem Blick anstarrte. Seine Muskeln schienen sich unter meinen Händen zu verhärten. Er spannte sich an und plötzlich drehte er sich um sich selbst und riss mich dabei mit. Ich verlor den Halt unter meinen Füßen, bis ich mit einem lauten Krachen mit dem Rücken auf dem Boden landete.

Benommen versuchte ich zu realisieren, was gerade passiert war, doch ich hatte keine Zeit, um lange nachzudenken, denn über mir schwebte auf einmal ein riesiger Fuß, der auf meine Nase zukam. Ich rollte mich weg und wollte aufstehen, wurde jedoch direkt wieder zu Boden gestoßen. Das Gesicht des Mannes schob sich in mein Blickfeld, seine Augen waren zusammengekniffen und sein Mund vor Wut verzogen. Er wollte erneut zu einem Tritt ansetzen, als plötzlich etwas durch die Luft zischte und in seiner Schulter steckenblieb. Der wütende Blick verwandelte ich in einen Überraschten. Er zog sich den Gegenstand aus der Schulter und direkt spritzte Blut aus der Wunde. Der Kerl ließ den Gegenstand fallen und ich griff direkt danach. Es war Cleos Wurfstern.

Ich sprang auf und sah in die Richtung, aus der die Waffe gekommen war. Dort stand Cleo, sie hielt bereits den nächsten Wurfstern in der Hand. Kurz sah sie zu mir und nickte in Richtung Ausgang. Ich sah mich schnell um und begriff, was sie von mir wollte. Shadow war gerade dabei, den Pub zu verlassen. Und ich sollte hinterher.

Ich sprintete los, zwischen den Leuten hindurch, die nach einer kurzen Phase der Überraschung nun unruhig wurden. Doch erst, als ich an ihnen vorbei am Ausgang war, brach hinter mir das Chaos aus.

Kapitel 27 - Shadow

Ich hatte gewusst, dass irgendwas nicht stimmte, aber ich war nicht darauf gekommen, was. Erst, als ich seine Stimme gehört hatte, war mir klar gewesen, dass ich beobachtet worden war.

Ich hatte ihn nicht erkannt, hatte ihn gar nicht gesehen, doch seine Stimme würde ich immer erkennen, diese melodische, betont lässige Stimme eines Schauspielers, der in seinem Leben einige schlechte Entscheidungen getroffen hatte.

Allerdings hatte es etwas gebraucht, bis ich die Situation realisiert hatte. So lange, bis ich den Kampf mitbekommen hatte. Er hatte zwar anders ausgesehen, aber er war es definitiv gewesen. Da bestand für mich kein Zweifel. Ich lief hinaus, überlegte mir einen Fluchtplan. Aus irgendeinem unbestimmten Grund kam für mich keine Schattenreise in Frage. Ich fühlte mich nach dem Sprung mit Karim nicht dazu bereit, glaubte ich zumindest. Ich lief die dunkle Straße entlang, als ich bereits Schritte hinter mir hörte. Ich lief schneller, rief mir die vielen Straßen und Gassen der Stadt in Erinnerung. Doch die Schritte kamen näher. Und plötzlich nahm ich etwas wahr, etwas kam auf mich zu. Bevor es mich erreichte, löste sich meine Gestalt auf, wurde zu einem Schatten, und ein blutiger Wurfstern flog durch mich hindurch und landete auf dem kalten Pflaster. Ich nahm wieder menschliche Form an und drehte mich herum zu dem, der den Stern geworfen hatte. Er trug einen Umhang, die Kapuze ins Gesicht gezogen, die restliche Kleidung war kaputt und dunkel.

Er schlug seinen Umhang zurück und griff an seine
Hüfte, kurz kam seine Gürtelschnalle zum Vorschein: ein
silbern glänzendes „J". Dann entflammte plötzlich ein
Feuer und eine Flamme kam auf mich zugerauscht. Ich
sprang zur Seite, ließ mich unter eine zweite Salve fallen,
rollte mich ab und sprang direkt wieder auf, während
mein Angreifer mir näherkam. In so einer Situation war
mein erster Instinkt immer Flucht gewesen. Ich hatte die
Brosche mit viel Mühe zuhause in meinen Safe gelegt, damit sie mich nicht vereinnahmen konnte, doch die Brosche war der einzige Grund gewesen, warum ich das
letzte Mal einen Kampf begonnen hatte.
Und ausgerechnet jetzt stand ich dem Mann gegenüber,
der sich unbedingt rächen wollte.
Jack schob seine Kapuze zurück und flammend rote Augen starrten mich an. Ein Schauer lief über meinen Rücken. Alles an ihm wirkte zwar verändert, doch diese Augen waren unverkennbar, gefährlich und attraktiv zugleich.

„Kein Gegenangriff von dir, *Shadow*?", fragte er, und dabei betonte er meinen Namen seltsam spöttisch. Ich holte
zwei meiner Messer heraus, beobachtete ihn aufmerksam.
„Erwartest du einen Angriff?", fragte ich zurück. Er war
sehr selbstsicher, doch er konnte nicht wissen, dass ich
die Brosche nicht bei mir hatte. Vielleicht könnte ich
auch auf siegessicher tun und ihn verunsichern?
Jack kam auf mich zu, eine Flamme schwebte über seiner
Hand. Vage nahm ich das Feuerzeug wahr, dass er in der

Hand hielt, ohne dass er wohl kein Feuer heraufbeschwö-
ren konnte. Wenn ich ihm das also aus der Hand schlagen konnte, wäre er sicher nicht mehr so selbstbewusst.
Eine neue Flammenwand raste plötzlich auf mich zu und
ich konnte nicht anders, ich verschmolz mit den Schatten
und tauchte dicht hinter ihm wieder auf, holte mit dem
Messer aus, um ihm in die Hand zu stechen. Doch gleichzeitig, als ich zustach, erfasste mich ein Wind und blies
mich weg, sodass ich Jacks Hand nur leicht streifte. Er
wirbelte zu mir herum, seine Augen hatten nun ein irritie-
rendes weiß angenommen, mit einem leichten Hauch von
Blau vielleicht. Die Luft wurde unruhiger, weitere Böen
rissen an meiner Kleidung und verwirbelten meine Haare.
Ich wich tiefer in die Schatten zurück, verschmolz mit
ihnen und umklammerte mein Messer, während ich Jack
beobachtete. Ein kleiner Tornado wirbelte um ihn herum,
während er sich seelenruhig umsah. Über ihm leuchtete
das Licht einer Straßenlaterne, welche verhinderte, dass
ich näher an ihn herankam. Aber ich hatte eine Idee.
Ich wartete ab, bis er in eine andere Richtung blickte,
dann verfestigte ich meine Gestalt und ich warf das Messer, in der Hoffnung zu treffen.
Glas zersplitterte und es wurde finster über uns. Die
Splitter regneten auf Jack hinab und er blickte sich verwirrt um. Der Sturm legte sich und ich nutzte den Moment der Verwirrung, um näher an Jack heranzuschleichen. Mein zweites Messer lag bereits in meiner Hand.
Doch als der Wind sich gelegt hatte, flammte plötzlich erneut Feuer auf und ein zielloser Feuerball verschwand in
der Dunkelheit. Ich blieb irritiert stehen und beobachtete
den Feuerball, als plötzlich etwas explodierte und eine

Stichflamme in den Himmel schoss. Müllbeutel hatten
Feuer gefangen und die Flammen suchten sich jetzt ihren
Weg durch alles Brennbare hindurch. Jack stand vor den
Flammen wie ein mordlüsterner Rachegott, der durch das
Feuer wieder ein wenig sehen konnte. Ein weiterer Feuer-
ball schwebte über seiner Hand, als er mich erblickte.

„Ergib dich, Shadow, bevor es ungemütlich wird. Die
Anklageliste ist lang."

„Ach ja? Ich frag mich, was für Beweise du gegen mich
aufbringen kannst."

„Du willst Beweise? Ich brauche nicht viele Beweise, um
jeden zu überzeugen, dass du böse bist. Am Tatort von
Chad Kinneys Ermordung habe ich einen Edelstein gefunden aus den Kronjuwelen der ermordeten Königin,
den du mir an dem Tag weggenommen hast, an dem der
Banktresor von dir ausgeraubt wurde. Und dass du an
dem Abend, als die Gala-Gäste vergiftet wurden, zu genau dem Zeitpunkt den Saal verlassen hast und verschwunden bist, ist nicht von der Hand zu weisen, nicht
wahr? Und danach -."

„Du hast den Saal auch verlassen. Mit mir. Dass du den
Edelstein gefunden hast oder überhaupt hattest, dafür
hast du keine Beweise und für den Einbruch in der Bank
auch nicht."

„Du willst dich rausreden? Wenn du einmal für den Mord
der Königin angeklagt worden bist, kannst du dich nicht
mehr vor deiner Bestrafung retten."

„Sag mal, spinnst du? Warum sollte ich die Königin ermordet haben? Warum sollte ich jemanden umbringen
wollen, der für den Bau etlicher Waisenhäuser verantwortlich ist, für den Wohlstand dieses Landes, für…" Ich

verstummte. Jack sah mich stirnrunzelnd an und ich hatte das Gefühl, dass ich zu viel gesagt hatte. Konnte mir doch egal sein, für was er mich verantwortlich machte. Er würde mich eh nicht zu fassen bekommen.

„Also, versuch mich doch zu fassen, Storm. Du wirst mich nicht kriegen", spottete ich und spielte mit meinem Messer. „Du denkst ja wohl nicht, dass mir ein bisschen Elementspielerei Angst machen würde, oder? Du bist einfach nur ein Witz."

Jacks rote Augen verengten sich. Das Feuer hinter ihm breitete sich mittlerweile auf weiteren Müll aus und leckte an der Hauswand, doch ihn schien es nicht zu interessieren. Er war zu fokussiert auf mich. Jack warf einen weiteren Feuerball und ich wich aus, sodass der Ball in einige Holzkisten krachte, die etwas weiter hinter mir standen. Es zischte und knackte, als das Holz Feuer fing. Schneller als mir lieb war breitete sich das Feuer aus, es schien uns in einem Kreis umschließen zu wollen. Die Schatten flackerten und wurden langsam von dem Licht des Feuers vertrieben.

Jack ging auf mich zu und ich wich aus, wir umkreisten uns aufmerksam. Ich könnte meine Pistole ziehen, ihn damit anschießen, doch auch wenn ich schnell war, war er mir im Vorteil mit dem Feuer und dem Wind. Aber es musste eine Möglichkeit geben, damit er das Feuerzeug losließ. Vielleicht sollte ich es einfach versuchen?

Ich wurde zum Schatten, um ihn zu verwirren, wurde rechts von ihm wieder fest, griff nach meiner Waffe und schoss. Überrascht drehte sich Jack zu mir und riss die Hände hoch. Ein starker Wind leitete meine Kugel gerade noch um, doch dafür ließ Jack das Feuerzeug fallen.

Ich stemmte mich gegen den Wind und beobachtete aus zusammengekniffenen Augen, wie der Wind um Jack toste. Der Brand wurde größer und die Flammen verteilten sich immer schneller, bis alles brennbare auch Feuer gefangen hatte. Es wurde immer wärmer, Lichter in Häusern gingen an und Rufe ertönten, irgendwo schrie jemand.

Langsam schien Jack zu realisieren, was er angerichtet hatte. Er sah sich um, erblickte die Ausmaße des Feuers. Der Wind legte sich, seine Augen wurden von weiß wieder zu grau. Fahrig griff er zu seinem Gürtel und holte ein kleines Fläschchen heraus. Ich nutzte den Moment, in dem er abgelenkt war, und schoss erneut auf ihn. Diesmal traf ich. Die Kugel versank in seiner Schulter und Jack schrie auf, ließ die Flasche fallen. Sie zersplitterte auf dem Boden und hinterließ eine kleine Wasserpfütze.

Jack starrte mich an, in seinen Augen sprühte der Zorn. Doch bevor er irgendwas machen konnte, kam auf einmal ein neuer Wurfstern durch das Feuer angeflogen. Ich konnte nur knapp ausweichen, doch das Geschoss drehte einfach in der Luft um und schoss erneut auf mich zu. Nicht schon wieder, dachte ich, sprang zur Seite, doch diesmal war ich nicht schnell genug. Der Wurfstern streifte meine Seite und hinterließ einen stechenden Schmerz. Ich musste schnell verschwinden, beide Helden würde ich nicht besiegen können, ich hatte Cleo ja nicht einmal mit der Brosche besiegen können. Als der Wurfstern ein drittes Mal auf mich zukam, sprang ich nach vorn, auf Jack zu, ich sah nur noch sein verwirrtes Gesicht, bevor ich in seinen Schatten eintauchte und floh. Ich spürte noch kleine

Regentropfen auf meiner Haut, die schnell größer wurden und die Luft abkühlten, doch dann war ich endgültig verschwunden.

Kapitel 28 - Jack

Der Regen kam nicht von mir.

Das war mein erster Gedanke, als dicke Tropfen auf mich niederfielen, alles um mich herum durchnässten und das Feuer langsam erstickten. Ich sah hinauf in den Himmel, Regen prasselte mir ins Gesicht und ließ mich blinzeln. Zuvor war der Himmel wolkenfrei gewesen, doch jetzt verdeckte eine graue Decke die Sterne. Als das Feuer kleiner wurde entdeckte ich Cleo, die auf mich zu gerannt kam.

„Wo ist sie?", fragte Cleo, während ihr Messer wieder in ihre Hand zurück geflogen kam.

„Sie… ist in den Schatten verschwunden. Es tut mir leid, Cleo. Ich habe so ein großes Chaos angerichtet und habe sie trotzdem nicht erwischt."

„Wir bekommen sie schon noch in die Finger, früher oder später. Und du bekommst das Feuer ja gelöscht, obwohl es wirklich gefährlich war, so einen großen Brand zu verursachen."

„Ich lösche das Feuer nicht", murmelte ich, kniete mich nieder und hob das nasse Feuerzeug auf. Doch bei der Bewegung spürte ich den Schmerz in meiner Schulter und ich zischte.

„Was meinst du… Oh bei allen gütigen Heilern, du wurdest angeschossen!" Cleo griff direkt nach meinem Arm und betrachtete die Wunde. „Keine Sorge, das ist nichts, was wir nicht im Krankenhaus schnell wieder hinbekommen. Schusswunden versorge ich andauernd", sagte sie, während sie sich den Mantel auszog, zusammenfaltete und gegen meine Schulter drückte. Ich unterdrückte ein weiteres Zischen.

„Es geht schon, Cleo. Ich möchte gerade nur wissen, woher dieser Regen kommt…"

„Das ist doch nicht so wichtig, Jack. Du setzt dich jetzt hin, während ich den Krankenwagen rufe. Und drück gut auf die Wunde."

Langsam folgte ich ihren Anweisungen, doch mein Blick war erneut in den Himmel gerichtet. Und auf einmal sah ich eine Gestalt auf einem Dach stehen, groß und dünn, doch durch die Dunkelheit konnte ich nur Schemen erahnen und als ich ein zweites Mal hinsah, war die Gestalt bereits wieder verschwunden und hinterließ tausende Fragen bei mir.

Der Krankenwagen kam überraschend schnell und auch die Behandlung im Krankenhaus ging wie im Flug vorbei, auch wenn ich nicht viel davon mitbekommen hatte. Nun lag ich wieder in einem Krankenhausbett, diesmal mit einer verbundenen Schulter und immerhin nicht verbrannt und halb tot. Trotzdem ärgerte es mich, dass sie mich schon wieder verletzt hatte. Shadow war eine Dämonin, geschickt worden, um mich zu ärgern. Und es machte mich rasend, dass ich sie im Gegenzug nicht auch verletzt hatte. Hoffentlich hatte wenigstens Cleo sie getroffen. Nachdem ich ein wenig gedöst, das Krankenhausfrühstück ignoriert und Fernsehen geschaut hatte, kam irgendwann mittags Cleo mit zwei belegten Baguettes herein. Sie setzte sich auf einen Stuhl neben mich und gab mir ein Baguette.

„Das Essen hier ist nicht so berauschend, deswegen habe ich dir was vom Bäcker mitgebracht.", sagte sie. Dankend packte ich das Baguette aus und biss hinein.

„Wann werde ich wieder entlassen?", fragte ich sie nach einigen Bissen. Cleo schwieg kurz.

„Naja, es wird schon eine Weile dauern, bis alles geheilt ist. Momentan fehlen uns Heiler, die den Vorgang beschleunigen könnten, also wirst du erstmal ein paar Tage zur Beobachtung hier behalten. Und danach musst du dich auf jeden Fall noch schonen, aber das ist ja etwas, bei dem du Probleme hast."

„Ich habe auch keine Zeit, um mich zu schonen. Irgendwen muss es doch geben, der die Wunde schneller heilen kann!"

„Jack, ich höre mich doch schon überall um. Aber solange du verletzt bist, wirst du dich ausruhen." Cleo stand wieder auf und legte das zweite Baguette auf das Nachttischchen. Sie hatte es nicht angerührt.

„Ich muss wieder los. Aber ich habe Daniel informiert, er wird sicher bald hier sein." Damit ging sie und ließ mich frustriert zurück. Warum hatte sie mich überhaupt besucht, wenn sie nach ein paar Minuten wieder ging? Wir hatten uns noch nicht mal über die vergangene Nacht unterhalten können!

Schlecht gelaunt legte ich das angebissene Essen zur Seite und ließ mich zurück ins Kissen sinken.

Irgendwann kam Daniel. Er trug eine Tasche bei sich, die er neben meinem Bett abstellte.

„Du bereitest mir vielleicht Sorgen, Jack. Kannst du mal aufhören, im Krankenhaus zu landen?" Er setzt sich auf mein Bett und nahm meine Hand. „Wie geht es dir?"

„Ach, ich spür gerade nicht viel. Bin wahrscheinlich zugedröhnt mit Schmerzmitteln, wer weiß. Sag mal, Daniel, kannst du vielleicht etwas herausfinden?"

„Ich kann viel herausfinden, ich kenne schließlich viele Leute. Was willst du denn wissen?"

„Naja, vielleicht können wir herausfinden, wo Shadow wohnt…"

„Okay, okay. Was denkst du denn, wie ich das herausfinden soll? Du weißt nur, dass sie vielleicht, falls sie ihren richtigen Namen gesagt hat, Claire heißt. Du kannst kaum ihr Aussehen beschreiben und es ist schwer, jemanden zu verfolgen, der durch Schatten reisen kann. Außerdem kann ich nicht einfach irgendwo hineinspazieren und fragen: *Wo wohnt Shadow, Leute?* Ich werde keinen Stress mit irgendwelchen Bösewichten anfangen, die mir eh nichts verraten werden. Du kannst ihr beim nächsten Mal einen Tracker anheften und sie dann verfolgen, aber mehr Tipps habe ich nun wirklich nicht."

„Aber was ist denn mit deinem Wahrsagerfreund…"

„Wahrsagerei ist nicht so präzise, Jack. Die Zukunft ist ja nicht in Stein gemeißelt und überhaupt. Ich kann sehen, was ich tun kann, aber erwarte nicht zu viel."

Ich seufzte leise. Ich hatte das Gefühl, keinen Schritt weiterzukommen und das frustrierte mich. Wir hätten sie doch fast gehabt, und trotzdem ist sie entkommen. Wie fing man verdammt nochmal einen Schatten ein?

Schatten… Klar konnte ich sie nicht in der Nacht einfangen, wenn die Welt eingehüllt ist in Schatten und Dunkelheit. Sie würde mir immer entkommen. Ich musste mir das Licht des Tages zu Nutze machen.

Aber wie?

Mein Kopf fing an zu pochen, während ich mir das Gehirn zermarterte. Ich spürte Daniels Blick auf mir, doch ich hatte wenig Lust, mit ihm zu reden. Er verstand meine Probleme eh nicht. Er war ein Normalo, er war Modedesigner. Stylist. Wenn ich für irgendetwas passend gekleidet sein musste oder Kontakt zu wichtigen Persönlichkeiten brauchte, dann konnte ich mich an ihn wenden. Aber bei meiner Arbeit, beim Fangen von Shadow, da brauchte ich andere Verbündete.

„Also“, unterbrach Daniel irgendwann die Stille und stand auf, „Ich muss jetzt los. Gespräch für einen größeren Auftrag… Ich soll eine komplette Kollektion für Amanda Goldsteyn entwerfen, eine echt große Sache. Erstmal muss ich wissen, was für Vorstellungen sie hat, Skizzen entwerfen, unglaublich viel Stoff kaufen, meine Schneider zusammenrufen, wir werden ewig daran sitzen, aber wenn alles gut läuft, dann bekomme ich auch wirklich eine Meeenge Geld dafür…“ Daniel klopfte sich nervös auf den Oberschenkel, bevor er mich fest ansah.

„Du wirst dich ausruhen, ist das klar? Ich will mir nicht ständig Sorgen machen müssen, nur weil du wieder irgendwelche Dummheiten vorhast.“

Ich sah meinen besten Freund verblüfft an, weil er so harsch zu mir war. Was hatte ich denn bitte falsch gemacht? Ich konnte doch nichts für diese Situation!

„Daniel, das ist mein Job, keine Dummheit! Ich will eine Schurkin fangen, da gehört die Gefahr, verletzt zu werden, dazu!“

„Die Gefahr, verletzt zu werden?! Du bist innerhalb von wenigen Wochen zweimal fast gestorben! Du begibst dich in Situationen, ohne vorher über die Konsequenzen nachzudenken, und selbst wenn es einen Plan gibt, läuft alles schief! Du bist wie vom Pech verfolgt, seit du diese Shadow jagst, und klar denken kannst du auch nicht mehr!“

„Was soll das heißen? Wirfst du mir gerade vor, ich würde mich von ihr ablenken lassen, oder was?“

„Das ist nicht nur ein Vorwurf, das ist offensichtlich. Du benimmst dich seltsam, seit du sie kennst!“

„Ja, weil sie mich vor Herausforderungen stellt! Ich gebe alles, um sie einzufangen, das ist mein einziges Ziel momentan!“

Daniel sah mich vorwurfsvoll an. Er stützte sich auf das Krankenbett, seine grün-blauen Augen blickten durchdringend.

„Ich sag dir mal was, Jack. Ich kenne dich schon verdammt lange und vermutlich besser als jeder andere. Wenn du sie hättest einfangen wollen, wäre sie schon längst eingesperrt. Vielleicht ist sie gefährlich, und vielleicht musst du dir erst eine Taktik zurechtlegen, und genau da ist das Problem. Du gehst an die Sache heran, ohne dir zu überlegen, was du tun willst, und stattdessen springst du Nacht für Nacht von einer Gefahr in die Nächste, und ich sitze zuhause und weiß nicht, ob ich vielleicht einen Anruf vom Krankenhaus erhalten werde, ob du wieder ein Phantom jagst oder vielleicht mit irgendwelchen Frauen das Bett teilst!“

„Was… Was hat das denn jetzt…“

„Hör auf, Jack! Ich habe es langsam satt!“ Daniel stellte sich wieder aufrecht hin, in seinen sonst so fröhlichen Augen glitzerten Tränen.

„Du bist wie ein Bruder für mich, und mich macht die ganze Situation krank! Natürlich wusste ich, dass dein Job nicht gerade ungefährlich ist, aber ich kann mir nicht mehr ständig Sorgen um dich machen! Mein Privatleben leidet darunter! Weißt du, wie lange ich keinen Sex mehr hatte, weil ich ständig daran denken muss, ob du heil wieder nach Hause kommst? Ich versuche dich zu unterstützen, wirklich, aber es geht nicht! Du wirst dich also gefälligst ausruhen, und wenn du das Krankenhaus verlässt, bevor Cleo dich entlassen hat, dann kannst du die nächsten Tage irgendwo anders schlafen, weil ich dich dann nicht mehr in meiner Wohnung sehen will!“ Daniel atmete zitternd aus, drehte sich um und verließ ohne ein weiteres Wort das Zimmer. Ich blieb allein und verwirrt zurück. Was war das denn für ein Ausbruch? Was konnte ich für sein unerfülltes Sexleben? Seit wann dachte er denn schon so, und warum erzählte er mir erst jetzt davon?

Da er schon weg war, blieben meine Fragen unbeantwortet. Und außer eine Krankenpflegerin besuchte mich an diesem Tag auch niemand mehr.

In der Nacht schlief ich unruhig, geplagt von wirren Träumen, in denen ich in einer schwarzen, klebrigen Materie langsam versank, während mich schwarze Augen aus den Schatten beobachteten.

Ich erwachte keuchend, meine Schulter schmerzte und Schweiß tropfte von meiner Stirn. Der Wind, der durch das Fenster hineinblies, bereitete mir eine Gänsehaut. Warte… Das Fenster war geschlossen gewesen, als ich eingeschlafen war.

Meine Alarmglocken schrillten, aufmerksam sah ich mich um, und endlich bemerkte ich, dass ich beobachtet wurde. Ich wollte aufspringen, doch beim Aufstützen meldete sich meine Schulter mit einem Stechen und ich sank keuchend wieder zurück ins Kissen. Hilflos sah ich mich nach dem Knopf um, der einen Pfleger rufen würde, da erklang plötzlich eine tiefe, ruhige Stimme.

„Du musst keine Angst haben, Jackson Storm. Ich bin ein Freund, kein Feind."

Ich hielt inne, schaute zu der dunklen Gestalt, immer noch misstrauisch. Ich kannte diese Stimme nicht, warum sollte er also ein Freund sein?

Die Person kam bedächtig näher. Ich wollte die Nachttischlampe anschalten, doch auf einmal griff eine Hand nach meinem Handgelenk und hielt mich bestimmt fest. Die Haut war rau und leicht runzelig.

„Ich muss um dein Vertrauen bitten. Es ist besser, du siehst nicht allzu viel von mir."

„Also, das hier gefällt mir nicht. Sie behaupten, Sie wären mein Freund, ich kenne Sie aber nicht und Sie stellen sich auch nicht vor. Und jetzt darf ich nichtmal das Licht einschalten?"

„Ich werde dir beweisen, dass du mir vertrauen kannst.
Halt bitte still." Der Mann legte seine Hand auf meine
Schulter. Kurz wurde der Schmerz stärker und ich kniff
die Augen zusammen, verkrampfte mich, panisch fragte
ich mich, was er da mit mir machte.
Und plötzlich ließ der Schmerz nach. Es fühlte sich an,
als würden kleine Regentropfen auf die Wunde tropfen
und den Schmerz wegspülen, bis sich meine Schulter
nach kurzer Zeit völlig normal anfühlte. Staunend be-
wegte ich meinen Arm.
„Wie haben Sie…"
„Was für eine alberne Frage. Mit Magie natürlich."
„Ja, schon klar, aber es hat sich so seltsam angefühlt…"
„Jede Magie fühlt sich anders an. Nicht jede Art der Heil-
magie ist gleich. Meine Fähigkeiten bilden sich in viele
Richtungen aus."
Der Mann setzte sich auf den Stuhl neben meinem Bett.
Da sich meine Augen langsam an die Dunkelheit ge-
wöhnten, konnte ich zumindest seine Silhouette erahnen,
groß und dünn, in eine Robe gehüllt, die Haare und der
Bart lang und weiß. Seine Augen waren von einem sanf-
ten Blau, wie die Oberfläche eines stillen Sees.
„Ich möchte mich vorstellen. Mein Name ist Indra. Und
ich wende mich an dich aufgrund einer wichtigen Bitte,
Jackson, Kind des Sturmes."
„Was für eine Bitte?", fragte ich, noch immer misstrauisch dem alten Mann gegenüber.
Indra griff in seine Robe und holte ein kleines, zusam-
mengerolltes Pergament aus der Tasche. Er reichte es
mir. Es war eine Landkarte vom Gebirge zwischen Flu-

mes und Adras, verschiedene Wege waren dort eingezeichnet sowie die Quelle des Flusses Skyfall. Doch ich wusste nicht, was mir die Karte sagen sollte.

„Geh zur Quelle. Dort aktiviere die Karte und sie wird dir den Weg zeigen.“

„Aktivieren, wie? Und was soll ich in den Bergen? Was für einen Weg soll ich nehmen?“

„Die Karte wird dir alles erklären, zur richtigen Zeit. Es ist zu gefährlich, alles zu verraten, und zu gefährlich für mich, selbst dorthin zu gehen. Reise allein, und brich noch heute auf. Ich habe dir ein Transportmittel besorgt.“ Indra griff erneut in seine Tasche und holte einen Autoschlüssel heraus, den er mir gab.

„Such, was die Karte dir aufträgt, und kehre zu mir zurück. Es ist wichtig, dass du das tust und niemandem davon erzählst. Es wird sich für dich lohnen, das versichere ich dir, Kind des Sturmes. Nun geh, verliere keine Zeit.“

„Aber warum soll ich diesen Auftrag ausführen? Warum kann das kein anderer tun?“

„Ich weiß, dass ich dir vertrauen kann. Du wirst das Richtige tun, daran habe ich keine Zweifel. Wir sehen uns bald wieder, Jackson Storm.“

Mit diesen Worten löste sich der Magier in viele winzige Tropfen auf und hinterließ den Geruch von frischem Tau auf einer Frühlingswiese.

Kapitel 29 - Shadow

‚Mir geht es gut‘, dachte ich, während ich die schwarze Brosche umklammerte und mich im Spiegel betrachtete. ‚Mir geht es gut.‘

Die Wunde, glücklicherweise nur eine leichte Schnittwunde, hatte ich verbunden. Mit Wein hatte ich die Schmerzen und das klamme Gefühl betäubt. Und dann hatte ich die magische Brosche aus meinem Safe geholt. Der schwarze Stein glänzte im schwachen Licht, welches die Morgensonne verursachte. Ich müsste bald mal schlafen, doch ich fühlte mich ruhelos, hippelig. Mein blasses Spiegelbild schien mich beinahe höhnisch anzulächeln.

‚Müde siehst du aus, Shadow. Beinahe kränklich. Geht es dir etwa nicht gut?‘, hörte ich es sagen.

„Doch, mir geht es gut!“, rief ich. „Ich bin gesund und munter, wie eh und je. Die gleiche durchgeknallte Psychopathin wie immer.“

Hatte ich mich wirklich verändert, wie Tristan gesagt hatte? War ich mal keine durchgeknallte Psychopathin gewesen?

Ich hatte schon oft Leute getötet, die mir im Weg waren, Schulden nicht begleichen konnten oder mit denen ich meine Beute nicht teilen wollte.

Aber hatte ich auch schon die Häuser Unschuldiger abgefackelt oder Aufsehen bei Rauben verursacht?

Langsam setzte ich mich auf mein Bett, meine Hände, die noch immer die Brosche umklammerten, fielen in meinen Schoß. Mit ihr fühlte ich mich sicherer. Wie viel hatte

wohl gefehlt, bis Jack mich gegrillt oder Cleo mich aufge-
schlitzt hätte?

Cleo hatte die Fähigkeiten, mich umzubringen, selbst
wenn ich die Brosche besaß und nicht sie.

Und Jack? Jack war zu impulsiv, traf immer daneben,
löste Chaos aus. Die Leute würden das Vertrauen in ihn
verlieren. Vielleicht verlor er seine Befugnis, die Fälle zu
lösen.

Die Fälle, die mich betrafen. Vielleicht würde er für un-
tauglich erklärt werden.

Würde er trotzdem weiter Jagd auf mich machen?

Ich sollte Tristans Vorschlägen folgen und wieder kleinere Aufträge annehmen, mich bedeckt halten.

Wie hatte er mich gefunden? Würde er mich immer finden?

Meine Gedanken wurden wirr, sie verschlangen sich miteinander, bis ich nicht mehr wusste, woran ich überhaupt
dachte.

Schlafen, ich musste schlafen.

Aber was, wenn er mich findet?

Er findet mich nicht, das kann er nicht. Er kann keinen
Schatten verfolgen. Du wirst nicht getrackt.

Warum bist du so blass, Shadow? Du sahst mal viel hübscher aus.

Deine Augen verlieren ihren Glanz. Arme Shadow, wird
langsam wahnsinnig.

Viele Stimmen vermischten sich in meinem Kopf und be-
reiteten mir Kopfschmerzen. Was war los? Was war mit
mir? So ein Chaos hatte ich sonst nie.

Ich wusste immer, was ich dachte. Ich wusste immer, was ich tat.

Schattenreise mit weiteren Personen, flächendeckende Dunkelheit… Was konnte ich noch mit dieser kleinen Brosche?

Würde sie mich wirklich vereinnahmen, so wie Karim es meinte?

Das konnte doch nicht sein, es war nur ein Gegenstand. Ein Verstärker von magischen Fähigkeiten.

Aber ich sollte ausprobieren, was noch geht. Können sich meine Fähigkeiten noch erweitern?

Bin ich mehr als nur ein kleiner Schatten?

Mehr… ich will mehr sein…

Mir geht es gut…

Irgendwann mittags wachte ich wieder auf. Mein Körper schmerze leicht durch die Position, in der ich eingeschlafen war, aber mein Kopf war klarer, das Denken fiel mir leichter.

Nachdem ich mich fertig gemacht und etwas gegessen hatte, holte ich meinen Laptop raus, um im Internet zu schauen, ob irgendwelche Jobs angeboten wurden. Ja, Kriminelle haben auch Internetportale.

Dabei fiel mir auf, dass ich wohl eine Nachricht hatte. Ich öffnete meine Emails und sah, dass Tristan mir geschrieben hatte. Neugierig, was er wohl wollte, öffnete ich die Mail.

Shadow,
Ich habe einen Job für dich. Komm zum üblichen Ort.

Tristan.

Verwirrt betrachtete ich die Nachricht. Es war bestimmt über ein Jahr her, dass Tristan mir irgendwelche Jobs besorgt hatte. Sollte ich hingehen?
Warum eigentlich nicht. Es war bisher immer was Gutes für mich rausgesprungen, wenn ich auf die Jobangebote eingegangen war. Tristan würde mich nie verarschen, und war sehr geflissentlich bei der Auswahl von Kunden und Mitstreitern.
Ich sollte einfach hingehen. Ich hatte nichts zu verlieren.

Kurze Zeit später kam ich an besagtem Treffpunkt an, einer kleinen, alten Gaststätte mit schäbigem Mobiliar, aber einem gewissen Altbaucharme. Es war nicht viel los und Tristan war auch noch nicht da, also setzte ich mich an einen Tisch und bestellte mir ein Glas Wein.
Während ich wartete, überlegte ich, um was für eine Art Job es sich handeln würde. Nach dem, was Tristan zu mir gesagt hatte, würde es sich sicherlich um einen Einbruch handeln. Was ich wohl stehlen sollte? Es könnte alles sein, von Geld über Schmuck bis hin zu rein persönlichen Dingen hatte ich schon alles erlebt. Es würde kein Problem für mich sein, ich war schließlich eine Meisterdiebin.
Ich saß eine Weile lang da und trank meinen Wein, als sich jemand mir gegenüber hinsetzte. Ich sah auf und blickte in das schmale Gesicht einer Frau mit kurzen, roten Haaren und goldgelben Augen, die mich forschend musterten. Ich begegnete ihrem Blick stirnrunzelnd.
„Du wurdest von Tristan geschickt?", fragte die Frau mich forsch.

„Und du bist?", entgegnete ich und lehnte mich leicht vor. Sie überschlug ihre Beine, legte ihre Tasche auf den Tisch und holte ein paar Zettel hervor.

„Luna", antwortete sie knapp und schob mir die Zettel hin. „Tristan sagte, dass ich dir vertrauen kann. Ich hoffe, er irrt sich nicht. Lies das."

Ich nahm die Zettel in die Hand und überflog sie. Es ging um einen detaillierten Einbruchsplan, dabei war eine Karte des Museums für Kunst und Geschichte.

„Und was willst du davon haben? Ich kann nachts einfach rein und wieder raus, dafür brauche ich keinen Einbruchsplan."

„So einfach ist der Job nicht. Der Arbeitgeber hat ein Replikat anfertigen lassen. Es soll mit dem Gegenstand getauscht werden. Es darf unter keinen Umständen auffallen, dass das Original fehlt", erklärte Luna gedehnt. Sie zeigte mir ein Bild von dem Gegenstand. Es war eine kleine, goldene Taschenuhr, kaum weiter auffällig.

„Und warum darf es unter keinen Umständen auffallen?", fragte ich und zog dabei die Augenbraue hoch.

„Weil wir beide dann kein Geld bekommen. Einen anderen Grund brauche ich nicht."

„Schön, und wer ist der Arbeitgeber? Wenn du es anscheinend nicht bist?"

„Das ist nicht weiter wichtig, solange Tristan ihm vertraut. Der Auftrag kam über mehrere Ecken. Muss wichtig sein. Die Belohnung ist angemessen."

„Wie viel bekommen wir denn?"

„Genug, damit du dir dein ausschweifendes Leben weiter leisten kannst."

„Was soll das denn heißen? Du kennst mich nicht.“
„Aber ich kann dich sehen. Und riechen. Du stinkst nach
Luxusleben.“
„Ich weiß nicht, ob das jetzt eine Beleidigung sein sollte.“
Luna zuckte nur die Schultern und stand auf.
„Heute Nacht, Treffen am markierten Punkt. Keine Al-
leingänge. Ich müsste mich mit dir duellieren, wenn ich
das Geld nicht kriege, und wenn ich einmal die Fährte
aufgenommen habe, jage ich mein Ziel, bis ich es habe.“
Mit diesen freundlichen Worten verließ die Frau das Ge-
bäude. Ich trank in Ruhe mein Glas leer und studierte die
Pläne. Sie wollte die Sicherheitskameras ausschalten, während ich das Replikat gegen die echte Uhr tauschen sollte.
Das und noch etwas mehr stand dort, aber meine Aufgabe beschränkte sich tatsächlich darauf: Die Uhr unbemerkt auszutauschen. Etwas, das ich schon hunderte
Male getan hatte. Es sollte ein leichtes Spiel werden.

Einige Stunden später stand ich am vereinbarten Ort, versteckt in den Schatten. Es dauerte nicht lange, bis ich eine
Gestalt bemerkte. Erst sah es aus, als käme ein großer
Hund auf mich zu, doch dann trat Luna an mich heran
und musterte mich. Sie trug dunkle, enganliegende Kleidung und einen Gürtel mit mehreren Taschen. Ihre
Haare waren unter einem schwarzen Tuch verborgen.
Ich selbst hatte mich für meinen Leder-Zweiteiler ent-
schieden und meine wilden Locken zu einem groben
Zopf geflochten. Trotz meiner hohen Schuhe, in denen
ich erstaunlich leise schleichen konnte, war ich kleiner als
meine Komplizin. Sie musterte mich kurz und drückte

mir dann eine kleine Box in die Hand. Ich öffnete sie und fand darin das Replikat, wie ich vermutete.

„Da Tristan dir vertraut, werde ich das auch tun. Denk daran, wenn wir auffliegen oder etwas nicht nach Plan verläuft, bekommt keine von uns eine Belohnung. Bist du bereit?“

„Bin ich. Ich reise in das Museum, an die angegebene Stelle und warte auf das Zeichen… Ein Heulen? Dann weiß ich, dass die Kameras abgeschaltet und die Wächter woanders sind.“

„Einfach, oder? Das Einzige, was du vergessen hast, ist der Schlüssel.“

„Der… Achso, für den Glaskasten.“

„Du musst ihn aus dem Schlüsselkasten holen.“

„Aber dafür brauche ich auch einen Schlüssel.“

Luna hielt kurz inne, kramte dann in einer Tasche und holte einen Schlüssel heraus.

„Der müsste für den Schlüsselkasten sein.“

„Und wenn nicht?“

„Dann musst du den richtigen finden. Ich kann Zeit schinden, aber nicht ewig. Jetzt geh endlich, und denk an den Plan.“

Die hatte gut reden, gibt mir einen Plan und vergisst das wichtigste Detail. Aber ich verschmolz mit den Schatten und suchte mir meinen Weg in das Museum hinein.
Da die wichtigen Punkte markiert waren, schaffte ich es, den Schlüsselkasten zu finden. Dummerweise stand eine Frau von der Security davor und erschwerte mir meine Arbeit. Ich blieb in den Schatten und beobachtete sie, dachte an meine Überlegungen zu der Brosche. Es wäre

die perfekte Gelegenheit, neue Fähigkeiten zu erproben und zu entdecken, doch Luna meinte, sie würde die Wachleute ablenken.

Doch warum nicht einfach etwas ausprobieren?

Nein, das war nicht der rechte Zeitpunkt.

Warum an die Abmachungen halten?

Einmal, dieses eine Mal würde ich im Team arbeiten. Tristan zuliebe.

Warum nicht diese Uhr stehlen und selbst behalten?

Was sollte ich mit einer Uhr? Selbst wenn sie besonders wäre, wüsste ich nicht, auf welche Art ich das erkennen sollte. Die Belohnung würde mir mehr bringen.

Was, wenn du abgezogen wirst? Wenn du reingelegt wirst?

Ich würde Luna vertrauen. Weil Tristan ihr vertraut und ich Tristan vertraue.

Die Stimmen in mir beruhigten sich langsam, als die Wärterin sich bewegte und den Raum verließ. Dabei hielt sie ihre Hand ans Ohr, vielleicht hatte sie dort einen Kommunikator.

Zumindest war nach kurzer Zeit der Raum leer und ich trat an den Schlüsselkasten heran, steckte den Schlüssel ins Schloss und drehte ihn. Die Tür ging problemlos auf, was mich verwunderte. In einer Stadt mit Besonderen, sollten da die Sicherheitsmaßnahmen nicht besser sein? An den Schlüsseln im Kasten standen verschiedene Nummern. Ich sah auf meinen Plan und wählte den Schlüssel, dessen Nummer mit der der Vitrine zusammenpasste, in der die Uhr aufbewahrt war.

Zu einfach. Zu fahrlässig.

Ich wurde das Gefühl nicht los, dass etwas faul war. Aber
vielleicht war dieses Museum wirklich blauäugig und
machte sich wenig Sorgen um einen Raub.
Es war nicht mein Problem. Ich würde dem Plan folgen
und zu meiner nächsten Station gehen.
Versteckt in den Schatten, auf ein Heulen wartend.

Ich erinnerte mich, dass ich schon mal hier gewesen war.
Als Kind, mit meinen Eltern. Die Erinnerungen kamen
mir, während ich in dem großen Saal stand, in dem die
gesamte Geschichte von Flumes aufgebahrt zu sein
schien.
Zumindest ein kleiner Teil der Geschichte.
Ich hatte nie verstanden, wie die verschiedenen Gemälde
und Gegenstände zusammenpassten. Zeitlich machte es
teils große Sprünge, nicht alles war besonders oder magisch. Die Geschichte zur königlichen Familie war in einem anderen Raum und auch Politik und Kriege waren
woanders.
Dieser Raum schien eine seltsame Ansammlung histori-
scher Fundstücke zu beinhalten, die aus unterschiedlichen
Epochen entstammten und nichts gemein hatten.
Oder war in diesem Raum doch alles magisch?
Woran sah man überhaupt, ob ein Gegenstand magisch
war? Meiner Brosche sah man es auch nicht an. Ich…
spürte es nur.
Wenn ich also gleich diese Uhr in die Hand nähme,
würde ich vielleicht auch etwas spüren? Vorausgesetzt,
die Uhr war magisch. Aber weswegen sollte man sie auch
sonst stehlen wollen? Als Nachfahre des ehemaligen Be-

sitzers könnte man Anspruch auf den Gegenstand erheben, und ein Sammler hätte genug Geld, um sie dem Museum abzukaufen.

Warum durfte niemand erfahren, dass die Uhr überhaupt weg war? Würde sie jemand verkaufen wollen, ginge es um mehr als nur die Uhr.

Ich machte mir zu viele Gedanken. Es sollte mir egal sein, weswegen ich diese Uhr stahl. Es sollte mir nur um die Belohnung gehen.

Dafür war ich eine Diebin. Für das Geld, für die Bezahlung. Und weil ich gut darin war. Das war ich schon immer gewesen.

Ich betrachtete meine Hände, löste mich langsam zu Schatten auf und verfestigte mich wieder, probierte ein wenig aus, ob ich mich auch teilweise verwandeln konnte. Bevor ich die Brosche, sagen wir, gefunden hatte, war mir nicht bewusst gewesen, dass sich meine Kräfte auch verändern und sogar ausweiten konnten. Es erstaunte mich, wie viel so ein kleiner Gegenstand bewirken konnte. Ich hatte Magie immer als starr und von Geburt an unveränderlich angesehen, nur um jetzt zu erfahren, dass es gar nicht so war. Hätten sich meine Fähigkeiten auch ohne ein Artefakt verändern können, wenn ich es nur versucht hätte?

Während ich wartete und meinen Gedanken nachhing, fiel mir plötzlich ein Gemälde auf, das etwas versteckt an der Wand hing. Es zeigte eine Art felsiges Ufer, das von einer hohen Welle überspült wurde. Das Ufer war geformt wie ein Kreis, in dem eine rote Suppe brodelte, vermutlich Lava. Und über dieser Lava, die kurz davor war, von der riesigen Welle überschwemmt zu werden, schwebten drei Gegenstände. Das eine war ein weißer Stab, in dem, wenn man genau hinschaute, kleine Zeichen eingraviert waren. Das zweite war ein ineinander gewundener Ring in Silber und Gold und das dritte war ein Edelstein, der die Farben der Naturgewalten reflektierte. Zwischen den Gegenständen schien ein Band aus Licht gespannt zu sein, welches Stab, Ringe und Kristall miteinander verband und zueinander zog.

Unbewusst war ich näher an das Gemälde herangerückt. Langsam holte ich meine Brosche aus der Tasche und betrachtete sie. Der Kristall, der dort auf dem Bild funkelte, sah fast so aus wie der in der Brosche. Jedoch leuchtete meiner schwarz anstatt bunt. Aber ich hatte das Gefühl, dass es genau der gleiche Kristall sein könnte.

Ich begutachtete erneut das Gemälde und entdeckte am Rand einige Schriftzeichen. Die Schrift war alt, noch von vor der Zeit, als ganz Lazur eine Universalsprache erhalten hatte. Es war eine der Schriften, die früher von den Besonderen in dieser Gegend gesprochen worden war. Es war ein paar Jahre her, seit ich sie zuletzt aktiv gelesen hatte, doch ich konnte mich noch an einiges erinnern von dem, was die Ordensschwestern mir beigebracht hatten.

„Aus den Naturgewalten erschaffen, von den Naturgewalten zerstört. Im Einklang kann es viel bewirken oder viel Leid bringen."

Das waren die Worte, die das Bild beschrieben. Ich nahm an, dass es die drei Gegenstände beschrieb und dass diese aus dem Zusammenspiel der Elemente entstanden waren. Oder mithilfe aller Elemente zusammengesetzt werden könnten. Wenn man also die Elemente brauchte, um die

Gegenstände zusammenzusetzen, müsste dieses Zusammengesetzte mit den Elementen wieder zerstört werden. Warum sollte man es denn zerstören wollen? Was war *es* überhaupt? Ein Stab, Ringe und ein Edelstein… Vermutlich ein Zepter?

Ein Heulen zerriss die Stille und holte mich aus meinen Gedanken. Allerdings dauerte es einen kurzen Moment, bevor ich mich daran erinnerte, dass dies mein Zeichen war. Ich sah mich um, bevor ich zu der Vitrine lief, in der die Uhr ruhte. Sie war klein und unscheinbar, in einem matten Gold mit eingravierten Blumen. Vorsichtig schloss ich die Vitrine auf und holte die Taschenuhr hinaus, bevor ich das Replikat auf dem samtenen Polster bettete. Die echte Uhr steckte ich in das vorgesehene Kästchen, steckte dieses in meine Tasche und verschloss die Vitrine wieder. Es wirkte, als wäre nie etwas abhandengekommen. *Zu einfach,* dachte ich, als ich mich in einen Schatten verwandelte und zurück in den Raum reiste, aus dem ich den Schlüssel geholt hatte. Dort wartete meine rothaarige Komplizin bereits beinahe ungeduldig auf mich. Meine Gestalt verfestigte sich und ich hing seelenruhig den Schlüssel zurück.

„Können wir?", fragte Luna und tippte mit dem Fuß auf den Boden.

„Wenn du deine Aufgabe erledigt hast", gab ich nur zurück. Luna brummte etwas unverständliches, bevor sie meine ausgestreckte Hand ergriff. Ich berührte meine Brosche und gemeinsam verschwanden wir in den Schatten.

Kapitel 30 - Jack

Gut, dass Daniel mir Wechselkleidung gebracht hatte. Ich dachte zwar kurz über die Worte nach, die er mir an den Kopf geworfen hatte, doch ich musste mich später damit auseinandersetzen. Er würde mich schon nicht aus der gemeinsamen Wohnung schmeißen. Ich würde ihm die Situation erklären, wenn ich zurück kam, und dann würde er es schon verstehen.

 Nachdem ich mich umgezogen hatte, packte ich meine restlichen Sachen und was zu trinken in die Tasche und verließ so schnell und leise wie möglich das Krankenhaus. Sicherlich war es leichtsinnig von mir, auf die Worte eines Fremden zu hören, aber er hatte mich schließlich geheilt und ziemlich sicher auch das Feuer gelöscht, für das ich verantwortlich gewesen war. Er wollte meine Hilfe, aber vielleicht brachte der Auftrag mir ja auch Antworten.
Und ich hatte auch keine Lust, tatenlos in einem Krankenhausbett zu liegen, geplagt von Schmerzen und Alpträumen. Ganz im Gegenteil fühlte ich mich wach und voller Energie, mein Körper schien sich fließend und wie von selbst zu bewegen. Es schien, als hätte Indra mehr getan als bloß meine Wunde zu heilen.
Ob ich mit Wassermagie auch zu so etwas imstande wäre? Vermutlich nicht. Meine Magie konnte nicht heilen, sie konnte nur zerstören.
Kurz legte sich eine dunkle Wolke über meine Gedanken, doch schnell fokussierte ich mich wieder auf meine Aufgabe.

Schnell fand ich das Auto, einen braunen Geländewagen, sprang hinein und warf meine Tasche auf den Beifahrersitz, startete den Motor und fuhr los. Der Anfang war holprig, da ich eher selten selbst Auto fuhr, aber schnell gewöhnte ich mich wieder an das Gefühl und kurze Zeit später raste ich aus der Stadt hinaus und in Richtung Berge, immer am Fluss entlang. Der Verkehr wurde immer weniger, je weiter ich mich von der Stadt entfernte, bis ich irgendwann allein auf den dunklen Straßen war. Die Uhr zeigte mir 1:34 Uhr an. Im Radio kam größtenteils ruhige, belanglose Musik, unterbrochen von gelegentlichen Nachrichten über Unfälle, das Wetter oder politischen Themen. Meine Gedanken jedoch lagen nur bei dem, was mich erwarten würde. Ich sollte zur Quelle… und dann? Was würde mich dort erwarten? Ein Auftrag? Eine weitere Karte? Eine Falle?

Ich brauchte fast zwei Stunden, um den Fuß der Berge zu erreichen, der Fluss hatte sich mit der Zeit von der Straße abgewandt und war im Gebirge verschwunden. Von unten wirkte alles noch viel größer und beeindruckender, als wenn man von der Stadt aus hier hinüber blickte. Eine holprige Straße führte einen der Berge hinauf und ich sah viele Schilder, die zu verschiedenen Parkplätzen und Wanderwegen sowie Gasthäusern hindeuteten. Irgendwann las ich auch Beschilderungen, die zum Wasserfall führten. Ich fuhr immer höher, bis ich irgendwann auf einem Parkplatz halten musste. Die weiteren Wege waren zu eng oder abgesperrt. Also stieg ich aus, ein kalter Wind ließ mich kurz frösteln.

Ich nahm die Karte aus meiner Tasche und betrachtete sie. Ich müsste auf der Höhe des Wasserfalls sein. Von da aus sollte ich noch vielleicht drei Kilometer laufen müssen, bevor die Quelle zwischen Steinen entsprang. Ich dürfte höchstens eine Stunde brauchen bis dorthin, sofern ich mich nicht verlief. Ich trank kurz noch etwas und dann ging ich entschlossen los.

Natürlich verlief ich mich.
Die Schilder, die im Scheinwerferlicht so leicht zu lesen waren, waren um vier Uhr morgens in der Dunkelheit kaum von den Silhouetten der Bäume zu unterscheiden. Die Akkuladung meines Handys reichte nicht aus, um dauerhaft zu leuchten und eine andere Taschenlampe hatte ich nicht dabei. Ein Feuer traute ich mich kaum zu machen. Also taumelte ich orientierungslos durch die Nacht, während zusätzlich noch Nebel aufstieg und selbst das Mondlicht blockierte.
Nach einer Weile taten meine Füße weh, mein Rücken schmerzte und mein Hals fühlte sich trocken an. Ich merkte, wie gemütlich ich durch das Stadtleben geworden war, durch Aufzüge, Straßenbahnen und Taxis. Mit meinem Vater war ich als Jugendlicher viel gewandert, damals hätte mir das hier kaum was ausgemacht. Wenn ich wieder etwas Ruhe hatte, sollte ich ihn anrufen und nochmal das Wochenende mit ihm verbringen. Der Gedanke beschämte mich, dass ein fast 60-jähriger Mann fitter war als ich.
Nach einer weiteren Stunde ziellosem Umherirren glaubte ich, das Rauschen von Wasser zu hören. Aufgeregt lief ich in die Richtung des Geräusches und tatsächlich, ich hatte den Fluss wiedergefunden!

Nun, es sah eher aus wie ein Bach. War der Skyfall-Fluss wirklich so klein hier oben oder war ich vielleicht am ganz falschen Gewässer?

Ich sah mich nach einem Schild um. An Kreuzungen sollte es eigentlich immer Schilder geben. Der Nebel machte es schwerer, etwas zu finden, deswegen überwand ich mich und entzündete eine kleine Flamme. Sie erleichterte es mir, das Schild zu finden, nach dem ich suchte. Und dort stand es: Skyfall-Wasserfall: 4 Kilometer. Skyfall-Quelle: 1 Kilometer.

Anscheinend hatte ich mich ein wenig in den Kilometerzahlen vertan. Und war vermutlich unnötige Extrarunden gelaufen.

Ich hatte das Gefühl, dass über dem Nebel die Sonne schon längst aufgegangen sein musste. Ein Blick auf die Uhr bestätigte das. Es war beinahe sieben Uhr, ich war seit drei Stunden unterwegs. Wie konnte es sein, dass ich kaum Müdigkeit verspürte? Ganz im Gegenteil durchfloss mich vielmehr neue Energie, den letzten Kilometer nun in kürzester Zeit zu überwinden. Also joggte ich los, mein Herz pochte aufgeregt. Bald würde ich wissen, was mich erwartete.

Es dauerte nicht lange, bis ich an dem kleinen Teich ankam, aus dessen Mitte das Wasser hervorsprudelte. Der Nebel hatte sich etwas gelichtet, sodass ich die Gegend besser überblicken konnte. Doch außer der friedlichen Natur konnte ich nichts entdecken. Ich ging auf das Wasser zu und kniete mich hin. Vorsichtig berührte ich das kühle Nass, ließ meine Finger ein wenig hindurch gleiten, trank einen Schluck des kühlen Gebirgswassers. Doch ich wurde nicht schlau daraus, was genau ich hier tun sollte.

Also setzte ich mich hin und holte die Karte heraus, in der Hoffnung, dass sie mir weitere Hinweise gab. Doch die Karte sah noch genauso aus wie zuvor, sie zeigte mir die Berge, den Wasserfall und die Quelle, weiter nichts. Enttäuscht ließ ich die Karte sinken und sah hinauf in den Himmel. Was tat ich nur hier? Was hatte ich erwartet?

Alle Energie schien mich zu verlassen. Ich sank zurück, legte mich auf den matschigen Boden und schloss die Augen. In mir stieg eine Frage auf, die mich schon seit langem immer wieder beschäftigte. Warum war ich Detective geworden? Warum spielte ich mich als Superheld auf? Ich hätte Schauspieler bleiben können, dann hätte ich die Berühmtheit erreicht, die ich mir immer gewünscht hatte.

Du bist scheiße. Das ist keine echte Schauspielerei. Der kann ja noch nicht mal einen graden Satz rausbringen. Wo sind da die Emotionen?

Ja, stimmt. Deswegen war ich kein Schauspieler mehr. Solche Sätze hatte ich mir immer wieder anhören müssen, die ganzen drei Jahre meiner Jugend, in denen ich bei dieser doofen High-School-Serie Beasts mitgespielt hatte. Und jetzt hörte ich ähnliche Stimmen in meinem Kopf.

Nichts kriegst du auf die Kette. Fälle lösen und Verbrecher fangen kannst du nur in deinen Träumen. Du bringst nur Zerstörung mit deiner Magie. Geh nach Hause zurück, bevor du alles noch schlimmer machst.

Die Stimmen wurden immer lauter und gehässiger, bis ich mich mit einem Schrei aufsetzte. Meine Stimme hallte von den Bergen wider. Ein Windstoß fegte über mich hinweg, ich wusste nicht, ob er von mir oder von der Natur selbst kam, doch er erfasste die Karte und sie segelte ins Wasser. Bevor ich sie greifen und wieder hinausziehen konnte, war sie bereits völlig durchnässt und die Tinte verwischt. Frustriert legte ich sie auf den Boden. Jetzt konnte ich nichts mehr damit anfangen. Vielleicht sollte ich wirklich einfach nach Hause fahren und es bleiben lassen. Wieder kleinere Morde und Verbrechen lösen und Shadow jemandem überlassen, der mehr Ahnung hatte. Einem richtigen Superhelden, wenn es so einen überhaupt gab. Ich wollte die nasse Karte greifen und aufstehen, da bemerkte ich plötzlich, dass die Tinte gar nicht verwischt war. Vielmehr hatten sich die Linien verändert, neu geformt, zu einem neuen Weg gelegt.

Natürlich… Indra war ein Wassermagier. Er hatte die Karte so verzaubert, dass sie sich bei Kontakt mit Wasser veränderte, damit niemand vorher sehen konnte, wo das Ziel lag. Dass ich da nicht von selbst drauf gekommen war!

Aufgeregt sprang ich mit der Karte auf. Der Weg führte von der Quelle weg, in ein bewaldetes Tal zwischen den Bergen hinab. Ich sah mich um, der Nebel hatte sich mittlerweile gelichtet, sodass ich den Weg genau sehen konnte, dem ich folgen musste. Also verlor ich keine Zeit. Ich lief los, wieder wild entschlossen, diesen Auftrag zu beenden.

Die Sonne hatte das Tal noch nicht erreicht und der Wald lag im Dunkeln. Ich folgte der Karte Hügel hinauf und hinab, an Steinformationen und umgestürzten Bäumen vorbei, durch Dickicht und über kleine Lichtungen, bis ich irgendwann eine kleine Hütte fand. Hier sollte mein Ziel sein. Hatte mich Indra zu jemandem geschickt, der mir helfen konnte, oder sollte ich hier etwas abholen?

Ich sah erneut auf die Karte. Der Magier hatte mir gesagt, die Karte würde mir erklären, was ich hier holen sollte. Vielleicht musste ich sie nochmal in Wasser tauchen?

Ich ging um die Hütte herum und rief dabei: „Hallo? Ist hier jemand?" Doch ich bekam keine Antwort. Auf der Rückseite entdeckte ich aber einen kleinen Brunnen. Mithilfe des Eimers holte ich Wasser aus seinen Tiefen hervor und merkte dabei, wie durstig ich eigentlich war. Also trank ich erstmal etwas, bevor ich die Karte ins Wasser legte. Doch diesmal passierte nicht viel. Ich betrachtete die Karte genau, und endlich entdeckte ich ein kleines Detail, das ich vorher nicht gesehen hatte. Ein wenig von der Hütte entfernt waren zwei ineinander verschlungene Kreise erschienen. Sollten das Ringe sein?

Mir kam eine Erinnerung hoch. Auf dem Gemälde von König… Tupou, der mit dem Zepter. Adam hatte erzählt, dass das Zepter in drei Teile gespalten wurde. Und auf dem Gemälde war das Zepter dargestellt worden als ein Stab, auf dem ein Kristall thronte, befestigt durch… zwei Ringe, golden und silbern. Wollte die Karte mich zu diesen Ringen führen? Sollte ich die Ringe für Indra holen?

Warum wollte er die Ringe? Was konnten sie? Konnten sie die Magie ebenso verstärken wie der Kristall?

Mit einem Augenblinzeln konnte er einen Vulkan am anderen Ende der Welt ausbrechen lassen. So in etwa hatte Adam es doch beschrieben, oder? Also wurden die Fähigkeiten eines Besonderen nicht nur verstärkt, sondern auch ihre

Reichweite erweitert. Vielleicht hatten die verschiedenen
Teile also unterschiedliche Aufgaben, und zusammenge-
setzt hätten sie die ultimative Macht…
Sie durften also nicht in die falschen Hände geraten.
Doch vor wem musste ich mich in Acht nehmen?
Konnte ich wirklich jemandem trauen, den ich nicht
kannte?
Erstmal sollte ich den Hüter finden, dem die Ringe an-
vertraut worden waren. Wenn er die Ringe nämlich noch
hatte, warum sollte ich sie an mich nehmen? Ein Hüter
wusste schließlich am besten, wie er das ihm anvertraute
Artefakt verteidigte.

Also ging ich tiefer in den Wald hinein. Wenn ich den
Hüter fand, konnte ich ihm ja einfach sagen, dass er sich
woanders verstecken sollte. In Zuwen vielleicht, das war
weit weg und hatte auch schöne Berge, wie ich gehört
hatte. Oder er ging nach Bechar, dort war es zwar kalt,
aber da würde ihn immerhin niemand suchen.
Die Stelle, zu der ich gehen sollte, war nur einige hundert
Meter von der Hütte entfernt, doch dort angekommen
sah ich nur einige Bäume und einen Steinhaufen, der neben einer Felswand ruhte.
„Hallo?“ rief ich wieder, doch auch hier erhielt ich keine
Antwort. Ich ging etwas herum und sah mich genau um.
Etwas kam mir seltsam vor, doch ich wusste nicht, was.
Die Vögel zwitscherten noch genauso klar und durchei-
nander wie zuvor. Der Wind wehte sacht durch die Blät-
ter der Bäume. Tau glitzerte auf den Grashalmen und den
Blüten der Blumen. Und doch beschlich mich diese
dunkle Vorahnung. Ich umrundete den Felshaufen… und

musste einen überraschten Schrei unterdrücken. Dort, unter den Steinen begraben, lag ein Körper, teilweise angefressen, Maden krochen bereits über den Leichnam hinweg. Der ekelerregende Geruch nach Verwesung stach mir in die Nase und ich wich einige Schritte zurück. Die Leiche musste schon länger hier liegen, aber noch nicht lange genug, um vollständig zerfressen worden zu sein. Bis zur Brust war sie unter Steinen begraben, nur von den Armen bis zum Kopf lag sie frei. Es wirkte, als hätte diese Person mit all ihrer Kraft versucht, sich rauszukämpfen, bevor die Arme dann schließlich leblos zur Seite gefallen waren… ein aussichtsloser Kampf in der Tiefe des Waldes, ohne Hoffnung auf Rettung.
War dies der Hüter, den ich gesucht hatte? War ich zu spät?
Ich betrachtete die Hände des Mannes. Er trug Handschuhe, vielleicht hatte er etwas gesammelt, das er nicht mit bloßer Hand anfassen wollte. Ich kniete mich neben ihn, versuchte auszublenden, dass ich eine verwesende Leiche anfasste, es war schließlich nicht meine erste Leiche… Doch normalerweise war ich nicht für das Untersuchen der Leiche verantwortlich und meistens war sie auch noch um einiges frischer. Enthauptete Leichen machten mir weniger aus als zerfressene. Selbst Handschuhe beim Begutachten anzuhaben verringerte den Ekel zusätzlich. Doch den Luxus hatte ich nun mal nicht und ich würde deswegen heute nicht zum Weichei werden. Also zog ich der Person die Handschuhe aus und wurde von zwei Ringen angefunkelt. Silbern und golden, wie auf dem Gemälde. Ich hatte also recht gehabt.

Ich zog dem Mann die Ringe aus und steckte sie in meine
Tasche. Dann stand ich wieder auf, betrachtete den Ort
noch einmal, unschlüssig, was ich mit der Leiche machen
sollte. Doch ich konnte wohl nicht viel tun, außer zurück-
zukehren und die Ringe in Sicherheit zu bringen. Damit
die Arbeit dieses Hüters nicht umsonst gewesen war.

Kapitel 31 - Shadow

Wir gelangten durch die Schatten ins Freie. Es war noch immer dunkel und die Gasse hinter dem Museum war nur spärlich beleuchtet. Luna drehte sich zu mir.

„Gut gemacht. Wir sollten es geschafft haben."

Auch wenn ich das Gefühl hatte, dass wir es bei weitem noch nicht geschafft hatten, nickte ich.

„Sieht so aus. Und wo treffen wir uns mit unserem Arbeitgeber?"

„Mit dem wahrscheinlich gar nicht. Es wird einen Mittelsmann geben, der am Park auf uns wartet."

„In Ordnung. Dann nichts wie los."

Doch bevor wir losgehen konnten, geschah endlich das Unerwartete, auf das ich die ganze Zeit gewartet hatte. Eine Kugel aus Licht umschloss uns und blendete mich unangenehm. Automatisch griff ich zu meinen Messern, obwohl ich nichts sah außer Punkten, die vor meinen Augen tanzten. Luna beugte sich neben mir lauernd vor.

„Sieh an, sieh an. Da seid ihr ja endlich. Ich dachte schon, ihr würdet eurem hübschen Plan gar nicht folgen."

Als meine Augen sich an das Licht gewöhnt hatten, entdeckte ich die Gruppe, die um uns herumstand. Ganz vorne stand ein Mann, beinahe noch ein Junge, mit einem verschmitzten Grinsen und lockigen braunen Haaren. Er hatte die Hände lässig in den Hosentaschen vergraben und musterte uns.

„Ihr habt da etwas, dass ihr mir jetzt gerne übergeben dürft."

„Er ist nicht unser Arbeitgeber, oder?", fragte ich Luna.

„Sicher nicht. Anscheinend auch kein Bekannter von dir?", fragte sie zurück.

„Noch nie gesehen. Kämpfen wir?"

„Wenn du kannst", antwortete Luna spöttisch, aber keinesfalls abwertend. Wir hielten uns bereit.

Der Junge lachte.

„Zwei gegen zehn, das ist also deine Art von Überheblichkeit, von der mir erzählt wurde. Und dazu noch ein Gegner, der deine Schatten einfach neutralisieren kann. Jetzt gebt mir die Uhr, bevor noch etwas kaputt geht." Luna und ich warfen uns nur einen kurzen Blick zu. Wir machten uns bereit.

Unsere Gegner zückten ihre Waffen.

Ich griff an meine Brosche und die Lichtkugel zerbarst unter den Schatten, die ich beschwor. Luna sprang nach vorne. Im Sprung veränderte sich ihr Körper, verformte sich, ihr wuchs Fell. Ihr Gesicht wurde länger, ihre Zähne spitzer. Als sie auf einem unserer Feinde landete, war sie bereits in der Gestalt einer graubraunen Wölfin mit stechend gelben Augen. Sie versenkte ihre Zähne in dem Hals ihres Opfers, der nur noch gurgelnd schreien konnte.

Währenddessen wurde ich eins mit der Dunkelheit, sprang von Gegner zu Gegner und stach ihnen meine Messer in die unterschiedlichsten Körperstellen. Doch ich wurde von Kugeln aus Licht verfolgt, die ein Netz um mich zu spannen versuchten. Ich versuchte zu erkennen, welcher der Gegner der Lichtmagier war, doch ich hatte nicht genug Zeit, um das herauszufinden, als mich ein

Lichtfaden erwischte und Schmerz an meinem Arm hinterließ wie bei einer Verbrennung. Ich sprang zurück, in einen Schatten hinein, vergrößerte diesen um mich herum und wieder zerbarsten die Lichtbälle. Doch dabei wurde ich merklich erschöpfter. Ich müsste den Lichtmagier schnell ausschalten, sonst könnte ich sein Licht nicht abhalten.

Anscheinend hatte Luna den richtigen Riecher.

Die Angriffe der Leute um sie schienen ihr nichts auszumachen. Sie stieß jene beiseite, die ihr im Weg standen, und sprang einen Mann an, der weiter hinten gestanden hatte, im angeblichen Schutz seiner Gefährten. Ich sah nun, dass das Licht von ihm ausging. Er war so fokussiert auf mich gewesen, dass er Luna als Bedrohung erst wahrnahm, als sie bereits in seinen Oberschenkel biss und ihn zu Boden zerrte. Die Lichtkugeln zerstoben, als er sich schreiend unter der Wölfin windete und nach ihr trat. Ein anderer aus der Gruppe versuchte ihm mit einem Knüppel zur Hilfe zu eilen, doch ich zog eines meiner Wurfmesser und warf es mit absoluter Präzision. Das Messer bohrte sich in seinen Rücken und er fiel mit einem Schreien auf die Knie. Ich lief zu ihm, um mein Messer aus ihm herauszuziehen und um sicherzugehen, dass er liegen blieb. Doch als ich gerade erneut zustechen wollte, traf mich ein Schlag gegen den Rücken und ich stolperte keuchend vorwärts. Der Schmerz zuckte durch meinen ganzen Rücken hindurch und zog sich bis in Arme und Beine. Kurz fühlte ich mich wie betäubt. Ich konnte mich nicht rühren. Der Schmerz lähmte mich, anscheinend hatte mein Angreifer einen Nerv getroffen. Deswegen fiel

es mir auch schwer, mich zu wehren, als eine Hand meinen Zopf packte und mich nach hinten zog. Der Geruch von holzigem Deo, welches mehr schlecht als recht den Schweißgeruch zu überdecken versuchte, stach mir unangenehm in der Nase. Das Gesicht des Jungen schob sich in mein Blickfeld. Mittlerweile lächelte er nicht mehr.
„Es reicht jetzt. Die Uhr, rück sie raus."
Ich drehte den Kopf, doch er zog meinen Kopf weiter nach hinten. Mit der anderen Hand begann er, meine Taschen abzutasten. Mir wurde heiß, mein Herz klopfte wie wild. Ich konnte es nicht ausstehen, gegen meinen Willen berührt zu werden. Und noch weniger konnte ich es ausstehen, mich hilflos zu fühlen. Doch langsam kam wieder Gefühl in meine Glieder. Meine Hand zuckte, krampfte sich fest um das Messer, das ich noch immer in der Hand hielt. Und bevor ich darüber nachdenken konnte, stach ich in Richtung seines Beines. Allerdings traf ich nicht auf Widerstand. Mein Angriff glitt einfach durch ihn hindurch. Gleichzeitig löste sich der Griff um meine Haare und ich stolperte nach vorne. Ruckartig drehte ich mich um und starrte meinen Angreifer lauernd an. Seine Gestalt schien wie durchsichtig, als wäre er gar nicht richtig da. Nur langsam verfestigte er sich wieder und drehte seinen Knüppel lässig in der Luft.
„Du erholst dich schnell. Aber früher oder später wirst du unterliegen", sagte er mit einem Grinsen. Ich ersparte mir eine Antwort, versuchte stattdessen, nach Luna Ausschau zu halten, ohne ihn aus dem Blick zu lassen. War noch jemand da, außer diesem merkwürdigen Anführer?

Luna sprang neben mich, mit gebleckten Zähnen fixierte
sie den Jungen vor uns. Die Ohren hatte sie angelegt, ihr
Körper war angespannt. In diesem Moment erinnerte sie
mich an Tristan, als er mir beigebracht hatte, mich zu verwandeln und zu kämpfen. Langsam zählte ich eins und
eins zusammen, dachte an die wenigen Bilder, die in Tristans Wohnung gehangen hatten. Tristan hatte eine Tochter, die älter war als ich, sie hatte nicht mehr bei ihm gewohnt, als ich bei Tristan Unterschlupf gefunden hatte.
Das Kind auf den Bildern hatte lange braune Haare gehabt, aber ansonsten sah sie in meinen Erinnerungen aus,
wie ich mir Lunas jüngere Version vorstellte. Seltsam,
dass mir das erst jetzt auffiel. Sie hatte mir aber auch
nicht erzählt, dass sie eine Voltin mit der Gestalt eines
Wolfes war. Und keiner von beiden hatte mir von ihrem
Verwandtschaftsverhältnis erzählt. Irgendwie war ich beleidigt. Ich kannte Tristan seit Jahren, er hatte mir vieles
von dem beigebracht, was ich wusste und konnte, hatte
mich zu der gemacht, die ich jetzt war. Und jetzt hatte er
mir einen Auftrag mit seiner Tochter besorgt und mir
nicht mal erzählt, dass es seine Tochter war!
Und weil ich schon wieder zu viel nachdachte, sah ich
den Angriff nicht kommen.
Der braunhaarige Bengel rannte auf uns zu, schwang seinen Knüppel, der angefangen hatte zu leuchten, und ließ
ihn auf mich hinabsausen. Doch bevor er mich erwischen
konnte, sprang Luna mit einem Knurren in den Weg und
stieß den Angreifer um. Im Gerangel traf der Knüppel
Lunas Flanke und sie fiel mit einem Fiepen zur Seite. Das
Leuchten des Knüppels war erloschen, dafür sah Luna
nun aus, wie ich mich zuvor gefühlt hatte – wie gelähmt.

Während der Angreifer sich aufrappelte, sprang ich zu
Luna und brachte sie mithilfe der Schatten aus seiner
Reichweite. Der junge Mann grinste, mittlerweile strahlte
er etwas Wahnsinniges aus.
„Ihr habt doch gar keine Ahnung, wie ihr mit magischen
Artefakten umgehen müsst! Dagegen bin ich, Antonio
Bourevard, ein Meister der Artefaktnutzung! Deswegen
werdet ihr mir jetzt auch diese Uhr geben!"
Antonios Augen leuchteten wahnsinnig, als er einen Gegenstand aus seiner Jackentasche zog. Währenddessen
schwang er seinen Knüppel wieder lässig in der Luft. Ich
realisierte, dass der Knüppel ein Artefakt sein musste, das
durch Schwingen aufgeladen wurde und den Getroffenen
lähmen konnte. Also musste ich ihm den Knüppel irgendwie wegnehmen und gleichzeitig hoffen, dass Luna
sich ähnlich schnell erholte wie ich.

Antonio drehte den kleinen Gegenstand in seiner Hand,
während er auf uns zu geschlendert kam.
„Du hast mehr als ein Artefakt bei dir. Das kann ich spüren. Ich spüre die Energie, die von ihnen ausgeht." Er
neigte den Kopf leicht, musterte mich, während ich mich
zwischen ihn und Luna stellte, zwei meiner Messer an-
griffsbereit in den Händen haltend.
„Du weißt gar nicht, wie du sie richtig benutzt, oder? Bist
dir der Macht noch nicht richtig bewusst, die du damit er-
langen könntest. Bei mir sind sie besser aufgehoben – gib
sie mir, und ich lasse euch am Leben."

„Das ist ein trauriges Tauschgeschäft, Kleiner. Ein Dieb
würde niemals seine Beute aufgeben, nur damit er vielleicht am Leben bleibt." Ich beugte mich vor. „Dafür
sind wir zu stolz."

Sein Blick durchbohrte mich. Der Knüppel fing bereits
wieder an, schwach zu leuchten. Ich hatte also keine Zeit
zu verlieren.

Ich spürte die Brosche an meiner Seite pulsieren, wo sie
darauf wartete, dass ich mich ihrer Macht bediente. Wenn
ich sie berührte, konnte ich sie kontrolliert einsetzen, aber
sie funktionierte auch ohne Berührung, zu dem Schluss
war ich bisher gekommen. Sie reagierte auf meine Ge-
fühle. Sollte sie dann nicht auch funktionieren, wenn ich
klar etwas verlangte? Es könnte chaotisch werden und
mich viel Kraft kosten, aber ich konnte Luna und mir genug Zeit verschaffen, um vielleicht zu entkommen.

Also konzentrierte ich mich auf die Brosche, auf die
Wärme, die sie ausstrahlte, spürte ihre Macht, die sich
meiner Energie bedienen wollte. Ich ließ zu, dass sie die
Kontrolle über meine Fähigkeiten übernahm. Die Schatten um mich wogten wie wild gewordene Wellen, vergrö-
ßerten sich, breiteten sich aus. Sie verschluckten das Licht
der Straßenlampen und sogar das Licht des Mondes. Es
war dunkler als je zuvor. Eine angenehme Ruhe überkam
mich. Plötzlich war das Gefühl der Unruhe und Anspannung, an die ich mich seit Jahren so gewöhnt hatte, wie
weggeblasen. Fühlte sie sich so an, die ewige Nacht?

Die Ruhe sorgte dafür, dass meine Gedanken klarer wurden, meine Sinne schärfer. Die Farben um mich herum
waren zwar verschwunden, dafür war jede Kontur klar

und deutlich. Deswegen konnte ich auch genau beobachten, wie Antonio orientierungslos hin und her blickte und seinen Knüppel wie wild durch die Luft schlug. Ich passte den richtigen Moment ab, glitt durch die Schatten auf ihn zu und zielte auf sein Herz – doch mein Messer glitt einfach durch ihn hindurch. Er bewegte sich mit einem Lachen zur Seite, seine Gestalt flackerte, wurde verschwommen und wieder fester. Ich griff erneut an, musste dabei aber seinem Knüppel ausweichen und streifte nur leicht seine Schulter. Es schien ihm kaum etwas auszumachen. Ich dagegen spürte bereits die Müdigkeit, es fiel mir schwerer, die Dunkelheit aufrecht zu erhalten. Ich holte tief Luft, sammelte meine letzte Energie. Es war schwer, ihn zu attackieren, aber wenn er durchlässig wurde, konnte er selbst auch nicht angreifen. Es war eine Pattsituation, aus der er sich immer wieder herauswagen musste. Er kannte sich zwar angeblich mit Artefakten aus, aber er konnte nicht wissen, wie die Brosche funktionierte, oder? Ansonsten könnte er auf Zeit spielen und ich hätte verloren.

Aber eigentlich spielte auch ich auf Zeit, vertraute darauf, dass Luna sich wieder erholte.

Als ich wieder zur Ruhe gekommen war, griff ich erneut an, stach nach ihm, verschwand in den Schatten, stach erneut zu. Irgendwann würde er aus seiner Deckung herauskommen und ich wäre im Vorteil, weil ich mit meinen Messern näher an ihm dran war und er mit seinem Knüppel ausholen musste. Und endlich verfestigte er sich wieder, um seinen Knüppel zu schwingen und ich stach zu und durchbohrte seine Hand. Der Knüppel fiel aus seiner Hand, sein Blick wirkte überrascht, aber er schien keine

Schmerzen zu haben. Ich ergriff den Knüppel, sprang zurück zu Luna, die sich langsam aufrappelte. Als ich neben ihr ankam, zerstob die Dunkelheit wie ein Ballon, der zerplatzte, und ich fiel auf die Knie. Meine Augenlider wurden schwer, mein gesamter Körper fühlte sich träge an. Luna knurrte mich ungeduldig an, schüttelte ihr Fell und schob sich dann vor mich, den Blick auf Antonio gerichtet.

Dieser schaute seine Hand an, bevor er langsam aufsah und ein verrücktes Lachen ausstieß.
„Da hast du ganz schön viel Kraft verbraucht, nur um mich zu entwaffnen. Aber du denkst doch nicht, ich hätte schon alles ausgespielt? Ich bin nicht umsonst ein Meister der Artefakte!" Seine Stimme wurde immer lauter, beinahe schrill und er warf den Gegenstand, mit dem er zuvor gespielt hatte, schwungvoll in die Luft. Der Gegenstand glänzte und ich konnte kurz erkennen, dass es eine Goldmünze war, bevor sie plötzlich in der Luft zu tausenden kleinen Partikeln explodierte. Die Partikel rieselten auf die Körper der toten Bandenmitglieder hinab, setzten sich fest und begannen zu leuchten. Ich zwang mich, aufzustehen, mein Körper begann zu zittern, wusste noch vor mir selbst, dass jetzt etwas Furchtbares geschehen würde.
Die Leichen begannen zu erzittern. Eine nach der anderen bewegte sich, streckte ihre Glieder in unnatürlichen Bewegungen von sich, bevor sie sich alle langsam aufrichteten, als würden sie von unsichtbaren Fäden gezogen. Plötzlich standen sie alle wieder vor uns, hielten ihre

Waffen in den Händen, doch ihre Augen waren trüb und leblos.

Ich wandte mich an Luna, den Blick noch immer auf die Wesen vor uns gerichtet.

„Wir müssen hier weg. Ich kann nicht nochmal gegen so viele kämpfen", flüsterte ich, während ich mit ansah, wie unsere Gegner langsam vorwärts humpelten. Ihr Vormarsch wurde von dem wahnsinnigen Lachen ihres Anführers begleitet. Ich sah an den Untoten vorbei zu Antonio und fragte mich, ob der Tod seiner Bande die ganze Zeit sein Plan gewesen war, nur um diese seltsame Nekromanten-Münze einsetzen zu können. Ich war noch nie jemandem begegnet, der Tote wiederbelebt hätte, und dass es ihm gelungen war, beunruhigte mich. Das sollte nicht funktionieren, niemand konnte von den Toten wiederkehren.

Vermutlich waren sie auch gar nicht wiedergekehrt. Für mich sah es eher so aus, als würde eine fremde Macht diese Körper steuern, doch das Leben war ihnen bereits entwichen.

Der erste Untote gelangte in unsere Reichweite und ich stieß ihm mein Messer in die Brust, als er zu einem Schlag ausholte. Doch seine Faust bewegte sich einfach weiter auf mich zu und traf mich an der Schulter, weil ich zu langsam auswich. Hinter ihm kam ein weiterer Körper auf mich zu, schwang seinen Schläger, allerdings recht unpräzise. Ich trat zurück und sah kurz zu Luna, die die Lage anscheinend noch zu analysieren versuchte.

„Sag bitte, dass du einen Plan hast", sagte ich zu der Wölfin, weil ich das Gefühl hatte, dass sie wesentlich geübter darin war, Pläne zu erstellen, als ich. Sie legte jedoch nur den Kopf schief und antwortete mir nicht – wie hätte sie das auch als Wolf tun sollen?

Ich wich einem Schläger aus, preschte nach vorn und stieß jemandem mein Messer tief in den Bauch, um es dann zur Seite wegzuziehen und seinen gesamten Bauch aufzuschlitzen. Blut floss hervor und seine Gedärme stülpten sich nach draußen, doch noch immer schwang er seinen Schläger und versuchte, mich zu treffen. Ich ließ mich fallen, um ihm auszuweichen, und rollte mich aus seiner Reichweite, bevor ich wieder aufsprang. Luna währenddessen verbiss sich in dem Bein eines Angreifers und schwang ihn wie eine Puppe durch die Luft, bevor sie losließ und er ein paar Meter weiter auf dem Boden landete. Sein Körper zuckte, doch langsam stand er wieder auf und humpelte zurück in unsere Richtung. In meinem Körper kämpfte gerade das Adrenalin gegen die Müdigkeit an, ich riss die Augen auf spannte mich an. Mir war heiß, gleichzeitig spürte ich den kalten Schweiß in meinem Nacken. Meine Brust hob und senkte sich in unregelmäßigen Abständen, als hätte ich vergessen, wie man atmet. Die untoten Angreifer bildeten langsam einen Kreis um uns, versuchten uns zu umschließen. Ich stach und schnitt, wich Angriffen aus, stach und schnitt erneut. Luna biss in Beine, riss Gegner zu Boden oder schleuderte sie gegen andere Angreifer. Doch sie standen immer wieder auf und kamen unermüdlich auf uns zu. Es wirkte beinahe aussichtslos. Zwar waren die Untoten unkoordiniert und trafen nicht, andererseits starben sie auch nicht, wenn wir sie trafen. Und ich war müde, alles schmerzte, ich wollte einfach nur heim in mein großes, weiches Bett. An Lunas Körperhaltung merkte ich, dass es ihr ähnlich ging. Sie atmete schwer, ihre Zunge hing aus ihrem Maul hinaus. Plötzlich schüttelte sie sich, richtete sich auf, richtete ihren Kopf in Richtung Himmel und stieß ein ohrenbetäubendes Heulen aus. Ich wollte mir die Ohren zuhalten, so laut war es, doch ich merkte im letzten Moment, dass ich ja immer noch Messer in der Hand hielt. Also konzentrierte ich mich darauf, das Wurfmesser in den Kopf eines blonden Mannes zu verfrachten, dem dies wohl mehr wie ein schickes Accessoire als eine tödliche Waffe vorkam. Ich wirbelte mein langes, schwarzes Messer durch die Luft, zielte einfach auf alles, was in meine Nähe kam. Doch meine Bewegungen wurden langsam träge, ich wurde fast so langsam wie die Untoten.

Luna hingegen schien durch das Heulen mit neuer Energie gefüllt. Sie wirkte größer, ihre Zähne blitzten spitz und ihre Krallen schabten über den Boden, als sie sich hinkauerte und dann auf einen Angreifer drauf sprang, ihn zu Boden riss und ihre Zähne in seinem Gesicht vergrub. Ich hielt die anderen Untoten von ihr fern, während sie ihr Opfer zerpflückte. Einem Gegner hackte ich den Arm ab, der mit einem dumpfen Ton zu Boden fiel. Dort zuckte das Glied noch ein paar Mal, doch ich trat es weg und es erschlaffte. Der Einarmige dagegen schlug einfach mit seiner anderen Hand weiter. Seine Faust traf gegen mein Ohr und die Wucht überraschte mich, ich stolperte kurz. Dennoch schaffte ich es, sein Handgelenk zu greifen und ihm die Hand abzuschneiden. Sie fiel mir vor die Füße. Den restlichen Körper zog ich nach vorne und rammte mein Messer in dessen Nacken, stieß es so tief es ging hinein, bevor ich es schwungvoll drehte und zur Seite weg zog. Der Kopf kippte zur Seite, hing nur noch teilweise an dem restlichen Körper und offenbarte einen Springbrunnen aus Blut. Ich stieß ihn von mir, doch sein Blut war bereits überall. In dem Moment störte mich das jedoch wenig, ich hoffte viel mehr, dass er jetzt endlich liegen blieb.

Von Lunas Opfer war mittlerweile kaum noch etwas übrig. Sein Körper lag in Fetzen und eine dicke Blutlache bedeckte die Straße. Luna leckte sich über die Schnauze und sah sich um. Zwei bewegten sich nicht mehr, aber die anderen Sieben umringten uns noch immer und auch ihr verrückter Anführer stand noch lässig da und beobachtete das Schauspiel. Mir fiel plötzlich ein, dass ich doch seinen Knüppel mitgenommen hatte. Ich sah mich um und sah ihn neben Luna liegen, wich einem weiteren Schläger aus und ergriff den Knüppel. Wenn ich mit meinen Beobachtungen richtig lag, musste ich ihn in der Luft schwingen und er würde sich aufladen.

Also tat ich genau das und wehrte währenddessen Angriffe mit meinem Messer ab. Luna sprang einen weiteren Untoten an und grub Zähne und Klauen in ihn. Ich stieß gerade einen Körper weg, der mir unangenehm nah gekommen war, da kam auch schon ein anderer und fuchtelte mit einem Messer vor meiner Nase. Ich schnitt ihm den Unterarm ab und stieß dann in Richtung Herz, bevor mir wieder einfiel, dass das keine Wirkung zeigen würde. Verwirrt erstarrte ich in meiner Bewegung, war nicht sicher, ob ich die Bewegung dennoch weiter ausführen oder mich zurückziehen sollte. Es war meine eigene Schuld, dass ich getroffen wurde.

Ein Knüppel sauste auf meinen Arm nieder, in dessen Hand ich das Messer hielt. Mein Arm wurde taub und das Messer fiel mir aus der Hand und landete klirrend auf dem Boden. Stirnrunzelnd sah ich das Wesen an, das mich getroffen hatte, schwang den Knüppel durch die Luft und traf von unten gegen sein Kinn. Der Körper sackte einfach nach hinten um und blieb am Boden liegen. Ich lehnte mich auf den Knüppel und schüttelte meinen tauben Arm aus, war mehr genervt als verletzt. Ich wollte doch nur heim! Warum konnte dieser Kampf denn nicht aufhören?

Durch das Getümmel und den gewohnten Großstadtlärm nahm ich langsam neue Geräusche wahr. Ein Heulen ertönte in der Ferne, gefolgt von weiterem Heulen aus verschiedenen Richtungen. Ich sah kurz, wie Antonio sich genervt umsah, bevor sich ein neuer Untoter in mein Blickfeld schob. Er fuchtelte mit seinem Messer in Höhe meiner Schulter. Ich ging zurück, nur um im nächsten Moment von einem dumpfen Schmerz an meiner Hüfte überrumpelt zu werden. Ich drehte mich nach dem Angreifer um, der mich mit seinem Schläger getroffen hatte. Er erwiderte meinen Blick mit leblosen, milchigen Augen und holte erneut zu einem Schlag aus. Bevor er mich treffen konnte, durchfuhr mich bereits ein neuer Schmerz. Meine Schulter wurde warm und brannte, ich merkte das Blut, welches langsam herausquoll und meinen Rücken hinabfloss. Mein Gehirn war wie benebelt. Ich wusste nicht mehr, worauf ich mich konzentrieren, wen ich jetzt angreifen sollte. Mein Messer, wo war mein Messer?
Ich hatte noch die Brosche. Vielleicht könnte ich genug Kraft sammeln, um zu fliehen.

Aber ich konnte Luna nicht zurücklassen. Ohne sie würde ich keinen Kontakt zum Mittelsmann aufbauen können. Außerdem war sie Tristans Tochter, und Tristan war wie Familie für mich. Uns beide schaffte ich nicht hier raus. Luna schlug sich ganz gut, aber sie humpelte, wahrscheinlich hatte sie ebenfalls einen Schlag abbekommen.

Bis ich realisierte, dass ich ja immer noch angegriffen wurde, hatte der Schläger schon fast mein Gesicht erreicht. Ich hatte nur noch genug Zeit, die Arme hochzureißen – doch der Schlag kam nicht. Blinzend sah ich an meinen Armen vorbei. Der Untote lag auf dem Boden, über ihm ein großer, grauer Wolf, der ihn auseinanderriss. Ich sah mich um und erblickte weitere Wölfe, die sich der Untoten annahmen. Innerhalb weniger Sekunden konnte man die Fetzen am Boden kaum noch als Menschen erkennen. Ich stolperte ein wenig zurück, aus der Blutlache heraus, und beobachtete das Rudel. Der graue Wolf hatte sich schützend vor Luna und mich gestellt, während die restlichen vier Antonio umringten. Sie würden ihm nichts tun können, dachte ich bitter, und plumpste erschöpft auf den Boden. Luna verwandelte sich zurück und setzte sich neben mich, während sie sich das Bein rieb.

„Ich hab ja schon viel erlebt, aber Zombies waren mir neu", brummte sie.

„Du bist Tristans Tochter. Das ist er, stimmt doch?" Ich nickte in Richtung des grauen Wolfes. „Das letzte Mal hatte er noch brauneres Fell."

„Mhmpff." Luna streckte ihre Beine aus und verzog das Gesicht. „Das ist mein Rudel. Ich habe sie gerufen, als mir klar wurde, dass wir es nicht alleine da raus schaffen."

Die vier Wölfe knurrten den Artefaktsammler an, der aus irgendeinem Grund noch immer nicht geflohen war. Stattdessen schimmerte er durchsichtig und schien auf etwas zu warten.

„Wenn ich meine Kräfte anders eingeteilt hätte, hätten wir es vielleicht…"

„Ach, is doch jetzt egal. Wir leben noch, oder? Und diese Leute werden nicht nochmal auferstehen." Luna deutete auf die Leichenteile.

„Wir müssen das aufräumen. Sonst wars das mit dem unauffälligen." Ich versuchte aufzustehen, doch ich sank sofort wieder zu Boden. Luna sah mich stirnrunzelnd an.

„Du blutest ganz schön. Bleib mal lieber sitzen." Sie inspizierte mich, zog sich auf einmal das Oberteil aus und drückte den Stoff gegen meine Schulter. Ich blinzelte überrascht und starrte auf ihren schwarzen Spitzen-BH, bevor ich meinen Blick abwandte und wieder zu den anderen Anwesenden schaute. Dabei blickte ich direkt in Antonios Augen, der mich unverwandt anstarrte. Tristan schob sich vor mich und knurrte warnend.

Der Artefaktsammler sah sich um und schnaubte dann genervt.

„Das ist noch nicht vorbei! Ich bekomme was ich will. Immer." Langsam ging er rückwärts, durch einen der Wölfe hindurch, der sich verwirrt schüttelte und versuchte, nach ihm zu schnappen. Dann drehte er sich um und rannte davon. Die Wölfe setzten ihm nach, doch Tristan knurrte erneut und sie brachen die Verfolgung ab und bildeten einen Kreis um Luna und mich.

Langsam wurden meine Lider schwer. Mein Körper verlor seine Anspannung und ich sank gegen Luna.

„He… Versuch, wach zu bleiben, okay?", sagte die Ältere, während sie mich festhielt. „Du hast gut gekämpft, da wirst du jetzt auch noch durchhalten, klar?"

„Ich… will doch nur schlafen", murmelte ich, aber ich versuchte, die Augen offen zu halten. Meine Sicht war leicht verschwommen, doch ich sah, wie Tristan sich zurückverwandelte und sich vor mich kniete.

„Alles gut, kleiner Schatten. Ruh dich aus. Wir kümmern uns um dich."

Ich verlor den Kontakt zum Boden, wurde von zwei starken Armen gehalten. Ich fühlte mich, als würde ich mich durch die Luft bewegen, ich war wie schwerelos. Wurde ich getragen? Ich war 23, ich musste nicht getragen werden!

„Du wirst bald wieder fit sein, versprochen."

Ja, natürlich würde ich das! Warum sollte ich nicht wieder fit werden? Aber ich war so müde…

Bei Tristan war ich sicher. Er hatte immer auf mich aufgepasst. Ich konnte bei ihm ausruhen.

Schlafen… einfach… schlafen…

Kapitel 32 - Jack

Der Rückweg ging viel schneller als der Hinweg. Ich fühlte mich wie in einem Tunnel, nahm kaum etwas wahr, während ich mit dem Geländewagen in die Stadt zurück raste. Erst als ich schon mitten im Verkehr steckte, fiel mir auf, dass ich gar nicht wusste, wo ich eigentlich hin wollte? Nach Hause? Zurück zum Krankenhaus? Oder sollte ich nach Indra suchen, der mich hiermit beauftragt hatte?

Er hatte gewusst, dass dort ein Hüter lebte… gelebt hatte, wohl eher. Hatte er auch gewusst, dass die Ringe schutzlos gewesen waren? Wie viel hatte er mit alldem zu tun?

Ich konnte mir dutzende Erklärungen vorstellen. Ein Bösewicht, der mich benutzte, um an die Ringe heranzukommen oder selbst ein Hüter, der seine wahren Absichten nicht preisgeben konnte, aufgrund der Gefahr, Feinde auf sich aufmerksam zu machen. Bevor ich ihm also die Ringe gab, musste ich erst herausfinden, was er wirklich wollte.

Während meinen Überlegungen stellte sich mir eine andere Frage. Was konnten die Ringe?

Wenn sie ein Teil des Zepters waren, dass vor tausenden Jahren zerstört worden war, mussten sie eine eigene Macht besitzen, ähnlich wie die Brosche. Würden sie auch meine Kräfte verstärken?

Plötzlich entfachte in mir der Drang, die Ringe aus der Tasche zu nehmen und überzustreifen, doch ich hielt mich zurück. Sie könnten auch etwas ganz anderes bewirken. Vielleicht brachten sie Unglück und ich würde durch einen ähnlich miserablen Unfall sterben wie der vorherige Hüter. Solange ich nicht wusste, was passieren würde, ließ ich die Ringe lieber eingesteckt.

Irgendwann hielt ich auf einem Parkplatz an, um darüber nachzudenken, was ich jetzt machen sollte. Ich wollte wirklich gerne Indras Beweggründe erfahren, aber ich wusste ja nicht, wo er sich aufhielt. Ob es seine magische Karte wusste?
Ich holte das Blatt Papier aus meiner Tasche und betrachtete es lange. Noch zeigte es die Berge und das kleine Wäldchen, in dem ich zuletzt war. Langsam griff ich nach meiner Wasserflasche. Ich öffnete sie und bewegte meinen Finger über den Rand. Einige kleine Tropfen schwebten heraus und benetzten die Karte. Die Linien verformten sich erneut, bildeten Straßen und Gebäude. Ein Kreuz bildete sich über einer freien Fläche – einem Park. Er schien nicht weit von hier. Ich ließ also das Auto stehen und begab mich auf den Weg zu diesem Park. Während ich lief, verschlechterte sich das Wetter. Immer mehr dunkle Wolken zogen auf und die Luft wurde immer drückender und schwüler. Ein Gewitter brach herein. Einzelne Regentropfen fielen auf meinen Kopf hinab. Vor mir hörte ich das Rumpeln des Donners. Ich zog mir eine Kapuze über die blauen Haare und lief mit gesenktem Kopf weiter. Regentropfen benetzten die Karte in meiner Hand und die Linien verschwammen. Sie formten Symbole, die ich nicht verstand, doch ich hatte keine Zeit, sie zu entziffern. Blitze zuckten nun über den

Himmel und schlugen nur einige Meter von mir entfernt beinahe in ein Gebäude ein. Mittlerweile hatte ich das ungute Gefühl, dass das hier kein gewöhnliches Gewitter war. Ich lief schneller, joggte auf den dunklen Fleck zu, der das Zentrum des Unwetters zu sein schien. Der Regen wurde immer dichter, die Tropfen immer größer, sodass ich schließlich vollkommen durchnässt in dem Park ankam. Umgeben von Blitzen und Wolken sah ich etwas entfernt von mir zwei Gestalten, die sich gegenüber standen. Der eine war groß und alt, mit langem Bart und einer blauen Robe – das musste Indra sein. Die zweite Person jedoch erkannte ich nicht. Sie war kleiner, trug eine Kapuze und das Gesicht war verdeckt. Die schwarze Kleidung war wie mit Blitzen durchzogen. In der Hand hielt sie ein Schwert, das vor Elektrizität knisterte. Auf einmal stürmte der Unbekannte auf Indra zu, das Schwert erhoben. Er schwenkte es und Blitze zuckten durch die Luft, doch bevor er Indra treffen konnte, löste dieser sich zu Wassertropfen auf. Er tauchte hinter dem Angreifer wieder auf und formte eine Blase, die immer größer wurde und auf den anderen zuflog. Doch bevor die Blase den Mann in Schwarz umschließen konnte, durchbohrte dieser sie mit seinem Schwert und sie zerplatzte. Dabei wurde der Angreifer jedoch hinweg geschleudert, rollte sich ab und landete ein paar Meter entfernt in der Hocke. Er hob sein Schwert und rammte es in den Boden. Violette Linien schlängelten sich durch den Boden und auf Indra zu. Der Kampf schien schon länger zu laufen, denn Indra wirkte erschöpft. Er schaffte es nicht, die Elektrowellen abzuwehren, Blitze durchzuckten ihn und er fiel auf ein Knie. Der Angreifer richtete sich auf, zog sein Schwert aus der Erde und ging auf Indra zu.

Ich rannte los, auf den Kampf zu. Dabei streckte ich die Hand aus und formte einen Wirbelsturm, der sich auf den Fremden zubewegte. Der Sturm erfasste den Angreifer und schleuderte ihn von Indra weg. Dabei wurde ihm die Kapuze vom Kopf geblasen und enthüllte zwei blonde, dick geflochtene Zöpfe. War der Angreifer eine Frau? Und wenn ja, wer war sie? Und warum hatte sie es auf Indra abgesehen?

Ich erreichte Indra und kniete mich zu ihm. Er zitterte, als würden ihn noch immer Blitze durchzucken.

„Jack… hast du sie?", murmelte er, seine Stimme klang schwach.

„Was ist hier los?", stellte ich meine Gegenfrage. „Wer ist diese Person?"

Er gab mir keine Antwort darauf.

„Die Ringe… Benutze sie." Er griff meine Hand. „Beschütze sie, Kind des Sturmes."

Plötzlich schubste er mich weg und ich fiel zu Boden. Im gleichen Moment krachte ein großer, violetter Blitz in den alten Mann hinein und er fiel zu Boden, sein Körper verkohlt und leblos. Ich schrie auf und krabbelte zu ihm, doch es war zu spät. Sein letzter Atemzug war getan. Ich stand auf und drehte mich zu der Frau um, die den Blitz geschickt hatte. Durch ihre Maske konnte ich ihr Gesicht nicht erkennen, ich sah nur die Blitze in ihren Augen, mit denen sie mich reglos ansah. Ich griff in meine Tasche und streifte wie automatisch die Ringe über. Die Frau hob ihr Schwert und schickte mehrere Blitze auf mich zu.

Im gleichen Moment sammelte ich einen Sturm um mich, der die Blitze einfing. Ich bewegte die Hand nach vorn und der elektrisierte Tornado raste auf die Frau zu. Sie wich aus, doch der Tornado blieb an ihr dran. Sie schaute mich noch kurz an, dann rannte sie los und war schnell hinter einer Ecke verschwunden. Der Tornado verfolgte sie durch die Straßen. Selbst als ich ihn nicht mehr sah, spürte ich noch, wie die Magie an mir zog. Ich selbst hatte nicht die Kraft, ihr zu folgen. Ich war verwirrt, fühlte mich verloren.

Hatte er geplant, dass ich die Ringe holte, um der neue Hüter zu werden? Dazu war ich nicht geeignet. Wie sollte ich das schaffen? Ich hatte die Brosche verloren, die ich keinen Tag bei mir gehabt hatte. Die Ringe könnten mir jederzeit von den Fingern rutschen und in einen Gully fallen. Oder jemand trennte mir die Hände ab und nahm sie sich von meinen toten Fingern, bevor ich überhaupt reagieren konnte. Ich könnte in meinem Penthouse im Schlaf überfallen werden. Es wunderte mich eh, dass Shadow das nicht schon ausprobiert hatte, schließlich wusste sie, wo ich wohnte, und konnte doch durch die Schatten reisen. Ich war hier nicht sicher. Die Ringe waren nicht sicher.

Während ich überlegte, stand ich bereits auf. Alles fühlte sich taub an und kribbelte. Vielleicht noch Nachwirkungen von der Elektrizität, die hier in der Luft lag. Wie ferngesteuert lief ich zurück zum Auto, setzte mich, noch immer klitschnass, hinein und fuhr los, wieder hinaus aus der Stadt. Ich fuhr eine Strecke entlang, die ich noch nie mit dem Auto gefahren war, doch ich wusste instinktiv,

wo ich hinwollte und wo ich langmusste. Hügellandschaf-
ten und Seen flogen an mir vorbei, ich kam durch dichte
Wälder und kleine Ortschaften hindurch, während die
Sonne immer tiefer sank. Und so erreichte ich kurz vor
Abend das Schloss.

Das riesige Gebäude ragte dunkel vor mir auf. Ich hatte
das Gefühl, als würde etwas nicht stimmen, aber mein
Kopf dröhnte und ich konnte kaum noch klar denken.
Ich wusste nur, dass ich zu König Akihitu wollte. Er
würde wissen, was man mit den Ringen anfangen sollte.
Er könnte mir Klarheit bringen. Vielleicht hatte er eine
Idee, wie man die Ringe nutzen könnte, um Shadow an-
zulocken. Oder er könnte irgendwas anderes damit anfangen. Oder sperrte sie in einen Tresor. Es war mir egal.
Langsam merkte ich, dass das Ziehen in meiner Brust
nachgelassen hatte. Hatte meine Magie bis eben angehalten, obwohl sie nicht um mich herum war? Ich schaute
auf meine Ringe. Waren sie der Grund dafür? Vorher
hatte ich das nicht gekonnt, da wäre der Sturm verpufft,
sobald er um die Ecke gerast worden wäre.

Vulkane am anderen Ende der Welt brachen aus… Hatte
das nicht Adam gesagt, als er über König Tupou und das
Zepter gesprochen hatte? Ihm waren alle Naturgewalten
untertan gewesen. Wenn das wirklich stimmte, durfte das
Zepter nie zusammengesetzt werden.

Ich ging auf die Tore zu. Der Wächter dort, ein großer,
glatzköpfiger Mann, schien mich zu erkennen, denn er
ließ mich ohne weitere Fragen durch. Auch am Schlos-
seingang wurde ich nicht aufgehalten. Das verwirrte
mich, doch ich war zu aufgeregt, um mir darüber großartig Gedanken zu machen. Ich irrte durch das Schloss, bis

ich irgendwann die königlichen Gemächer erreichte.
Dort… warteten keine Wachen. Alles war still und verlassen. Vielleicht war der König gar nicht in seinen Gemächern? Vielleicht war er nicht mal im Schloss. Warum war ich so töricht gewesen, zu denken, der König wäre genau da, wo ich ihn vermutete?
Dennoch klopfte ich. Ich erhielt keine Antwort. Der Druck auf meiner Brust schien stärker zu werden, als wäre da diese Vorahnung, dass etwas ganz und gar nicht stimmte. Ein Gefühl, dass mich den ganzen Tag schon nicht los ließ. Einer Eingebung folgend stieß ich die Tür auf und betrat die Gemächer.

Der Raum, in den ich kam, war schlicht gehalten, völlig gegensätzlich zu dem Bild, was einem von königlichen Gemächern vermittelt wurde. Aber es passte zu Akihitu. Nur das nötigste, in ruhigen Farben. Ich ging tiefer in den Raum hinein, auf eine weitere Tür zu. Es war, als würde ich von Fäden gezogen, ohne freien Willen. Mein Herz pochte so laut, dass ich meine eigenen Schritte kaum hörte. Ich öffnete die zweite Tür – und mein Herzschlag setzte aus.
Auf dem Boden des Schlafzimmers lag König Akihitu, in seinem Rücken steckte ein Messer. Das weiße Hemd war um diese Stelle dunkelrot verfärbt und während ich geschockt auf den König blickte, wurde der Fleck immer größer. Ich rannte auf ihn zu. Sein Kopf war zur Seite gedreht und Haare fielen ihm ins Gesicht. Einzelne Strähnen bewegten sich leicht, er schien noch zu atmen.
„Majestät?", rief ich, während ich bereits nach einem Laken griff. Ohne nachzudenken ließ ich mich neben ihn

fallen und zog das Messer aus seinem Rücken. Ein Blutschwall kam mir entgegen und der König hustete. Blut tropfte von seinen Lippen. Ich presste das Laken auf die Wunde.

„Nein, Eure Hoheit... Halten Sie durch, ich hole Hilfe!", sagte ich zitternd zu dem König, doch ich traute mich kaum, von seiner Seite zu weichen. Ich musste doch irgendwie die Blutung stoppen!

„Mein... Sohn...", hörte ich den König leise flüstern. Dann atmete er ein letztes Mal aus und regte sich nicht mehr.

Verzweiflung stieg in mir hoch. Warum konnte ich nicht heilen? Ich hätte heute zwei Menschen retten können, wenn ich ein Heiler gewesen wäre. Doch ich konnte nicht heilen. Ich konnte nur zerstören. Mit weichen Knien stand ich auf. Wer würde so etwas tun? Wer würde den König töten? Etwa seine eigene Wache? Waren Verräter unter den Bediensteten?

„Jack?", hörte ich plötzlich eine verwirrte Stimme hinter mir. Ich drehte mich um und blickte direkt in das schmerzerfüllte Gesicht von Adam. Er betrachtete mich, dann den leblosen König hinter mir.

„Wie konntest du nur... Wir haben dir vertraut." Er ballte die Hände zu Fäusten. „Wachen!"

Ich verstand nicht. Was meinte er? Warum sah er mich an, als hätte ich... Glaubte er, ich hatte den König erstochen?

Langsam sah ich an mir runter. Meine Hände und Kleidung waren voller Blut. Aber doch nur, weil ich versucht hatte, Akihitu zu retten!

„Adam… Warte, ich habe nicht… Ich wollte nur…!“ stotterte ich, als zwei stämmige Wachen auf mich zukamen und mich ergriffen. Ich versuchte, mich aus dem Griff hinaus zu winden.

„Adam! Hör mir zu, ich war das nicht! Ich wollte nur helfen!“, rief ich, während Adam an mir vorbei auf seinen Vater zuging. Er ignorierte meine Worte.

„Bringt diesen Mörder weg. Er soll nie wieder einen Fuß in die Freiheit setzen“, sagte er zu den Wachen, ohne mich eines Blickes zu würdigen. Die Wachen trugen mich hinaus, doch ich wehrte mich heftig.

„Lasst mich los! Ich bin kein Mörder!“, rief ich. Ein Ziehen fuhr durch meine Brust und ein paar Meter vor uns fielen zwei Kerzenständer um und eine riesige Flamme schoss in die Luft und versperrte den Weg.

„Scheiß Elementarier“, knurrte einer der Wachen bloß. Der andere nickte zustimmend. Und auf einmal bekam ich einen heftigen Schlag gegen den Kopf und alles wurde schwarz.

Die Schatten hatten mich eingeholt.

Danksagung

Ein Buch zu schreiben ist eine lange Reise, eine längere, als ich mir hätte vorstellen können, als ich als Jugendliche damit begonnen hatte. Auf dieser Reise gab es viele Phasen, in denen ich keinen einzigen Schritt gegangen bin, im nächsten Moment bin ich ganze Marathons gelaufen. Dass ich aber am Ende das Ziel erreicht habe, hätte ich nicht ohne Hilfe geschafft. Deswegen möchte ich mich bei allen bedanken, die sich meine Ideen angehört haben, mir bei kleinen oder größeren Details geholfen haben und mir mit ihrem Interesse den Mut gegeben haben, weiterzumachen. Ohne die freundlichen Worte und begeisterten Reaktionen hätte ich vielleicht schon vor dem Ziel aufgegeben.

Für ein zufriedenstellendes Ergebnis war aber auch manche Kritik nötig. Da ich einige Jahre an diesem Buch gebraucht habe, hat sich mein Schreibstil über die Kapitel geändert. Ich danke Max dafür, dass er mich darauf aufmerksam gemacht und mir Tipps gegeben hat, um den Anfang des Buches noch spannender zu gestalten. Und ich danke Jasmin, dass sie mein komplettes Buch völlig unvoreingenommen unter die Lupe genommen und fleißig markiert hat. Einige Fehler wären mir ansonsten wahrscheinlich gar nicht aufgefallen.

Auch die optische Gestaltung hat einen wichtigen Einfluss darauf, wie das Buch letztendlich ankommt. Danke an Laura, die Shadow erstmals zum Leben erweckt hat, und danke an Juliane, durch deren Entwurf ich endlich das Gefühl hatte, dass „Die Schattenwandlerin" genau so im Ladenregal stehen könnte.

Doch ohne eine gewisse Person hätte ich diesen Punkt nicht erreicht. Die Ideen waren zwar immer da, aber ohne Kevin hätte ich sie nicht auf diese Weise ordnen können. Du hast mich motiviert, weiterzuschreiben, du hast mit mir Logikfehler ausgemerzt und du warst und bist immer die erste Person, der ich begeistert von neuen Ideen erzählt habe, mit dir konnte ich sie in das große Ganze einsetzen und schlussendlich die Welt kreieren, auf die ich jetzt so stolz bin. Wenn ich dir von Shadow, Jack und all den anderen erzähle, fühlt sich die Welt für mich beinahe real an. Dafür danke ich dir am meisten!

Am Ende möchte ich auch euch danken, liebe Leser, dafür, dass ihr bis hierhin gelesen habt. Ich hoffe sehr, dass euch Flumes' Geheimnisse fasziniert haben und ihr im nächsten Teil weiterhin fleißig mit Shadow und Jack mitfiebert. Denn wer weiß schon, was die beiden noch erwartet?